なぜ犯人は忌名の儀礼に拘るのか

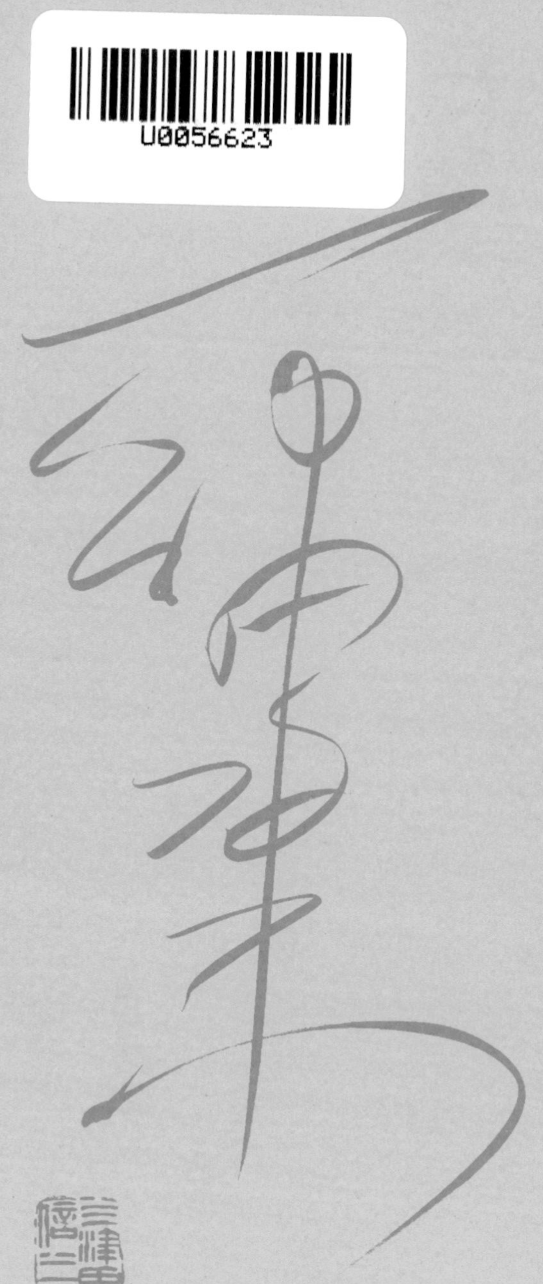

印刷簽名版

犯人為何會對忌名儀式如此執著呢？

三津田信三

如忌名

忌名の如き贄るもの

獻祭之物

三津田信三

緋華璃 譯

瑞昇文化

目次

主要登場人物

蟲經村的人們

尼耳家

件淙　家長
瑞子　件淙之妻
太市　件淙的長男
狛子　太市之妻
市太郎　太市的長男（戰死）
市次郎　太市的次男（戰死）
三市郎　太市的三男
李千子　太市的長女
市糸郎　太市的私生子
井津子　市糸郎的雙胞胎妹妹

銀鏡家

國待　家長
祇作　國待的長男
邦作　國待的次男
和生　邦作的么兒
勇仁　遠房親戚

河皎縫衣子　尼耳家鄰居的長女
瑞穗　夜禮花神社的神主
水天　六道寺的住持
坂堂　醫師

生名鳴地方的人們

權藤　馬喰村的醫師

鍛治本　七七夜村的望族家長

來自東京的人們

發條福太　刀城言耶大學時代的學長

香月子　福太之母。元和玩具的副社長

刀城言耶　怪奇幻想作家。筆名為東城雅哉

警方的人們

中谷田　縣警的警部

野田　資深刑警

島田　年輕刑警

其他的人們

阿武隈川烏　市井民俗學家　刀城言耶學生時代的學長

祖父江偲　怪想舍的編輯

鴻池絹枝　刀城言耶租屋處的房東

中文版獨家作者序

我在寫小說的時候並不會事先擬大綱。那麼到底是怎麼進行的呢？以拙作來說會有兩種方法。以下的內容可能會跟《黑面之狐》與《白魔之塔》的「序文」有所重複，敬請見諒。

第一種方法，是先構思作品的核心點子。其中應該多半都是與犯人有關的要素，例如犯人意外的真面目、他或她在作品中使用的詭計、意料之外的命案動機等等。當然也有跟犯人無關的例子。或者是我自己對作品本身埋設的伏筆，亦即向讀者施展的詭計。

然後還會再分成謹記核心靈感後就直接動筆，以及尋找相對應的主題或舞台這兩種情況。後者視情況可能需要熟讀相關文獻。接下來的過程就跟一邊寫一邊思考故事構成的時候一樣。以上是第一種方法。

第二種方法，是先決定好主題或舞台設定，接著閱讀相關的參考文獻，然後邊寫邊構思情節走向。因為這時是在沒有核心靈感的狀態下書寫，所以會比第一種方法更容易讓人感到不安。以上是第二種方法。

本書是以第一種方法完成，而且是在重要的舞台設定之一「忌名儀式」的內容完全沒有想好的情況下就開始寫作。明知這部作品需要「某種儀式」，卻完全沒有事先想好是什麼樣的儀式，就直接動筆了。這個部分出現在日文版的第十頁到第十四頁*。

然後在這個階段，終於寫到必須得說明是什麼儀式的地方了。這時在我的腦海中浮現出來的，就是講談社主辦的朗讀劇〈STORY LIVE〉。我為這個企劃寫了怪奇短篇〈避難小屋的體驗〉和〈與忌名有關的故事〉。於是靈機一動，決定將後者的設定應用在新作的長篇小說裡。

真的是走一步算一步的創作手法啊——我想肯定會有很多讀者為之愕然吧。只不過，也因為是「連作者自己都不知道劇情會怎麼發展」這樣的狀況，才能提高作品的懸疑度不是嗎。曾幾何時，我開始萌生了這種感覺。正因為如此，在還沒有「能這麼覺得」的時代，我總是惶惶不安。在執筆過程中也經常為「這部作品真的能完成嗎？」感到憂心。

當時那種充滿危機感的心情，即使到了今天還是沒有完全消失。

儘管是這樣，我還是在撰寫小說——能撰寫小說——無非是因為我知道會有讀者在期待著拙作，僅僅就是如此而已。

三津田信三

＊約為「忌名儀式」這個名詞首次被提起的段落。

前言

はじめに

本紀錄與發生於三年前的「強羅地方的犢幽村怪談連續殺人事件」，以及與本案發生在同一年的「蒼龍鄉的神神櫛村案山子大人連續殺人事件」一樣，必須慎重安排發表的時間才行。

因為本案與學長夫人的娘家有很深的淵源，雖然他們夫妻倆都表示「一點也不需要在意」，但怎麼可能完全不在意呢。因此，在處理上必須十二萬分地小心——這點先寫下來。

另外，在本紀錄中提及、流傳於生名鳴地方的所謂「忌名」，實際上都是假名。我不知道真正的忌名，就算知道也不能直接寫出來。但是不寫出來的話就無法完成這份紀錄，所以我只好採取使用假名這個下下策。

東城雅哉——即刀城言耶——寫於昭和某年的水無月

第一章

忌名儀式

忌名の儀礼

位於生名鳴地方的蟲絰村西端的尼耳家，正在如火如荼地進行守靈夜的準備。這一家的長女李千子被發現人倒在馬落前，這是要通往位處村子西北西一帶的淨穢瀑布時的途經之地。根據尼耳家的主治醫師——家住馬喰村的權藤診斷，李千子死於心臟衰竭。馬喰村位在蟲絰村的西邊，兩個村子擁有很多共通點。

夏末的這天，尼耳李千子才剛剛迎接她十四歲的生日，就已經要踏上死亡的旅程了。

遺體安置在面向後院的房間裡，如同所謂的「北枕」，又名「內枕」的說法，李千子頭朝北邊躺在被褥上，與生前就寢的方向相反。遺體身上披著刻意反過來的衣物，枕邊掛著掃帚鬃毛朝上的「逆掃帚」。換作是其他人家，胸口還會擺上出鞘的小刀或鐮刀，尼耳家則是以牛角來代替。

做好以上的準備後，再將蚊帳掛在遺體四周。只不過，唯有靠近遺體其中一隻腳的一隅沒有掛上，這稱為「三隅蚊帳」。也有很多人家會使用「逆屏風」，但好像因為尼耳家附近有很多野貓，為了避免不必要的麻煩，特地改用三隅蚊帳。

萬一讓野貓從往生之人的身上跳過，遺體就會遭到魔物的入侵。

為了避免發生這種「喚醒死者」的狀況，就要在死者的胸口擺放銳利的刀刃——尼耳家則是牛角——在枕邊倒掛用來趕貓的掃帚，總之就是為了除魔。當然北枕和反過來的衣物等形式也都包括在這些層面之中。這都是為了藉由讓死者處於和平常相反的狀態、呈現與平常相反的樣子來混淆魔物。

靈魂已然遠去的遺體就如同化為空無一物的容器。

正因為如此，才容易遭受邪惡之物的占據。一旦被魔物入侵，遺體就會被其支配。遺族為了避免這種最令人懼怕的情況發生，於是便做了各式各樣的準備。要說是大部分的出殯儀式都成立於前述的驅魔儀式也不為過。

然而，萬一本人的魂魄還留在體內，那又會發生什麼事呢？

明明肉體已經停止運作，但本人卻不知道自己已經死亡的話……

還是說只要被視為遺體，魔物就會找機會入侵呢？

這麼一來，本人的魂魄會和令人諱莫如深的魔物爭奪失去靈魂的身體嗎？

一番爭奪之後，贏家就能變成新的宿主，過完剩下的人生嗎？

如果本人勝利的話，可能會死而復生，但如果身體被魔物給占據，又會怎麼樣呢？會不會看在周圍的人眼中還是同一個人，但內裡早已是截然不同的存在呢？會不會與本人的意志無關，外表還是人，但其實已經變成魔物了呢？

——**李千子的腦海中**掠過這些驚心動魄的想像，但隨即在心裡猛搖著頭。

不對，不是這樣的。

因為說到底，我根本就沒死啊……

儘管如此，她的臉上卻蓋著白布，頭朝北地躺在被褥上，燈光照亮枕畔，整個人籠罩在線香的氣味裡，周圍擺滿好幾樣除魔道具，大氣也不敢喘一口地等待自己的守靈夜揭開序幕，身處的狀態極為詭異。

以前就曾聽祖母瑞子說過，尼耳家是這一帶唯一用牛角代替小刀或鐮刀的家族。各種與出殯儀式有關的涵義也都是祖母告訴她的。祖母的知識來源似乎是祖父件淙。祖母她之所以會知道這麼多與這個地方及村落、乃至於與尼耳家有關的奇特傳承，無非是拜有如活字典的祖父所賜。

問題是……

印象中，祖母並未告訴過她，明明還活著、還沒死——本人還有意識——卻被當成死人祭奠的詭異情況到底是怎麼回事。

啊，難不成，這是……

這時，李千子突然想起三哥三市郎說過一件匪夷所思的事，內心驚了一下。

聽三市郎眉飛色舞地說起那些嚇死人不償命的案例時，李千子只當他又在說一些令人毛骨悚然的小說內容，並沒有放在心上。可是據兄長所說，世上好像出現過很多像這樣的真實案例。

萬一在她身上也發生相同的現象，是否會在還有意識的狀態下被裝進棺木裡，就這樣直接入土埋葬呢？

……討、討厭啦。

李千子很清楚血液正唰地一聲從自己臉上褪盡，只怕自己的臉色此刻已白到會嚇壞旁人的地步。不，真要說的話，自從突然倒在那裡的那一刻起，她的臉色恐怕就已經蒼白得像個死人了。

那天是李千子的十四歲生日。原本不是與家人一起慶祝，就是邀請她就讀的馬喰村中學的朋友一起來家裡開慶生會，不管怎樣，應該都是值得慶賀的盛宴。無奈尼耳家貴為村子裡的第二大資產家，唯有要執行「忌名儀式」的今天例外。正確地說是每當孩子七歲、十四歲、二十一歲的生日那年都是例外。

話說回來，從戰時到戰敗後，生名鳴地方的忌名儀式——又稱忌名儀禮——已經逐漸走入歷史。尤其是正逢戰火燎原時出生的孩子，取消儀式的家庭絕對不在少數。要讓傳承繼續流傳下去，還是趁機畫下句點，端看那戶人家的祖父母輩是否尚在人世。如果祖父母都還健在，或是只有祖父還在的話，通常會選擇繼續傳承下去。但如果祖父母皆已去世，或是只有祖母還在，就會傾向於停止忌名的命名。

這顯然是貴為一家之長的祖父過世後，繼承家業的兒子看不慣這種複雜又離奇的風俗所導致的結果，但一般認為其中確實也有受到日本戰敗的影響。

即使是負責侍奉神明的人，戰敗後也以年輕人為中心，產生了明顯的變化。

「向神明祈求武運昌隆，結果還是打了敗仗。與其讓孩子參加村子裡的祭典、繼承神樂，還不如請戲班子來演出，大家開心一下算了。」

年輕人開始提出這種從戰前到戰時根本不可能想像的意見。不只都市，就連深受傳統習俗禁錮的鄉下地方也出現了諸如此類的變化。

雖然不算神事，但生名鳴地方的忌名儀式同樣也是受到非議的習俗。

七歲以前都是神的孩子。

這句話廣為流傳的地區意外地多。簡單來說，就是從出生到迎來七歲生日之前，比起人類，孩子被認為更像是接近神明的存在。之所以這麼說，主要是基於從前的幼兒死亡率過高的這個事實。

孩子這種生物，一不小心就會夭折。

以前普遍有這種認知，大概要到七歲才能漸漸不那麼擔心。因此也有些鄉下地方的說法是「六歲以前都是神的孩子」。即使關注的年齡不同，但是天下父母心，想保護幼兒的心情無論換到哪裡都是一樣的。

用墨水在剛誕生的小嬰兒額頭上寫下「犬」這個字。在呱呱墜地的同時就先大肆批評一番。或是先在外頭丟掉，再請其他人把孩子撿回來。又或是假裝用筷子餵孩子吃些髒東西。

看在沒有任何預備知識的人眼中，想必都是一些難以置信的行為吧。然而這一切都是為了驅魔避邪。萬一讓魔物知道小嬰兒是「可愛又重要的存在」，可能會危及小嬰兒的生命。所以才故意做出輕賤的舉動，藉此欺騙魔物，讓魔物以為小嬰兒是「不值一提的存在」。換句話說，這麼做是為了保護稚嫩又脆弱的生命，出殯儀式的「倒錯」肯定也是基於相同的概念。

即使已經採取這麼多的「對策」，孩子還是很容易夭折。在那種情況下，首先一定不會舉行葬禮，這是因為幼兒還沒被當成人來看待。過去若窺看鄉下人家的床底下，就可能看到孤零零地擺著一顆石頭的情景。來不及長大就死去的孩子，屍骨就埋在那顆石頭底下。過於簡陋的行為甚至稱不上是埋葬，但這也是基於「七歲以前都是神的孩子」這種思維。

生名鳴地方的孩子擺脫年幼時期的危機，真正被視為一個人看待後，在前方等候他們的就是忌名儀式。從出生到七歲之前，主要是擔心孩子被魔物迷惑。但是這份疑懼並不會因為被當成一個人看待就消失，倒不如說長大後反而更必須要直接面對人生旅途中避無可避的諸多艱難和辛苦。被視為一個人看待的同時，也等於暴露在更切身的威脅之下，真是太諷刺了。

為了避開這些人生的災厄，這個地方的小孩長到七歲時就會被賜予「忌名」。

這和人死後取的「諱」似是而非，存在截然不同的作用。諱是用來讚美故人生前功績的稱號，又稱「諡號」。另外，諱也指稱故人生前的本名，地位愈高的人，在世的時候愈忌諱被喊到這個名字。總而言之，這是個與一般庶民毫無關係的名稱。

另一方面，生名鳴地方的忌名是賦予每個人，只此一家、別無分號的名字，決不會跟別人重複。命名似乎是以本人的名字為基礎，根據某種法則決定的。可惜村子裡有相關知識的人愈來愈少。李千子的祖父件淙勉強可以稱得上是繼承這種命名方法的其中一人。

但祖父本人卻否認了。

「所謂的忌名，並不是由那個家的家長命名，而是神佛賜予的名字喔。」

李千子回想七歲的生日，記憶中，祖父先在另一個房間裡親手為她換上白裝束①。這件事不是假祖母而是祖父之手，比什麼都還令她吃驚。然後李千子被帶到「忌名大神的房間」，印象中從祖父低頭行禮、再取下供奉在祭壇上的神符那一刻起，忌名儀式就開始了。

當時的日本還沉浸在短暫的戰勝氣氛裡，正處於戰時體制不斷強化的時刻。幾乎沒有人能預見戰爭這隻史上最惡、不管輸贏都會給國民帶來天大災禍的魔物正張開血盆大口，在一旁虎視眈眈，打算吞下老百姓的未來。大部分的國民反而都被戰勝的喜悅給沖昏了頭。

雖然生名鳴地方的一眾村落也不例外，不過只有尼耳家不一樣。屋子裡靜悄悄的，與平常並無二致。

尤其是生日當天，李千子依稀記得尼耳家從一早就瀰漫著駭人的寂靜……

祖父畢恭畢敬地在她面前高舉起神符，慢慢地打開。內側以黝黑的墨色寫著三個字的漢字，還有同樣是三個字的平假名。

生名子。

可是字跡歪七扭八地像是蚯蚓在爬，無法想像是出自於寫得一手好字的祖父之手，李千子不禁有些疑惑。

這麼醜的字到底是誰寫的啊。

「不准念出來。」

祖父突然嚴厲地喝斥，嚇了李千子一跳。

「妳看得懂平假名吧。可是絕對不能說出寫在這上頭的平假名，也千萬不能念出聲音來，知道嗎？」

祖父不厭其煩地再三囑咐，直到她完全理解為止。

「這就是妳的忌名。給我牢牢地記住了。」

祖父一面說明李千子的忌名與生名鳴地方的「生名」兩字一模一樣的這件事並沒有特別的寓意、一面疾言厲色地叮嚀：

「絕對不能把這個忌名告訴別人。不，就連家裡的人也一樣不能說。無論是哪裡的誰，都不能向對方透露這個名字。要好好地藏在自己心裡。辦得到嗎？妳可以答應我嗎？」

見她乖巧地點頭，祖父依舊板著一張臉說：

「就算有人在什麼地方喊了這個忌名，妳也完全不能回頭，回答什麼的更是不行。」

祖父一瞬也不瞬地凝視著她。

「聽好了，萬一妳沒有遵守，眼睛就會瞎掉喔。」

①從事神職的神主、巫女，以及進行修行、巡禮的修驗道和參拜者的白色衣著。除了前述的場合，亦會用於死者的喪葬儀式。

祖父說的話太可怕了。

即使已經理解什麼不能做，也還無法理解為什麼不行。雖是如此，李千子仍拚命點頭。對當時的她而言，祖父圍繞著忌名所說的話全都太可怕了，她滿腦子只剩下希望儀式快點結束的念頭。

然而，遺憾的是事與願違。

因為忌名儀式並非只有命名這麼簡單就能結束，後面的「故事」才是關鍵。

在七歲舉行儀式的「七之講談」中，家長會告訴孩子們以擁有該忌名的同年齡小孩為主角的驚悚故事。在那關鍵的「忌名講談」中，相當於李千子分身的人物接二連三遭地遇到痛苦、悲傷、辛酸、恐怖、可怕又可恨的對待。這些不幸，事實上都是假設當事人可能會在七歲到十四歲之間體驗到的事。也就是說，擁有該忌名的人物其實就是她的替身。藉由讓擁有該忌名的人去完全承受那些不幸，避免災禍降臨在李千子身上，這就是儀式的目的。

然而，李千子對最重要的忌名講談的內容卻一無所知。這是因為祖父說的時候，便要求她摀住耳朵。

即使有人喊妳的忌名，也千萬不能做出反應。

和這個一模一樣的禁忌，想必範圍也將忌名講談本身涵蓋在內吧。

明明什麼也沒聽見，可是當祖父的故事全部結束時，李千子全身都籠罩在難以言喻的疲憊裡。感覺透不過氣來，甚至還帶有些罪惡感。

即便如此，儀式卻還沒有結束。當祖父告訴她接下來該做什麼時，她差點就要哭出來了。她得帶著寫上忌名的神符前往淨穢瀑布，將其投入瀑布底下的深潭。完成這項「神符放流」的步驟後，忌名儀式才正式告一段落。用「放流」來指稱投入瀑布底下的深潭好像有點怪怪的，但祖父卻一臉理所當然的樣子，想必世世代代都是這樣流傳下來的。

問題在於她必須獨自步行前往瀑布。

遵循這個規定，陪她一起走出尼耳家的祖父只送她到三頭門前。至於出了門到瀑布之間的一路上會經過哪些地方，祖父雖然大致說明過一遍，但是想也知道，起不了任何安慰作用。

「走出這道門後，絕對不能回頭看。等妳抵達淨穢瀑布，將神符投入瀑布底下的深潭後，再回到這裡的途中也完全不能回頭。」

祖父苦口婆心、念茲在茲地再三交代後，就把折得細細長長的神符交給李千子。根據摸起來的觸感，神符裡頭好像裝了硬幣。肯定是在將神符投入瀑布底下的時候需要加一點重量。

「收進頭陀袋[2]裡，千萬不要弄丟了。」

出門前，祖父給了她一個頭陀袋，要她把自己心愛的東西裝進去。

「萬一聽到有人喊妳的忌名，覺得自己逃不掉的時候，可以把妳心愛的東西往後扔。這麼一

[2] 僧侶雲遊各地修行時，收納經文、佛具、布施品與相關用具的簡易袋子。

來，那個東西就會成為妳的替身。」

因此，她把心愛的人偶娃娃放進袋子，可是壓根兒也沒打算丟掉，一心只想著要原封不動地帶回來。

雖然太陽已逐漸西斜，四周還瀰漫著殘暑那濕濕黏黏的濃厚熱氣，感覺黏滿全身，甩都甩不掉。兩人踏出尼耳家，從隔壁的河皎家門前走過，再稍微走一小段路，就來到了十字路口。

再往前走就是三頭門，往右轉是蟲經村，若向左轉則會經過村界的道祖神[3]，抵達馬喰村。祖孫兩人沐浴在夕陽餘暉下，影子由西往東在十字路口延伸得老長。有如妖怪般的人影前方是染成橘色的蟲經村。稻田在平地開展而出，到處都可以看到水塘，北邊和南邊各是一片綠意盎然的山坡地，可以說是再典型不過的山區農村。

蓋在東端高台上的大宅邸，是過去曾經是蟲經村最大地主的銀鏡家，遠遠地坐落在尼耳家的斜前方。雖然因為戰敗後的農地改革失去廣大的土地，所幸那項改革運動並未包含山林地，所以銀鏡家目前在村子裡依舊有權有勢。

原本因為看得太習慣而不當一回事的風景，如今卻令李千子感到無限愛憐，就連自己也感到意外。即使年紀還小，但是她沒有花太多時間，就想通了原因何在。毋寧說是瞬間就領悟出一切。

因為我即將從習以為常的**這裡**，前往完全不同的**彼方**……

李千子敏感地覺察到，十字路口的其中三邊對她而言都是日常，但是穿過三頭門的對面，就是非日常了。所以雙腳才會釘在原地，一步也邁不出去。

「快點，該出發了。」

祖父毫不留情地催促她。

「再拖下去，太陽就要下山了。天色一旦暗下來，妳只會更不敢去吧。」

被祖父一頓搶白，李千子心不甘、情不願地邁開腳步。只不過，她也只走到三頭門前就停了下來。

「喂！別停下來啊，我剛剛不是說了，太陽就快下山了嗎！」

那種事情她當然很清楚，可是祖父的要求對七歲孩子來說實在太苛刻了。

……我不敢自己一個人去。

李千子在內心喃喃自語，腦海中浮現天真的想法，心想繼續拖拉下去，祖父會不會失去耐性，願意陪著她一起去……

然而祖父的下一句話險些把李千子給嚇死，反射性地躲進已然腐朽大半的木門後面。

「天色一暗，首蟲妖就會跑出來喔。」

③設置在村子、隘口、岔路等地的路邊，是促進繁榮、防範外來疫病或邪氣入侵的神明，也被認為是旅人的守護神。多半為石頭材質，但是因為擁有多樣化的庇祐能力，所以沒有固定的外觀。從未加工的自然石，到石碑、石塔、石雕、石像等都有。

都嚇唬她前面有妖怪了，還要她踏到這扇門的另一邊，未免也太前後矛盾。話雖如此，小小年紀的她也知道忌名儀式絕不容許半途而廢。既然如此，還不如趁首蟲出沒前趕緊完成任務。想通這一點，身體好像總算有反應了。

不料李千子這時又想起別的妖怪，有些慌亂了起來。

「如果太陽下山以後還在外面遊蕩，會遇到角目喔。當太陽公公開始西斜、當夕照開始染紅天邊，一定要馬上回家喔。」

祖母大約從一年前就這麼告訴她。

「角目是什麼？」

「是很恐怖的妖怪，有一隻眼睛長出了角。」

李千子六歲的時候，人稱角目的異樣怪物一到傍晚，就真的會在村子裡徘徊。幸運的她從沒有撞見過，但也知道這件事引起了不小的騷動。

「首蟲妖跟角目不一樣嗎？」

之所以敢這樣直接了當地詢問一向令她畏懼不已的祖父，無非是因為她快要把兩種異樣怪物搞混了。

「和那種東西相比，首蟲妖是更可怕、貨真價實的魔物喔。」

聽到祖父的回答，李千子抖得更厲害了。因為她察覺到，其實就連祖父也對那個是什麼、長得什麼樣子、為什麼會出現一無所知。

……首蟲妖。

當然，從莫名其妙的角度來說，「角目」也好不到哪裡去。但既然都說是「有一隻眼睛長出角的妖怪」，倒也不是完全無法理解。話說回來，既然叫「首蟲妖」，不難想像大概是「頂著蟲頭的妖怪」。雖然年幼的她也不確定蟲有沒有頭……所以「首蟲」到底是什麼樣的妖怪呢？因為實在太莫名其妙了，在感受到恐懼之前，先感覺到的是極度的噁心。比起恐懼，更多的是強烈的厭惡。

當夜幕低垂，那個可怕到無以復加的魔物就會在過了這扇門到瀑布之間的路上出現。

儘管已經下意識地鑽過三頭門，但她好想逃之夭夭。

「不准回頭！」

背後立刻傳來祖父的叫罵聲。

「就這樣朝著前面，筆直地往前走。」

但李千子的雙腳始終釘在地上，紋絲不動。

「我會一直在這裡看著妳，所以別害怕，快點去瀑布那邊。」

祖父以李千子這輩子從未聽過的溫柔嗓音，曉以大義地說道。如果這句話出自祖母之口，或許一點效果也沒有也說不定。正因為是祖父說出來的話，才能起到推她一把的作用。

「沒錯，就這樣往前走。」

祖父的鼓勵令她忍不住想轉過頭去，可是如果表現出有一點點想要回頭的樣子，肯定立刻就會惹來一頓破口大罵。

要是又挨罵的話，大概……

大概就再也無法前進了。這點她心裡明白，所以李千子強迫自己繼續往前走。慢慢地、一步一步地遠離了三頭門。

尼耳家到三頭門之間是一條鄉下地方隨處可見的泥土路，穿過門後也是相去不遠的風景，可是實際往前走以後，感覺卻像踏進山路裡。明明一路平坦，沒什麼高低起伏，卻覺得自己像是迷失在深邃蓊鬱的山林裡，令人感到不安。

不知不覺間，才意識到四周比想像中還要陰暗。兩側長滿了茂密的樹木和草叢，但又不是生機盎然的狀態。反而是灌木叢生，高聳的大樹就只有幾棵而已。如果是這樣的話，夕陽餘暉應該能照進來才對吧。

……既然是這樣，怎麼會這麼暗？

不僅如此，就連空氣也異常冰冷。

不是熬過了殘暑那種心曠神怡的涼爽，而是令人起雞皮疙瘩的寒意。之所以一路走來都沒被蚊子咬，大概也是拜這股異樣的冷空氣所賜吧。

自從鑽過三頭門後，空氣就起了明顯的變化。如果不這麼想，就無法解釋眼前的狀況。

那邊和這邊，果然不太一樣……

李千子強烈地想馬上折返，但她也很清楚只能想想而已。如果不照祖父的交代去做，天曉得會發生多麼可怕的事，這點她從小就深有所感。本能告訴她，肯定會發生比惹祖父生氣更恐怖、更討厭的事。

……趕快把神符丟進瀑布裡，就可以回家了。

在腦海中反覆思考自己該做的事，李千子彎過前面的轉角。

……啾、啾。

不知是從哪裡傳來的詭異聲音。聽起來既熟悉，又彷彿像是第一次聽到、難以言喻的奇妙聲響。

這是……

李千子豎起耳朵，想聽清楚那是什麼聲音。好像是從右邊的草叢裡傳來的。

……啾、啾。

那聲音聽起來就像是在配合她的步伐移動。

……跟上來了。

李千子正想轉過去看草叢，幸好在最後一刻連忙打住了。雖然並不算回頭看，但無疑是危險的行為。最好就這樣心無旁騖地往前走。

……啾、啾。

想是這麼想，但那不知為何的聲音並未停止，一直從她的右後方傳來。

……怎麼辦。

就在李千子快要哭出來的時候。

……啾、啾。

李千子後知後覺地反應過來，那是麻雀的叫聲。得知聲音的來處，因而鬆了一口氣的同時，腦海中也浮現出麻雀可愛的模樣，讓心情稍微平復了點。

……啾、啾、啾。

可是當她側耳傾聽鳥鳴聲，就意識到一件事，麻雀只有早上才會叫到這種程度吧。當然，要在黃昏時分叫也是牠們的自由，但是在這麼深邃的草叢裡叫成這樣，還是不太對勁。再說了，鳥鳴聲為什麼會跟著她呢？

難不成……

李千子想起祖母以前說過的話。夜晚走在路上，會聽到類似麻雀的啁囀聲。那是被稱為「夜雀④」的怪異存在，那種聲音會跟著自己，萬一被其影響的話就會發生凶險之事。

那種魔物為何會出現在通往淨穢瀑布的山路上呢？

李千子提醒自己千萬不要完全向後轉，不動聲色地瞥向右手邊。但是到處都沒有看到疑似麻雀的蹤影。還是因為體積太小，才不容易發現呢？又或者是雖然形似麻雀，但又不是麻雀，而是夜雀之類的詭異東西，所以人類的肉眼才看不見呢？

……啾、啾。

唯有叫聲依舊不絕於耳。感覺一直跟著她，而且比方才還更靠近了。

就在這個時候，眼角餘光瞬間補捉到有一道類似白色人影的東西一聲不響地佇立在右手邊的灌木叢裡。

……剛才那個到底是什麼？

李千子只知道那不是夜雀，是別的東西。不由自主地加快腳步，得快點逃走才行。然而在她加快腳步的同時，差點就跌了個四腳朝天。因為原本平坦的路上居然冒出迂迴曲折的樹根。曾幾何時，山路已經徹底變了模樣。

……啾。

彷彿在呼應這樣的變化，令人毛骨悚然的鳴叫聲一點一點地從身後遠離。沒過多久，大概是草叢本身也到了盡頭，謎樣的鳴叫聲停止了，視線範圍內也沒有再看到白色人影。

④ 流傳於四國的高知縣和愛媛縣，以及和歌山縣境內特定地區的鳥類妖怪（某些地區則是蝴蝶或蛾）。如同其名，會發出類似麻雀的叫聲，通常會在人們入夜後走山路時現身。據說碰上夜雀是不吉的象徵，必須念誦因地而異的咒文。但也有些地方認為夜雀出現是山裡即將出現狼、山犬或魔物棲息的前兆，反倒被視為一種避免危險的預警。

得救了……

李千子還沒來得及鬆一口氣，眼前就出現一條極為陡峭的坡道，而且滿地都是碎石，看起來寸步難行。

以前為了儀式好像都要經過這個斜坡……

想必非常吃力吧。而且不同於李千子，雙手肯定不會空著，更是寸步難行。相較之下，自己還算好的。心裡雖然這麼想，但也不知道為什麼，她對爬上眼前的坡道有些裹足不前。

……感覺好可怕。

好像不只是因為爬坡很危險這個理由，除了這種就擺在眼前的危險之外，還潛藏著什麼肉眼看不見的危機——李千子內心充滿這樣的疑慮。

可是……

也不能在這裡回頭。要是沒把神符丟進瀑布就折返，肯定會被祖父罵得狗血淋頭。不，肯定會發生比那更可怕的事。因為往回走就等於要打破儀式中「絕不能回頭」的規定，大概會遇上驚心動魄的怪事，絕對別想要全身而退了。

李千子戰戰兢兢地呆站在坡道下方，內心十分驚恐。眼下最明智的選擇就是停在這裡不要動。這麼一來就不會發生任何事了。

除了太陽下山以外……

想到這裡，她便開始往上爬。既然前進與後退都無法全身而退，那也只能往前走了。

喀啦、喀啦……

即使慎重地踏出每一步，腳邊的碎石還是難免崩落。李千子拚命站穩身子，以免滑下去，好不容易才踩穩腳步。耐著性子重複以上的動作，一步一步地往上爬。

真是的，還有多遠……

李千子正想往下看看自己究竟走了多遠，連忙在瞬間定住正要轉動的脖子。她無可奈何地抬起頭，往上延伸的坡道始終看不到盡頭，這才發現自己根本沒前進多少。再怎麼小心翼翼地踏出每一步，還是會不由自主地往下滑，所以前進了四、五步，結果又退後兩、三步……自己一直處於這種尷尬的狀態。

……喀、喀。

這時，坡道下方傳來詭異的聲音。

起初還以為是自己踢落的石頭與其他石頭碰撞所發出的聲響，不過那個聲音有一種奇妙的規律。

……喀、喀。

李千子停下腳步，靜止不動，明明連一顆細小的落石都沒有，卻還是能聽見那個聲音。

……喀、喀。

坡道下方不斷傳來彷彿有人以敲擊打火石的方式敲打兩顆石頭的聲音。

祖母告誡過她，晚上走路的時候如果感覺有人從背後跟著自己，可能是名為「伴走者」的妖怪，所以要立刻逃走，以免被追上。

她問了一個再理所當然不過的問題，可是祖母卻搖了搖頭。

「萬一被追上呢？」

「一定要趕在被追上之前逃走。」

以李千子的年紀當然不可能獨自走夜路，但這件事還是嚇得她魂不附體。光是想到被追上之後不曉得會發生什麼事，就不由得陷入絕望的情緒。

不過，據三市郎所說，蘇格蘭也有所謂的伴走者。某個旅人走在路上，發現有人與自己同行。看了一眼對方是誰，結果居然是自己。這情況又稱為「分身」，日本人好像稱其為「生靈」。順帶一提，如果在蘇格蘭遇到伴走者，當事人將會在近期內死亡。

該不會我現在……

有個與李千子一模一樣的某種東西，左右手各拿著一顆石頭，喀、喀……地在斜坡下方敲擊。

腦海中浮現出這樣的畫面，頸項頓時爬滿了雞皮疙瘩。

啊……

某個比眼前的戰慄帶給她更大衝擊的想法不經意地掠過腦海。明明是恐怖得不得了的想像，卻忍不住想確認一下，自相矛盾的心情令她不知所措。

坡道下方的那個該不會是生名子吧。

假如擁有自己忌名的少女正佇立在坡道的下方，抬頭看著自己……

李千子全身的雞皮疙瘩都站起來了。

既想看，又不想看。

矛盾的想法在內心拉扯，但是再怎麼樣都不能轉過頭去。這個規定或許就是她此刻唯一的救贖。

……喀嘰、喀嘰。

下方又傳來宛如敲打石頭的聲音，而且感覺比剛才聽得更清楚了。還以為是敲得更用力，但不一會兒就意識到，可能是**那個**爬上坡道了。

問題是……

完全聽不見碎石崩落的聲音。

……喀嘰、喀嘰。

只有乾澀的聲音愈來愈靠近，除此之外是完全的寂靜。

喀嘰喀嘰喀嘰喀嘰。

李千子拚了命地往坡道上爬，沿路發出不小的聲響。然而受到碎石的阻撓，滑落的距離比前進的距離還要長。

……喀嘰、喀嘰。

再這樣下去，要不了多久就會被後面的那個什麼給追上了。

李千子不顧一切地往上爬。這是平常在她身上絕對看不到的衝動措舉。但也因此感覺到背後的聲音一口氣拉遠了。

唰啦。

右腳下的扁平石頭突然滑落。

沙、沙、沙、沙、沙……

縱使無法阻止自己滑落，李千子仍死命地用雙手雙腳撐住，滑落的速度總算慢下來了。

嘰哩哩……

這時，彷彿使出吃奶力氣摩擦石頭與石頭的驚人噪音就響在她的脖子旁邊。

「哇啊啊啊啊！」

李千子驚聲尖叫，手腳並用地爬上坡道。就連自己也不敢相信她居然有這麼強大的馬力，以迅雷不及掩耳的速度爬完整條坡道。

費了九牛二虎之力才忍住差點就要在坡道頂端回頭、就這麼往下看的衝動。之所以會出現那種怪異的狀況，或許就是為了要引誘她回頭去看……突然想到了這個可能性，也幫助她及時制止了自己。

感到如釋重負的瞬間，四肢也開始劇烈疼痛起來。之前一點感覺也沒有，大概是因為被壓倒性的恐懼給支配了吧。

李千子一屁股坐下，稍事休息，然後搖搖晃晃地起身。如果祖父說的沒錯，她連一半的路程都還沒走完。

眼前是一段雖然平坦，但也蜿蜒曲折的山路。兩側是鬱鬱蒼蒼的樹木和稻科植物的草叢，實在無法不覺得此時此刻仍有什麼莫名其妙的東西在草叢裡沙沙沙……地蠢動。可是如果太在意，就會不時想要東張西望地確認，肯定會拖慢腳步。她只能努力地忍住好奇心，堅決地筆直前行。

走著走著，兩側的森林突然告一段落，只剩下眼前延伸的路。那是一條略有起伏的奇怪道路。左右兩側近乎垂直地往下陷落，形成險峻的斜面。幸好路還算寬，但也沒有任何的扶手或柵欄。萬一失去平衡，倒向任何一邊的話，下一秒就會摔落崖下。

這裡就是馬落前嗎？

這個奇妙的名稱是祖父告訴她的，可是她完全不懂為什麼要寫成「馬」墜「落」之「前」這樣的詞彙。這條路看起來確實有點像是好幾頭馬的馬背相連的樣子。大概是從眼前的景觀和左右兩側的斷崖聯想到「落馬」二字吧。

這下面……

李千子想知道底下是什麼樣子，但又覺得會看到什麼不該看到的東西。因為那裡叫做鴉谷，真是不吉利的名字。而且就算什麼東西也沒有，難以置信的高度或許也會令人嚇得雙腳動彈不得。

揚起想要往下看的視線，李千子心裡一驚。因為她注意到右前方深邃森林的盡頭蓋了一棟倉庫。

那是銀鏡家的分家藏，沒想到可以從這麼近的距離看到……

祖母說那座倉庫蓋在人稱綱巳山的魔域半山腰，地勢極險，沒有繩索的話根本爬不上去。過去那裡是大蛇的棲息地，所以才取了這個名字⑤。

銀鏡家居然在流傳著那種傳說的山上蓋了一棟孤零零的倉庫，怎麼想都覺得奇怪。而且還取了「分家藏」這麼一個怪裡怪氣的名稱。村子裡有好幾處銀鏡家的分家，看起來都只是普通的房子。話說回來，從未聽說過哪個分家有倉庫什麼的。而且顧名思義，分家「藏」就只是個「倉庫」而已。可是這個倉庫好像有人住在裡面，委實非常特別。

就在她帶著不可思議的感受望向分家藏時，倉庫的二樓窗戶突然出現一個人影，而且人影彷彿正直勾勾地盯著李千子看，身體一動也不動。

那個人，是銀鏡家的祇作先生……

就算在分家藏以外的地方碰到祇作先生，也千萬不能跟他說話……祖母從平時就這麼對李千子千叮嚀、萬交代。尤其是絕對不能喊他的名字。

「因為他腦袋有點問題。」

這是祖母告訴她的理由。祇作先生將大量的儲備糧食和香菇酒搬進名為分家藏的地方，過著幾乎閉門不出的獨居生活，據說也是因為這個原因。

雖說隔著倉庫的窗戶，那個人的視線始終鎖定在李千子的身上。紋風不動，就只是屏氣凝神地看著她。

李千子心生恐懼，連忙別開視線，踏上有如山稜線般的路。

心無旁騖地往前走吧。

李千子下定決心，盡可能走在山路的正中央。

……唔唔。

走著走著，不知道從哪裡傳來令人毛骨悚然的細微呻吟聲。

難不成祇作先生在那間倉庫裡……

原本還以為祇作先生在倉庫裡對自己呢喃著，但那聲音好像是從斷崖底下傳來的。只是任憑

⑤ 十二地支的「巳」的對應動物是蛇。

她再怎麼豎起耳朵，也聽不出聲音是來自左邊還是右邊。

……唔、唔。

那陣呢喃聲聽起來很痛苦。

……嗚嗚、嗚嗚嗚。

逐漸變成悲悲切切的哭泣聲。

……哇啊啊、哇啊啊、哇啊啊。

然後又變成震天價響的咆哮聲，響徹整個馬落前。而且那叫聲彷彿會動，正沿著斷崖往上爬。

李千子用雙手捂住耳朵，不自覺地小跑步起來。在這種地方跑步簡直是在玩命，但是又擔憂那個咆哮聲聽久了，自己可能會瘋掉，內心害怕得不得了。不趕快離開的話，咆哮聲的主人就要爬上馬落前了。

問題是，路中間有個無法視而不見的物體。那是一塊有如矮桌般扁平的圓形石頭，幾乎就佔據了路的正中央，攔住她的去路。恐怕是有人刻意搬過來的，而不是原本就在那裡。

這也太擋路了……

為了繞過那塊大石頭，必須貼著鴉谷斷崖的邊緣，才能從左邊或右邊走過去。當然也可以爬上石頭前進，但對她來說大概辦不到吧。

無可奈何之下，李千子左右張望一番，選擇從更寬一點的左邊通過。想當然耳，必須背對鴉谷，雙手扶著圓形的大石頭繼續前進。

離開馬落前，左右兩邊又是一望無際的森林，而且路又再次變成上坡路。所幸已經不再滿地碎石，而是土壤地面，除了有些凸出地面的岩石之外，並不會特別難走。只不過路的正中央有塊巨大的岩石，導致整條路呈現英文字母的「U」字形，必須繞道而行，有點麻煩。

即便如此，李千子仍努力地往上爬。要是動作不快一點，怪異的事情可能又會在這裡找上自己。

幸好平安無事地爬上坡頂後，眼前出現一條平坦的山路。只不過兩側又是茂密的草叢，幾乎遮住了半條路。因此必須撥開草叢前進，怎麼也走不快。再加上因為已經進到森林裡，四周變得十分昏暗。一個搞不好，回程可能就得在黑暗中摸索前進。

李千子開始感到焦躁時，冷不防聽見前方傳來細微的聲響。

……真討厭。

反射性地心生恐懼，是因為覺得又要出現新的怪事了。

這是……

然而，當她側耳傾聽，理解聲音是從哪裡發出來的時候，反射性地脫口而出。

「……是瀑布的流水聲。」

在那之後，纏住雙腳的草叢都不再是一回事了，李千子打起精神往前走。每走一步，瀑布的流水聲就愈發響亮。

不一會兒，眼前豁然開朗，出現了一片還算寬廣的草地。前面是塊岩盤，再更往前走就可以看到淨穢瀑布了。

走向岩盤的途中，左手邊一處狹窄石階的入口映入眼簾。李千子停下腳步，定睛一看，石階似乎一路延伸到瀑布底下的深潭旁。但是祖父提醒過她：「絕不能靠近瀑布底下的深潭。」還神色嚴厲地警告她：「站在瀑布正前方的岩盤上，從那裡投入神符，就可以轉過身，頭也不回地回來了。」

李千子走向岩盤之後，偷偷地往下看。瀑布雖然不大，可是深不見底。萬一掉下去的話，只怕是再也浮不起來了。瀑布底下的深潭泛著濃厚的綠色，令她如坐針氈地感受到那股驚恐。

這時，她的視線捕捉到奇妙的光景。向下奔流的水與瀑布底下的深潭邊緣交錯處，左手邊可看到一個平坦的空間。由光禿禿的岩壁形成的深淵四周只有那裡一片平坦。面積只能容許一個大人坐下，所以也有可能是給進行瀧行⑥修行的修行者坐的地方，但是話又說回來，那裡離瀑布的水流又太遠了。

那個是……

位於奇妙空間後方的岩石，上頭似乎雕刻著什麼圖案。雖然從岩盤這裡就可以看到，可是再怎麼睜大眼睛都看也看不清楚。

真令人不舒服……

內心湧起這個念頭，李千子急忙撇開視線，從頭陀袋裡拿出神符，毫不猶豫地投入瀑布底下的深潭。

拜硬幣的重量所賜，神符瞬間下墜。可是因為瀑布的水花濺得霧濛濛一片，無法確定是否順利地沉入深潭之中。只是鬆開手，任務就結束了，簡單得讓她一時半刻不知該如何是好，就只是佇立原地。

……嘩啦。

冷不防，岩盤下方傳來水聲。還以為是魚，但是以魚從水裡彈跳所發出的水花聲響來說，未免也太大聲了。

……啪嚓、啪嚓。

不可思議的水聲突然出現變化。

……咻唰唰唰。

聲音繼續傳來，聽起來像是有什麼東西正從瀑布底下的深潭往上爬。

---

⑥ 密教、修驗道、神道教的修行方法之一，進行的方式有許多細節上的差異，但主要都是來到瀑布下方念誦宗派的經文、真言等，靜心祈求。帶有洗去身上汙濁與罪惡、淨化身心的意涵。許多從事競技運動或習武之人，也會以此來鍛鍊身心。

……啪唰、叭噠。

而且接下來的聲音聽起來的感覺，就好像是正在爬上石階的氣息。

該不會是首蟲吧……

光是想像，兩條手臂就撲簌簌地爬滿了雞皮疙瘩。

……啪唰、叭噠、啪唰。

李千子慌不擇路地在岩盤上轉身，順著來時路往回走。就在她經過通往石階的入口時。

……叭噠、叭噠、叭噠。

一清二楚地聽見不知是什麼東西爬上石階的濕漉漉腳步聲。

李千子立刻加快腳步，不一會兒就轉為小跑步，接著再變成狂奔。

……沙、沙、沙。

背後的腳步聲也隨即進入草叢。

李千子沙沙沙地撥開草叢往前走，首蟲也沙沙沙地穿過草叢，從背後追上來。當然，她不確定那個東西是不是首蟲。但不知何故，腦海中浮現出長長的脖子就像蜈蚣般彎彎曲曲、扭來扭去的半裸男人身影。男人沒有臉，只是一個勁兒地伸長一截一截的脖子……那樣的異形正以飛快的速度追趕著她。李千子的腦子裡只剩下這個想像。

鑽出蒼翠茂盛的草叢，眼前是U字形的坡道，李千子幾乎是連滾帶爬地往下狂奔。但又得巧妙地避開從路的正中央凸出來的岩石，速度始終快不起來。

然而不管是再大塊的岩石，首蟲似乎都能飛越，逐漸追上李千子。儘管再不願意，這種感覺仍源源不絕地從背後傳來。

呼、呼。

曾幾何時，背後已經傳來紊亂的呼吸。再這樣下去會被抓住的。

李千子大喝一聲，幾乎是蹦跳似地直接躍下坡道的最後幾公尺。

「嘿呀！」

眼前頓時豁然開朗，在馬落前的邊緣著地時，還險些滑落左方鴉谷的斜坡，李千子拚命用雙手抓住路緣石。

首蟲順著坡道下來的聲音沙沙沙地在背後轟然作響，李千子連忙爬起來往前跑。跑的時候用盡全力不讓身體晃動，以免偏向左右兩邊的斷崖，但又擔心光走直線會讓首蟲追上，害怕得不得了。可是如果不跑直線的話，或許就會因此摔落崖下，所以雙腿又開始微微顫抖，怎麼也跑不快。

已經……不行了。

忍不住說出喪氣話，很想乾脆當場坐下來。

然而，這時始終沒有感受到首蟲追上來的氣息。雖然想回頭看，但是怎麼也做不到。正當她六神無主、感到心急如焚時，遠處傳來了某種聲音。

……嗚喔喔喔。

當她察覺聲音是從右手邊的鴉谷下方傳來的時候，領悟到首蟲也跟自己一樣，用力過猛，差點從斜坡滑落。不對，可能真的掉下去了。

趁現在……

李千子踩著虛浮的腳步，慎重地往前走。她覺得接下來與其橫衝直撞地冒著從斷崖邊失足墜落的危險，還不如穩穩地穿過馬落前。馬落前的正中央還有那塊像是矮桌的石頭。就算想用跑的也跑不過去。

好不容易抵達另一頭，鬆一口氣也只是須臾之間，令人魂飛魄散的恐怖存在感正以壓倒性的聲勢搖撼著空氣、朝她襲來。強烈的恐懼彷彿快灼傷頸部的肌膚，排山倒海而來的絕望則幾乎要令她崩潰。

首蟲再次爬上斷崖，又開始追她了。

……不能放棄。

李千子咬緊牙關對自己喊話，有如脫兔般衝了出去。

接下來的山路雖然蜿蜒蛇行，所幸都是平地，不算太難走。但這點對身後的首蟲來說也是一樣的。還以為首蟲剛從鴉谷爬上來，轉瞬間已經輕而易舉地經過馬落前，勢如破竹地進入山路，不一會兒就逼近到李千子身後。

呼……

吹拂過頸項的氣息，劇烈之餘還帶著令人只想掩住鼻子的臭味。就在李千子的腦中一片空白、眼前即將陷入一陣黑，差點就要這麼昏過去的時候。

咻！

右腳打滑，一屁股跌坐在扁平的大石塊上。

之所以能感覺到頭頂上的空氣流動，肯定是首蟲想抓住她的時候撲了個空。

唔欸……

頸項突然拂過一陣噁心的觸感，彷彿碰到濕答答卻又立著毛根的毯子。

「不要啊！」

李千子失聲尖叫，掙扎著想要起身時，屁股下的石塊突然鬆動。

嘎啦嘎啦嘎啦嘎啦。

伴隨著轟然巨響，李千子開始在滿地石礫的斜坡上滑行。簡直像是坐著小型雪橇，順著雪山往下滑。

遠大於滑雪的衝擊毫不留情地直擊李千子的臀部，真是痛死了。但也因此不一會兒就拉開和首蟲的距離，令她萌生一線希望。

嘎啦嘎啦嘎啦。

震耳欲聾的聲音馬上從背後追了上來。但她已經站在坡道下方了。話雖如此，因為臀部實在太痛了，無法立刻飛快地用盡全力逃跑。只要穿過眼前的森林，就能回到三頭門。只要回到三頭門，就能見到祖父。祖父肯定會救她的，所以眼下只能使出吃奶的力氣跑到門那邊。

不可思議的是，接下來的記憶十分模糊。明明在樹木和草叢比較稀疏的最後那段森林裡的路時，並沒有再遇到別的怪事，然而滿腦子就只想著要逃離首蟲的魔掌，於是不管三七二十一地拚命往前跑。

儘管如此，等到回過神來的時候，李千子已在祖父跟前放聲大哭。

「到底發生了什麼事？妳一直哭，我什麼也聽不懂呀。」

祖父訓斥了她好幾次，但李千子還是花了一點時間，才能娓娓道來自己身上發生的那些難以置信的體驗。

「妳為什麼沒照我說的，把頭陀袋往後扔呢？」

直到祖父提起這件事，她才發現自己完全忘了頭陀袋，不禁愕然。明明一直掛在脖子上的，她卻完全不曾想起頭陀袋的存在，真不可思議。

直覺那也是妖怪幹的好事，讓李千子抖得更厲害了。只不過，更令她大驚失色的是聽到祖父的下面這句話。

「這樣啊，沒有被喊到忌名啊。」

彷彿這才是最值得欣慰的事。

就算只有一次，被喊到忌名也遠比遇到那麼多恐怖的怪事更加可怕……祖父的言下之意，無疑就是如此。

第二章

忌名儀式（承前）

忌 名 の 儀 礼（承前）

李千子的七之講談到此告一段落。

隨著韶光一天天流逝，李千子開始覺得無論是夜雀的鳴叫、伴走者敲打石頭、馬落前的咆哮、從淨穢瀑布爬上來追著她跑的首蟲或許都是發生在夢裡的事。明明紮紮實實地留存在記憶之中、終其一生都無法忘懷的體驗，唯有真實感不知怎地愈來愈模糊。本來應該是值得額手稱慶的現象，她卻怎麼也無法釋懷。明明記得很清楚，卻覺得好像是別人的事。就像是看了一場印象深刻的電影，影片內容鮮明地烙印在腦海，感受到難以言喻的詭異。

就結果而言，後來沒有因此導致惡夢連連倒也是好事一樁……

這是十四歲的李千子回憶七之講談時的真實想法。她從七歲到現在都不曾生病或受傷，恐怕也是托了生名子的福吧。

那七年的歲月剛好介於戰時到戰敗之間，正逢最糟也最壞的時代。即便住的是再怎麼偏鄉地區的村落，也對她的生活造成極大的負面影響。事實上，尼耳家的長子市太郎戰死於中國、次子市次郎則在新加坡陣亡。她也在要徒步走上好長一段路才能到達的工廠經歷過空襲，好幾次都命懸一線。雖然飲食方面比都市小孩稍微好一點，但也沒有好到可以過上健康的日子。她有很多朋友都死於三天兩頭的空襲或營養不良所引發的疾病。

儘管置身於這樣的時代，李千子卻很少生病，也鮮少受傷。或許可以歸功於偶然的幸運，但日子一天天過去，她也開始傾向於相信忌名儀式的效果或許是貨真價實的。

李千子十四歲那年正值ＧＨＱ（駐日盟軍總司令部）對日本的占領政策幾乎就要畫上句點的那一年，但是跟七歲那年一樣，對忌名儀式沒有造成絲毫影響。

祖父操辦的儀式內容跟七歲時的記憶一模一樣，幾乎沒有任何區別。先在另一個房間換上白裝束。唯一的差別大概只有這次沒有祖父幫忙，是由她自己穿上白木棉的行衣，雙手戴上手套，雙腳纏上綁帶。著裝完畢後，再來到忌名大神的房間時，祖父已經坐在祭壇前了。

還以為已經不需要寫著忌名的神符了，但神符還是理所當然地擺在祭壇上。寫在上頭的忌名和祖父的交代也跟上次一模一樣。硬要說的話，約莫是感覺這次花的時間比上次簡短許多。七歲的時候必須不厭其煩地反覆說明，十四歲的時候已經不需要了。更重要的是，她已經有過一次儀式的經驗了。

儘管如此，等到完成目前所有的儀式，走出尼耳家時，暮色已經開始籠罩大地。這是因為要說完「十四之講談」比七之講談還更花時間的關係。或許是因為十四歲到二十一歲之間可能降臨在自己身上的災禍，要比七歲到十四歲的災禍還要多……她是這麼想的。

回顧自己從小到大經歷的時代，戰時到戰敗的這前半段顯然更容易蒙受災厄。或許忌名儀式比她以為的更普遍。假如戰國時代就有忌名儀式的話，忌名講談的內容肯定與現在截然不同吧。

心裡想著這些有的沒有的，李千子從位於尼耳家北側的河皎家前經過。雖說是尼耳家的「鄰居」，但因為尼耳家的腹地太大，與鄰居離得很遠，反而是隔著一小塊空地與河皎家為鄰的岸下家還離河皎家比較近。不過對河皎家而言，與村子裡的任何一戶人家——無論是物理上還是心理上——的距離都相隔遙遠。

因為河皎家是村八分⑦的對象。

戰爭中的某一年，河皎家失火，火舌從北邊空地那叢生的雜草延燒到隔壁鄰居，然後繼續蔓延到東側的民宅，結果造成十幾戶人家遭受無妄之災。起火的原因據說是因為就寢前抽的菸沒確實捻熄的關係。

生名鳴地方從以前就規定，萬一發生火災，除非有什麼特別值得同情的理由，否則都會被處以村八分。當時因為還在打仗，鄰里之間要組成互助團體，就算是自古以來就有的規定，也很難徹底執行。也就是說，河皎家的當家仗著戰爭這個理由，逃過村八分的命運。但是他狂妄自大的態度也引來眾人不滿，於是日本戰敗後，河皎家自然也難逃村八分的下場。

不過在一年前，河皎家又因為沒捻熄就寢前抽的菸而引起小火災時，村民們還是自動自發地加入滅火的行列。因為即使遭到村八分，一旦發生火災或辦喪事等需要互相幫助的情況時，還是要幫忙的。

雖說只是小火災，但因為失火而被村八分的河皎家，竟然又因為火災而得到村民們的幫助，仔細想想還真是諷刺。

打河皎家前經過時，當時人在小巧前院的縫衣子不知何故，一直盯著李千子看。換成平常，李千子會以眼神打招呼，無奈此刻正在進行重要的儀式，只能假裝沒看見地逕自走過。

縫衣子是河皎家的長女，大家都在私底下喊她「老姑婆」。得知這個名詞是用來形容過了適婚年齡仍待字閨中的女性時，李千子便萌生一股厭惡感。由於村八分的緣故，縫衣子很難在村子裡找到對象。可是除非去外面工作，否則也無法遇到村民以外的男人。這麼說來，縫衣子錯過婚期的原因有一半可說是村八分造成的。不同情她就算了，居然還在背後說她的壞話，實在太令人生氣了。

硬要說的話，李千子並不討厭縫衣子，但現在的狀態有點不太一樣。縫衣子為什麼要盯著自己看？她應該知道自己接下來要前往淨穢瀑布。雖說戰敗後已不常見，但還是會有一些人家舉行忌名儀式，所以應該沒什麼稀奇才對。其他村民都沒有一個人看她，就是最好的證據。

李千子覺得很不舒服，加快腳步從河皎家前通過。

過了十字路口，繼續往前走，沒多久就看到了三頭門。這時，夏日尾聲熱辣辣的艷紅色晚照染紅了蟲經村。順帶一提，這次只有她一個人，祖父並沒有陪她走到三頭門，只有在她離開尼耳家前跟七歲那時一樣，提醒她一些注意事項。

⑦過去在日本的村落社會體系中，對於破壞規矩制度的人士予以制裁的行為。除了放著不管會影響到眾人的喪葬與火災（此為二分）之外，其他與成人式、結婚、生產、病人照護、協助房屋改建整修、水災的善後處理、年度祭祀法事、旅行（以上為八分）等相關事務一概不交流協助，亦不涉入。後引申為某地域或團體中針對特定居民或人士的排擠行為。

七年前沒有想太多，如今像這樣望向三頭門，不禁浮現一股「樣子好奇怪」的感覺。有點像鳥居，可是只有一根橫樑貫穿左右兩邊的柱子頂端，其他什麼都沒有。橫樑的中央和左右兩邊各有一塊肖似鬼角的突起，看起來好像可以掛東西，但上頭什麼也沒有。心想會不會是掉在旁邊，但四下張望後還是什麼都沒有。

這個形狀是不是有什麼用意啊？

李千子帶著疑問鑽進三頭門的瞬間，感覺空氣一下子變冷了，四周也一口氣暗下來。想轉頭看看門的另一頭，但還是忍住了。這時她不禁想起一件事，這麼說來，七歲那年進行儀式時也止不住想回頭看背後的想法。

……有人在誘惑我。

是不是有什麼東西正想盡辦法要引誘她回頭，破壞這個儀式呢？

那個東西是潛伏在這一帶的魔物，還是棲息在淨穢瀑布的首蟲，又或是一肩扛起原本該降臨在李千子身上災厄的生名子呢……

幾乎要認真地思索起這個問題了，李千子趕緊輕輕搖搖頭。因為她覺得**那傢伙**的目的就是要讓自己陷入煩惱。

那傢伙……是誰？

思緒又要開始奔騰起來，不寒而慄的同時也覺得有點可笑。李千子逐漸明白，她正把自己逼入絕境。雖然內心很清楚，但也無法因此放寬心，反而感受到一陣涼意，感覺自己似乎觸碰到那傢伙邪惡又奸巧的心思。

萬一真有什麼狀況——

李千子悄悄地用右手的掌心隔著頭陀袋確認小型手槍的觸感。這當然不是真正的手槍，只是三市郎送給她的玩具。不過，經過她心靈手巧地改造，可以從槍口射出前端削尖的竹籤。

即使七歲時經歷的儀式體驗再怎麼像是夢境中發生的事，李千子也絕對忘不了當時的恐懼。不如說拜可以客觀回首所賜，考慮到可能會再遇到跟當時一樣可怕的情況，才讓自己能事先準備好防身用的手槍。有沒有比遵照祖父的吩咐，也就是扔出自己心愛的物品還更有效的自衛方法呢？這把改造手槍就是她絞盡腦汁的結果。

話雖如此，這終究還是玩具。就算削尖竹籤的前端，除非從非常近的距離射擊，否則能不能射中對方都還是未知數。就算射中了，對方也不見得就會因此知難而退。

這種玩意兒對不知道真面目究竟是什麼的魔物會有效嗎？

不過她還有一個計策。她添加了一個對人類無效，可是對魔物或許能起作用的處理，那就是在竹籤前端沾上大量的神酒。多了這道工夫，即使只是稍微刺一下，應該也能逼退魔物吧。

原本還擔心酒的氣味會被祖父發現，幸好只是杞人憂天。

七歲的我只能抱頭鼠竄，但這次可就不一樣了。

李千子在心裡大聲地說道，接著從容不迫地踏上被三天前登陸生名鳴地方的颱風搞得遍地泥濘的山路。

……咕妞、滋啵。

路況糟到讓她覺得穿長靴果然是正確的選擇。

……咕妞、滋啵。

每往前踏出一步，腳底下就響起有如妖怪青蛙鳴叫、令人頭皮發麻的聲音。

說到鳴叫……

七歲的儀式時，曾經在這條路上聽到夜雀的鳴叫聲。她想起這件事後，便在令人頭皮發麻的腳步聲干擾下，不動聲色地仔細聆聽。

然而，任憑她再怎麼側耳傾聽，也沒聽見夜雀的叫聲。

那時果然是幻聽嗎。

就在她沉溺於過去的回憶時，有某種東西猝不及防地從視野的右手邊竄過。反射性地想轉過去看看那是什麼，幸好在最後一刻固定住腦袋。

……差點就回頭了。

李千子吐出一口大氣，但依然非常想知道剛才掠過視線範圍的東西是什麼。因為那傢伙看起來就像是白色的人影。

七歲的時候也是……

印象中也是在這裡看到白色的東西。夜雀沒有出現，反而是那個又出現了嗎？

李千子再次回歸到過去的回憶裡，順利地穿過最初那處樹木和草叢都很稀疏的森林，來到滿地碎石的坡道上。這是她聽見敲打石頭的怪聲、背後傳來疑似生名子詭異氣息的地方。

喀啦、喀啦……

踩穩腳下的碎石，李千子開始慎重地順著坡道往上走。走的同時，兩隻耳朵也一直留意著身後，深怕又聽見坡道下方傳來喀嘰喀嘰……石頭互相撞擊的聲音，擔心得如有芒刺在背。

然而都走到一半了，也沒聽見任何動靜。只有碎石崩落的聲音迴盪在耳邊。最後什麼事也沒發生，安全地到達坡道頂端。

接下來是九彎十八拐但還算平坦的山路，沒多久後，馬落前便映入眼簾。上次會從鴉谷下方傳來令人寒毛倒豎的呻吟聲，可是這次卻靜悄悄的。

不對……

就在這一刻，後方的碎石堆突然傳來石頭崩塌的聲響。那到底是什麼聲音？是石頭自然滑落嗎？還是有什麼莫名所以的東西正從後面追上來？

心裡七上八下的同時，李千子已走到馬落前的三分之一處，隔著東邊的林木可以看到銀鏡的分家藏。二樓的窗戶跟七年前一樣，有個像是祇作正盯著她看的人影。然而，不同於七歲的時候，李千子現在已經理解祇作為什麼會從那裡盯著自己看了。

聽說祇作身為銀鏡家的成員，也經歷過忌名儀式。問題在於二十一歲的儀式時，有人喊了他的忌名，而他也不小心回頭看了……

首蟲在腦袋裡鳴叫不休。

從此以後，祇作經常自言自語，慢慢地變得愈來愈不正常。後來每當夕陽西下，他就會戴上「右眼長出角的詭異面具」，雙手拿著鐵鎚或鑿子、鋸子、鉋子、錐子等木工道具在村子裡徘徊。小時候聽到的「角目」，其實就是祇作本人。之所以用角遮住右眼，肯定是對忌名做出反應的代價，一隻眼睛因此瞎了。當時有人從背後喊他的忌名，所以祇作忍不住轉向右邊回頭去看……村民們是這麼說的。

光是這樣就足以被視為危險人物了，但他是銀鏡家的人，而且大家都認為他只是腦袋裡的螺絲鬆了，所以對他的行為睜一隻眼、閉一隻眼。

然而沒過多久，他的手裡只剩下錐子，而且開始不分青紅皂白地刺向過路行人的右眼，令村民傷透腦筋。幸好沒有人被他刺瞎眼睛，但也開始有人受傷。不到一年，銀鏡家就已經完全拿他沒辦法了。

於是，他們不得不在綱巳山的半山腰蓋了倉庫，讓祇作一個人住在那裡。之所以選擇如此偏僻的地方、之所以選擇住在倉庫裡，都是基於本人的希望。當他不發瘋，處於情緒平穩的狀態時，會在倉庫裡做木工，充分地沉浸在小時候玩木工遊戲的回憶裡。證據就是靠近倉庫的人都會聽到咚咚、匡匡的聲響。

勉強可以理解他把倉庫當成住處的原因，可是為什麼選擇這個場所，則完全沒有人知道。而且最應該要關心這件事的銀鏡家，也沒有一個人清楚這件事。

祇作先生之所以選擇綱巳山，該不會是為了觀看忌名儀式吧？

李千子從馬落前隔著鴉谷望向倉庫，冷不防冒出這個假設。村子裡沒有任何一個地方可以看到三頭門到淨穢瀑布之間的任何一處。唯一可以看到的地方就只有綱巳山，會不會是因為這樣，他才決定把倉庫蓋在半山腰，住在那裡呢？

可是，這又是為什麼？

李千子好像知道、又好像什麼都不知道……突然陷入這種不舒服的感覺裡。

當她領悟到正因為自己也在進行相同的儀式，所以才能理解他的行為模式時，不禁懷疑自己的腦袋也要變得怪怪了。明知就算被叫到忌名，只要別回頭就好了，但內心無論如何都充滿了「會不會也變成他那樣」的驚懼。

與祇作大眼瞪小眼了好長一段時間才反應過來。距離不算太近，所以看不見彼此的表情，但祇作或許會覺得她很古怪也說不定。明明是對方凝視著她，她根本不需要自覺心虛，可是考慮到對方的精神狀態，還是別隨便刺激他比較好。

李千子盡可能自然地撇開視線，走完馬落前剩下的三分之二路程。途中還經過她擅自命名為「矮桌石」的那塊扁平圓形大石頭。

過程中，她一直豎起耳朵，想聽清楚兩側的斷崖底下有沒有傳來令人毛骨悚然的呻吟聲。然而不僅什麼聲音也沒有，就連吹過綿長且宛如跳箱般高低起伏的馬落前的風聲都沒聽見。

這麼說來……

打從進入三頭門後，她就只聽見自己的腳步聲。不管是鳥鳴聲、在森林裡自由來去的小動物動靜還是搖晃枝葉的風，總之好像不曾聽見任何其他的聲音。唯一的例外，就只有剛才疑似石頭崩塌的聲音。

上次明明喧嚷成那樣……

這次則是靜到令人心慌。明明是同一個地點，為何會有這麼大的差別？這樣的差別到底代表什麼意思？

因為我有所成長了……

不禁想到這個原因。但是當她想明白這代表什麼意思時，背脊也隨之發涼。

七歲的小孩還未打開智慧，也沒什麼體力，所以魔物們打算直接對她下手。但是現在的她，智慧與體力都成長了，不能再像以前那樣對付她。因此它們選擇按兵不動，耐心地等待絕佳的下手機會。

小時候，她非常害怕角目妖怪。然而時至今日，她已經知道那只是銀鏡祇作戴上異樣的面具在嚇唬村民。而且不知是為了什麼，他還做了好幾個角目面具，隨意丟在田埂及路邊的小祠堂前。聽說撿到的村民會用火燒掉，但也有心懷不軌的人故意藏起來，用來嚇唬年輕女性。不管怎樣，總之都不是妖怪，而是人幹的好事。所以魔物們想必也知道現在再玩那種騙小孩的把戲已經嚇不倒她了。

我到底在想什麼呀……

就連李千子也覺得自己的想像愚不可及。另一方面，雖然微弱，但內心依舊縈繞著「那或許是真的也說不定」的疑慮。

穿過馬落前，沿著出現在眼前的U字形山路往上爬，一面做出現在想這些根本無濟於事的結論。如果魔物可以整路都不要出現，她應該要感到慶幸才對。

爬到坡道頂端，又回到山路上，當她撥開草叢前進時，耳邊傳來瀑布奔流的細微水聲。

再過一會兒就能抵達淨穢瀑布了。

李千子加快腳步，沒多久便鑽出深邃的森林，眼前豁然開朗。前面是長滿一整片低矮雜草的草地，再前面則是一片岩盤區，再更往前一點就可以看到淨穢瀑布的傾瀉處。

她悠然神往地望著水量豐沛、氣勢磅礴的瀑布激流，往岩盤靠近。途中不經意地瞄到通往瀑布下方深潭的石階入口，就出現在地面從草地變成岩石地交界處的左手邊。

小心翼翼地站在既沒有扶手也沒有柵欄的岩盤邊緣，靜靜地俯瞰瀑布底下的深潭。根據七年前的記憶，奔騰而下的水流與深潭的交界處的左側有個看起來非常奇妙的平坦空間，後方的岩石似乎雕刻著某種圖案。

……果然沒錯，真的有。

當時還看不懂，如今再次仔細端詳，看上去就像是張女人的微笑面孔。或許是適合這種儀式場所的神佛雕刻也說不定。雕刻的會不會是菩薩或如來呢？如果是神佛的雕刻，前面那塊平坦的地方肯定是供奉供品的台座吧。

如果是這樣的話，那祖父也太壞心眼了。何必嚇唬她會有可怕的首蟲出沒，直接告訴她只要走到淨穢瀑布，就能看到溫柔微笑的佛祖，要她放心不就好了。

可是……

七歲的時候雖然看不清楚，可是凝視著雕刻在岩壁上的圖案時，感覺非常不對勁……記憶中應當是如此。

早知道就向三市郎哥哥借望遠鏡了。

三市郎哥哥是江戶川亂步的書迷，光是享受他寫的小說還不滿足，還有樣學樣地追隨作家的興趣與嗜好。不僅模仿亂步蒐集各種鏡片的愛好，從望遠鏡、雙筒望遠鏡、顯微鏡、凹凸鏡、萬花筒到使用鏡子或鏡片的相關玩具都一應俱全。甚至還從中發展出機關鐘及機關人偶、寄木細工的機關箱⑧等等，總之會把各種設有機關的東西都徹底蒐集起來。

不過哥哥笨手笨腳，總是很快就把東西給弄壞，而修理和改良的重責大任就落到李千子的頭上。曾幾何時，李千子開始萌生但願將來能利用這雙靈巧的手找到工作、離開這個家的願望。對了，哥哥之所以送她手槍、讓她改造為防身用，其實也是一種報酬。

只可惜最後沒機會用上。

李千子感覺有點遺憾，因為和七歲的時候相比更加遊刃有餘，乃至於什麼事都沒發生的狀況似乎讓她覺得少了點什麼，也算是極為諷刺了。

不不不，儀式尚未結束。

李千子與七年前一樣，將裝有硬幣的神符投入瀑布底下的深潭。神符轉眼便消失不見，只有瀑布轟然作響的流水聲源源不絕於耳，彷彿要奔騰到天長地久。

從瀑布底部探出頭來的妖怪、順著石階往上爬的魔物、過去祖父再三警告的首蟲都絲毫不見蹤影。

七歲那年毛骨悚然的恐怖體驗，真的發生過嗎……

……會不會全都是幻聽，只是一場白日夢呢。

⑧日本箱根地區的著名木製工藝品，相傳擁有悠久的歷史，藉由不同的木料拼湊出多樣化圖形和顏色、紋理組合的盒子。其中必須透過一定步驟和技巧開啟職人製作時設置的機關、才能順利開啟的「秘密箱」（機關箱）是相當具代表性的品項。

最後再朝宛如雕刻著人臉的岩壁投去一瞥，李千子轉過身背對淨穢瀑布。忌名儀式至此告一段落。不同於七歲的時候，十四歲這年什麼事也沒發生，所以等到下次二十一歲的儀式時，肯定也能平安落幕吧。

李千子邊想邊往前走，就在她從岩盤走向草地的時候。

……生名子。

有人從背後呼喚著。

李千子倏地停下腳步，一動也不敢動，全身的寒毛都豎起來了。

那一瞬間，她下意識的想法是「到頭來還是發生怪事了」——可是，身後那個是首蟲嗎——可是，絕不能回頭——可是，到底該怎麼辦才好。

玩具槍什麼的根本派不上用場……

深不可測的絕望排山倒海而來，全面主宰她的思緒。七歲時碰上的怪異遭遇全部加起來，也遠不及剛才那聲呼喚更令她驚慌害怕。

……生名……子。

被瀑布的水聲蓋過，只能聽見很微弱的聲音，但後面確實有什麼東西在呼喚李千子的忌名。

而且那個聲音比剛才更接近了。

……生……名子。

不僅如此，不知道為什麼，聲音逐漸顫抖起來。這種情況下，在有段距離的狀態震動著空氣的呼喊聲，應該會隨著距離逐漸拉近而聽得愈來愈清楚才對吧。為什麼發生在這裡的現象卻正好相反呢？

……生……名……子。

明明聽得很清楚，聲音卻像是從遠處傳來，音頻還帶著異樣的震顫。

快、快逃……

腦袋明明很清楚應該趕快逃跑，身體卻不聽使喚。

……生……名……子……

那個已經來到身邊了。感覺再喊個兩次，幾乎就會站在她的背後了。

得、得在那之前快點逃走才行……

就在李千子心急如焚的時候。

……生名子。

竊竊私語般的聲音就迴盪在耳畔，氣息就噴在耳朵上。感覺空氣中瀰漫著腥臭的氣味，彷彿有什麼東西正要從頸部入侵體內，脖子一下子爬滿了雞皮疙瘩。

輕飄飄的、滑溜溜的、濕黏黏的……那個東西正要鑽入她的體內深處。身體拚命抵抗，但不知怎地，她知道局勢對自己非常不利，再這樣下去會輸給對方的。要是不快點想辦法阻止，將會發生非常可怕的事。

李千子費盡九牛二虎之力，從頭陀袋中拿出手槍，用左手按住顫抖不停的右手，好不容易才越過左肩朝背後開了一槍。

噗哧。

感覺自己確實射中目標了，但背後的氛圍卻在同一時間變得更加險惡……

「救命啊！」

李千子驚聲尖叫，拔腿就跑。

從草地衝進幾乎一半都被茂密草叢覆蓋的山路，然後以用雙腳踢開草叢的方式往前奔跑。前方突然猝不及防地往下陷落，接上U字形的坡道，李千子不顧一切地衝下去。貼著左邊或右邊的土牆避開出現在山路正前方的岩石，總之不能停下腳步。幸好自己跑得夠快，抵達馬落前的邊緣時，確實感覺已經和**那個**拉開相當遠的距離。

但也不能就此鬆懈，正當李千子留意著往前延伸的馬落前左右兩邊的鴉谷、打算一口氣衝過去的時候。

嘎啊啊、咕哇哇、啪沙啪沙啪沙。

幾十隻的鳥類發出驚天動地的鳴叫聲，一起從綱巳山的森林騰空而起的模樣猛然撞進李千子的視野。

咚、咚。

然後是又重又沉的悶響，同樣從綱巳山的方向傳來。

劈喀劈喀、切喀。

山頂上閃過陰森森的銀白色光芒。

轟隆隆隆隆。

規模大到令人不敢相信自己所見的土石流，就這麼發生了。三天前的颱風帶來集中豪雨的影響，如今終於出現了。

啊，祇作先生！

銀鏡祇作貌似還站在分家藏二樓窗邊的背影映照在茫然佇立的李千子視野裡。

李千子大聲叫喊，想告知他土石流來了。

祇作驀然回首的下一秒，轟隆隆的土石流瞬間掩埋了分家藏。土石流的聲勢過於驚人，轉眼間不止分家藏，連森林都慘遭吞噬，伴隨著轟然巨響，不一會兒就逼近到馬落前的鴉谷這裡。

不由分說的迫力讓李千子一口氣從頭頂涼到腳底。感覺不是臉上的血色盡失，而是身體裡的血液都快要流出來了。

……這樣就完了。

她幾乎是理所當然地理解大限將至。反射性地領悟到，在如此凶猛的大自然面前，自己根本毫無應對之力。

儘管如此，腦海中仍頓時閃過要不要躲進馬落前另一邊的鴉谷——的想法。這個特殊的地形或許能變成防波堤，擋住土石流也說不定。

只不過如果要躲進馬落前另一邊的鴉谷，就必須從斷崖上跳下去。就算能逃過被大量土石掩埋的危險，但也有摔死的可能性。

可是……

與其坐以待斃地等著被土石流掩埋，還是應該賭一個得救的希望吧。要是被土石流吞噬，就真的完全沒救了。

短短的幾秒間，李千子的腦海裡閃過無數個念頭，或許也因為這樣才分散了她對其他方面的注意力。

……生、名、子。

突然有聲音從背後呼喚。

「咦？」

李千子不假思索地轉向右邊，就要回頭……

聲響大作的土石流已經逼近到馬落前……

那個的身影隱約就要映入視野一隅……

右眼感到一股強烈的痛楚，李千子連忙想把頭轉回來……

腳底猛然劇烈地搖晃了起來，全身的寒毛聳立……

意識逐漸遠去。

在那之前，腦海中浮現出一個疑問——自己到底是被土石流掩埋，因此窒息而死，還是因為對忌名做出了反應，才遭受詛咒而死呢？

第三章

守靈與葬禮

通夜と葬儀

李千子恢復意識時，人就躺在被窩裡。

……得救了。

打從心底鬆了一口氣也只是須臾之間，隨即陷入異樣的感覺裡。

……感覺不太對勁。

雙眼睜不開。再怎麼努力也睜不開。不，不僅如此，身體也動彈不得。想從被子裡伸出右手，卻怎麼也無法如願。

欸，我果然還是死了……

既然如此，為何還有意識呢？該怎麼理解自己躺在被窩裡，但再怎麼掙扎，身體也無法移動分毫的狀況？

這時，祖父件淙和祖母瑞子、母親狛子出現了。三人背後跟著尼耳家的主治醫師——馬喰村的年輕醫師權藤和蟲經村的醫師——上了年紀的坂堂醫師。

「根據我的診斷，小姐死於心臟衰竭……」

坂堂聽了權藤的說明後，開始為李千子做檢查。赤身裸體地接受平常不熟識的坂堂觸診，李千子理應覺得羞恥萬分，如今卻完全沒有那方面的情緒。

咦……

比起羞恥，她發現一個更奇妙的事實。儘管臉上蓋著白布、雙眼緊閉，她卻能知道周圍的情況。權藤大概是靠聲音認出來的，可是另外三個人明明一句話也沒講，她卻從一行人進屋的那一刻起就知道有五個人。

怎、怎麼可能……

她想起了從三哥三市郎口中聽來的離奇傳說。亦即靈魂離開肉體的「靈魂出竅」現象，可以從其他人的角度看到自己的身體。但實際上並沒有死，跟活著的時候一樣，只有靈魂自由自在地飛翔。

不過靈魂出竅的程度因人而異，而且最好不要常常靈魂出竅。萬一靈魂無法回到自己的身體，可能會有性命之憂。

現在的我……

莫非正處於靈魂出竅的狀態？李千子心裡這麼想著。

然而……

靈魂出竅的身體不會失去生命跡象。就算讓醫師為靈魂出竅的人看診，應該也會發現那個人還在呼吸。

問題是……

權藤卻說李千子死於心臟衰竭。而且剛剛才仔細為她做過檢查的坂堂也提出相同的見解。

「聽說小姐是在儀式進行的過程中險些遭到土石流吞沒，想必是心臟承受不了儀式本身的緊張感，再加上親眼看到土石流迎面而來的恐懼導致的。」

也就是說，李千子好像已經死透了。

……不是靈魂出竅嗎？

李千子陷入深不見底的驚慌失措，一旁的坂堂向祖父母和母親致上哀悼之意後說：

「我得去向銀鏡家報告，死亡診斷書就麻煩權藤醫師了，可以嗎？」

「可以的，沒問題。」

權藤一口應允，然後以略帶遲疑的口吻問道：

「銀鏡家現在應該也忙得不可開交吧。」

「嗯，不過……」

坂堂回答的語氣聽起來有些欲言又止。

「聽說某一個分家被土石流淹沒了……」

「沒錯，就是祇作的倉庫。」

「哦，那一位啊。」

銀鏡祇作的怪異行逕在生名鳴地方可以說是無人不知、無人不曉，因此權藤的反應也誠屬自然。

「所以銀鏡家倒也沒有太大的反應。」

聽見坂堂的回答，權藤就此沉默下來。

從兩人方才的對話無法判斷別處是否也發生了土石流，只知道住家因此遭遇重大損害的，好像就只有祇作的分家藏而已。所以這對銀鏡家而言並不是什麼大問題，坂堂大概是這個意思。

因為住在那個倉庫裡的，只有被銀鏡家視為燙手山芋的祇作先生……

李千子不禁覺得他們太狠心了，是死人聽到都要氣得活過來的地步，但現在可沒有心情擔心別人。

「那我先離開了。」

為了送坂堂出去，權藤和祖母、母親等三人離開了房間。不可思議的是，她居然對那四個人的舉動瞭若指掌。

剩下祖父一個人坐在枕邊，紋風不動地凝視著李千子。她明明沒有睜開雙眼，卻彷彿可以歷歷在目地看到眼前的光景。此時此刻，自己的靈魂——或者該說是意識——到底在身體裡，還是在體外呢？

她又陷入混亂了。

「……妳被喊啦。」

祖父嘆了一口氣，喃喃自語似地說道。

拜這句話所賜，李千子瞬間想起在馬落前失去意識的前一刻，聽到背後傳來自己的忌名。

與此同時，右眼突然一陣劇痛。

大概是因為當時被喊到忌名，忍不住把頭轉過去，才會變成現在這種莫名其妙的狀態。恐怖至極的某種東西隱隱約約地出現在視線一隅……印象中是這樣的。本來應該像銀鏡祇作那樣瞎了一隻眼睛，但不曉得為什麼，在她身上卻發生了不同的異變。

為什麼？

儼然要回答她的疑問，祖父接著說道。

「之所以變成這樣，也是因為我尼耳家的血統嗎。」

意思是說如果換成別人，只需要付出一隻眼睛為代價，但尼耳家的人卻得賠上性命嗎？

可是我又還沒死。

李千子又開始覺得恐懼時，祖母和母親回來了，她的「遺體」被移到面向後院的另一個房間裡，亦即所謂的暫厝。當著她的面進行各種守靈夜的準備不就是最好的證明嗎。

……假死狀態。

如果想解釋眼前的異狀，只能認為那個惡夢般的案例也發生在自己身上了。李千子不得不承認這一點。

三市郎告訴她的恐怖故事裡，有個過去在海外真的存在的「防止活埋協會」。在醫學還不發達的時代，存在著許多明明還沒死亡，醫師卻基於沒有呼吸且身體僵硬的狀態而做出死亡宣告，最後直接將生者活埋的案例。因此「防止活埋協會」提倡的對策，據說是在棺木裡準備一個鈴，萬一死而復生，可以搖鈴通知大家。

三市郎是從江戶川亂步的中篇小說《帕諾拉馬島綺譚》得到這個知識的。而且兄長沒花多少時間，就從那本書再循線找到愛倫坡的短篇小說〈過早的埋葬〉。

兩本書都提到名為強直性昏厥的病症。意指脈搏及呼吸變慢，對外界給予的刺激毫無反應，全身的皮膚變得蒼白，四肢也呈現僵直的症狀。在醫學不發達的時代，幾乎都會誤診為「死亡」。這種病症最可怕的地方，就在於當事人明明還有意識——這一點。

「已經沒有呼吸了。」

「已經往生了。」

「很遺憾，已經沒救了。」

本人將在意識清醒的狀態下聽見這些死亡宣告，而且還無法主張「我還活著」，只能有口難言地親身經歷自己的葬禮，最後被活生生地掩埋。如果在棺木裡事先準備一個預防活埋的鈴，或許還能撿回一條命。但是如果手臂或手指不能動，那麼一切依舊是枉然。更何況如果是火葬的話，幾乎毫無生還的機會。

說到火葬，生名鳴地方也開始流行火葬，但還是有些村子保留土葬的習俗。唯一違反這個習俗而採取火葬的例外狀況，就是往生者是死於傳染病的時候。如果銀鏡家沒有採用火葬，土葬的習俗大概會在蟲經村繼續維持下去吧。

無論如何，一旦被埋進土裡，那就真的沒救了，萬事休矣。

李千子拚命想發出聲音。如果發不出聲音，最少也要睜開眼睛。如果睜不開眼睛，至少也得動一動手指頭。

遺憾的是她什麼也做不到。

「對了，還得準備枕飯⑨……」

祖母細聲嘟囔著，彷彿十分懊惱自己竟然忘了這麼重要的事，匆匆走出房間。母親則是唯唯諾諾地跟在祖母身後。

啊，等一下……

李千子急忙想追出去，但這麼一來豈不是只有自己的意識離開身體，與祖母跟母親一起去廚房，獨留祖父坐在枕畔了嗎。

這狀況，果真是靈魂出竅吧？

李千子感到一陣足不點地的浮遊感，對完全脫離自己的身體感到不安，但也沒打算回去。即使陷入如此詭異的狀態，比起和祖父獨處，她還是寧願跟祖母她們待在一起。

祖母沒有洗米，直接在爐灶之外的另一個地方燒柴，用沒有蓋上鍋蓋的鍋子煮飯，準備所謂的「枕飯」。由於是守靈夜供奉給往生者吃的飯，所以跟平常煮飯的方法不一樣。這點在製作「枕糰子」時也是一樣的，做好的糰子會扎上幾根針，怎麼看都不是活人的食物。果然是給死者吃的供品。

回到安置遺體的房間，祖母供上枕飯、枕糰子和「一枝花⑩」後，馬不停蹄地繼續準備別的東西。母親雖然也盡力在一旁協助，但是看起來一點忙也幫不上。就算沒有母親，祖母大概也能獨自完成一切吧。

完成所有的準備後，祖父和祖母、母親和三市郎都聚集在安放李千子遺體的房間裡。前面都沒看到兄長的身影，李千子還有些怨懟，心想怎麼這麼無情呢……不過三市郎肯定是不想見到祖父吧。

「現在李千子死了，為她招個優秀贅婿的夢想也已經無法實現了。既然如此，三市郎，這個家就只能靠你了。」

依祖父的個性，一看到孫子的臉，肯定會對他挑三撿四一番。

本來祖父應該早就要退居幕後，由父親太市繼任尼耳家的家長，但父親逃避這個重責大任已經好幾年了。祖父似乎原本也就對這個兒子不抱希望，反而對孫子市太郎寵愛有加，遺憾的是市

---

⑨往生者安置在家中時，於遺體枕邊設置的供物台「枕飾」上的供品之一。是一碗盛得尖尖的、插上兩根筷子的白飯，象徵著逝去之人前往另一個世界途中的糧食。

⑩供奉在往生者枕邊的花。只會插著一枝，通常會使用日本莽草，相傳是因為它帶有毒性和獨特的氣味，能夠防止野獸或邪氣打擾往生之人。

太郎戰死沙場。既然長兄沒指望了，只好轉而將期待放在市次郎身上，沒想到市次郎也成了不歸人。如此一來，就只剩下三市郎了，但是比起他的兩位兄長，祖父對三市郎並不待見，認為「那傢伙就是個書呆子」，再加上三市郎本人也無意繼承尼耳家，於是祖父又把腦筋動到李千子身上，無奈李千子還不到招贅的年紀。

然而，現在李千子也死了——既然祖父如此相信，重新想起三市郎的存在也是極其自然的反應。

順帶一提，父親跟平常一樣去下斗米的鎮上尋歡，好像還沒有回來。祖父也不等不肖子回家，自顧自地開始交代守靈夜該做些什麼。

「今天應該是守靈前夜，明天才是正式的守靈夜才對。」

祖母對祖父的安排表示不安。

「遠方的親戚不可能今晚趕到，所以分成兩天不是比較好嗎？」

「不等了，今晚就完成守靈，明天正式下葬。」

傍晚去世的話，遠方的親戚通常無法在當天趕過來，所以通常會先簡單地進行暫時的守靈流程，隔天才會是正式的守靈夜，再隔天才舉行葬禮。但祖父決定縮短這個過程。

話說回來，叔伯姑嬸、堂表兄弟姊妹們都住得離本家千里遠，平常幾乎不相往來。就連盂蘭盆節或過年期間也只有叔伯姑嬸會獨自返鄉，而且總是屁股都還沒坐熱就走了。因此就算親戚沒有齊聚一堂，也沒什麼大不了的。祖母之所以為此耿耿於懷，無非是覺得李千子太可憐了。

李千子一面聽著自己喪事的相關話題、一面拚命想著要傳達自己還沒死的事實。現在身邊有四個人，無異是千載難逢的機會。

可是又擔心就算手腳在被子裡動了，可能也沒有人會注意到。而且臉上蓋著白布，就算張開雙眼也一樣徒勞無功。既然如此，只能努力發出聲音了。

先將意識集中於喉嚨，就算發不出聲音來，只要咳兩聲就夠了。總先先震動聲帶再說。李千子全神貫注地嘗試，無奈聲帶一點反應也沒有，嘴巴也是一樣。

怎麼會這樣……

內心充滿深沉的無力感。明明還活著，卻沒辦法讓其他人知道。明明人還沒走，再這樣下去肯定會慘遭活埋的。

雙眼滑出兩行熱淚。

……啊。

要是他們能發現就好了。然而，下一瞬間就想到臉上還蓋著白布。

該怎麼辦才好……

這時，李千子腦海中浮現出葬禮的重要儀式。

對了，還有湯灌。

將往生者放入棺木前，必須先用溫水清洗遺體。這項任務肯定是由祖母來完成。就是算祖母，要在全裸的狀態下讓對方為自己擦拭全身還是覺得很羞恥，但這無疑是整場葬禮最大的機會。畢竟要直接接觸到身體，只要能稍微動一下，對方肯定會發現自己還沒死。

就算無法如願……

接下來還有換上用漂白的麻布或綿布做成的衣服、在額頭上綁白色三角頭巾、放入棺木等作業。光靠祖母無法處理這麼多雜事，一定會有人來幫忙的。

而且將往生者安放在棺木後，也還有眾人把裝有飯糰、六文錢、扇子、髮飾等物品的頭陀袋和念珠、佛經、孫杖等放進棺木的儀式。

也就是說，即使錯過湯灌，也還有很多機會可以讓別人知道自己還活著。而且因為人數變多了，被注意到的可能性也隨之增加。

話是這麼說……

最值得期待的機會還是祖母的湯灌。祖母對她的寵愛比起父母有過之而無不及，一定會發現她還活著。

就在李千子逐漸萌生出一線希望時。

「這孩子要送去火葬。」

什麼……祖父緊接著說出令她驚愕莫名的決定。

「所以不用湯灌和其他儀式。」

「再怎麼說，這也太……」

隔了一瞬間的空白，祖母難得回嘴了。

「這孩子也太可憐了……」

「妳啊，根本什麼都不懂。」

「李千子不是死於忌名儀式的過程中嗎？」

「事到如今，難道還需要我告訴妳，她的死法並不尋常嗎？」

祖母沉默了半晌。

「可是權藤醫師和坂堂醫師都說她的死是因為碰上土石流導致的，不是嗎？」

聽到祖母的辯駁，祖父以嗤之以鼻的口吻譏嘲。

「權藤醫師還年輕，對忌名儀式也不了解，再加上又是鄰村的醫師。」

「可是坂堂醫師也說——」

「那傢伙從以前就是個蹩腳大夫。就連蟲經村的人，只要稍微生點重病，都會特地跑去下斗米請鎮上的醫師診治。剛才的診斷也是因為權藤醫師先起了頭，坂堂醫師只是順著他的話接下去罷了。」

姑且不論他的醫術是否真有這麼糟，但祖父對兩位醫師的評價倒是沒錯，身為當事人的李千子再明白不過了。

可是這麼一來……

如果沒有湯灌或其他儀式，不就只剩下入殮而已嗎？李千子幾乎沒有機會讓別人知道自己還活著的事實。

然而，李千子的想法還是太過天真了。祖父接下來所說的話，也徹底將她推落萬丈深淵。

「還有，這孩子要進行蓋鍋葬。」

李千子感覺得出來，不只祖母，就連母親和兄長都愣住了。自己腦中也一片空白，再也無法思考。

死於傳染病等特殊疾病的人、或是死於盂蘭盆節期間的人、又或者是因為觸犯當地特有禁忌而死的人，會採用在遺體的頭部蓋上鍋或缽的狀態下葬，稱為「蓋鍋葬」。這種習俗在都市著實已經看不到了，但是在鄉下地方仍未完全廢除。

蓋鍋葬最大的目的在於對遺體的避忌。雖說所有的葬禮都會盡量與遺體保持距離，但程度天差地別。更何況由祖父執行，想必會徹底避免跟遺體接觸吧。

「這麼做的話，這孩子也太可憐了。」

祖母從喉嚨擠出聲音，大力反對。

「人都走了，有什麼好可憐的。而且還不是普通的死法。」

「這……話是這麼說沒錯……」

面對心碎不已的祖母，祖父顯然完全沒有要安慰她的意思，公事公辦地說：

「相對的，我答應妳，不會用地獄繩將她五花大綁地塞進座棺裡。我會讓她用寢棺，這樣她也不至於太憋屈。」

「……這樣啊。」

祖父的說明讓祖母的聲音稍微振作了一點。

相較於都市地區以讓死者躺著下葬的寢棺為主，鄉下地方基本上還是採取座棺的方式入殮。前者是因為火葬普及，即使是細長的寢棺也不占空間。然而如果要採取土葬，難免會有地點的問題。因為寢棺比座棺還需要更大的空間埋葬。

另一方面，座棺的遺體非常難處理。死後如果能立刻入殮是最好，要是基於各種緣故讓時間流逝，遺體會逐漸僵硬，導致無法順利地放進座棺裡。因此為了避免死後僵硬，自古以來流傳著一旦確定死亡，便讓遺體採取雙手抱住雙腳的坐姿，再用粗麻繩加以綑綁固定的方法。用來綑綁遺體的繩子稱為「往生繩」或「極樂繩」，生名鳴地方則稱為「地獄繩」。寢棺為「伸展葬」、座棺為「屈葬」，這些稱謂也是源自於遺體的姿勢。

祖母之所以稍微冷靜下來，或許也是認為雖說是祖先代代相傳的出殯儀式，但是不用讓孫女遭受那麼殘酷的對待，也算是聊勝於無的補償吧。

「如果是寢棺——」

至此始終默不作聲的三市郎訥訥地開口。

「棺木上會開一扇小窗，可以跟大家道別。」

「說的也是。」

寢棺會在靠近遺體臉部的位置鑿一扇對開的小窗，讓親友及前來弔唁的賓客能透過那扇小窗與故人進行出殯前的最後道別。

三市郎與李千子同樣都是「祖母帶大的孩子」，李千子也知道這句話是為了寬慰祖母。即使自己處於這樣的狀況，內心仍充滿對兄長的感激。

沒想到這句話立刻遭到祖父的否決。

「不需要那種小窗。就算有，也不用打開。」

「可是——」

「就算打開，也看不到死者的臉。」

「難不成……」

祖母頓時說不出話來。

「難不成你打算從守靈夜就蓋上鍋子……」

「這不是廢話嗎。守靈夜是出殯前離死者最近的期間。還有考量到九人帷子祓禊，其實現在就應該立刻蓋上鍋子。」

祖父口中的「九人帷子」是生名鳴地方代代相傳的怪談，意指在忌諱狀況下離世的人會尋找九個活祭品。順帶一提，死者與這九個人的關係眾說紛紜，因此並沒有特定的淵源。

例如某戶人家死了孩子，在那之後倘若附近又有孩子死掉，幾乎所有的村民都會畏懼地竊竊私語：「該不會是九人帷子？」即便死者是老人——希望情勢不要像小孩連續死亡時那麼嚴重——也會出現這種流言。因為前者具有「都是小孩」的共通點、後者具有「都是鄰居」的共通點。一旦死者超過三人，幾乎百分之百會被認定是九人帷子。

為了免去這場災禍，必須進行「九人帷子祓禊」。也就是說，至少要出現第二名死者——大多是出現到第三個時——才會進行九人帷子祓禊。但祖父的意思顯然是現在就要進行九人帷子祓禊。

「萬一葬禮結束後，村子裡出現與這孩子年齡相仿的死者，妳擔得起這個責任嗎？」

「……」

祖母答不上來，三市郎與母親當然也無言以對。

「……我明白了。」

祖母苦不堪言地從喉嚨中擠出微弱的聲音。

「我只有一個要求，請讓我為這孩子穿上壽衣。」

「我說的話妳到底有沒有在聽——」

「求求你了！」

祖母把額頭貼在榻榻米上，母親跟著磕頭，三市郎也有樣學樣。

祖父母各執己見、僵持不下好一會兒，最後是祖父敗下陣來，萬般不情願地接受了祖母的要求。只不過，這是在祖母答應他跳過湯灌、壽衣也由祖母一個人為李千子更換，盡量不花太多時間的前提之下。

這時全部的人都暫時離開房間，之後只有祖母獨自回來。

「對不起呀。」

祖母邊說邊俐落地褪去李千子的衣服，用打濕的手絹擦拭她的全身。這恐怕是祖母自己想出來的簡化版湯灌。

明明是千載難逢的好機會，李千子卻無法善用這個良機。再說了，全身上下都感受不到濕手絹擦拭身體的冰涼觸感。既然如此，還有什麼辦法能讓身體出現反應呢？

……生……名……子。

這時，彷彿聽見有人在喊她的忌名。

還以為是祖母，但祖母完全沒有開口的跡象。更重要的是，祖母根本不知道她的忌名，樣子看上去好像也沒聽見任何聲音，只是默默地用手絹為她擦身體。

……生……名子。

彷彿再次聽見聲音的同時，感覺又比剛才更近了，這讓李千子的心揪了一下，就好像是**那個**已經從馬落前追來尼耳家了。

「……」

祖母似乎倒抽了一口涼氣，原本忙著幫她擦拭身體的手突然靜止不動。

「……李千子？」

然後以戒慎恐懼的語氣呼喚她的名字。

咦……

正覺得疑惑的下個瞬間，李千子幾乎就要大聲歡呼了。事實上根本發不出聲音，所以只是在心中吶喊，但李千子確實非常興奮。

莫非是被喊到忌名的時候，身體動了一下的關係吧。如果祖母敏銳地察覺到這微弱的反應……

祖母的手依然沒有動靜，時不時偷偷凝視著她的臉、觸摸她的身體，就是最好的證明。祖母的動作顯然是在檢查她的身體是否有哪個部位還有生命跡象。

……祖母，我還沒死喔。

李千子拚命地想告訴祖母自己還活著，但始終無計可施。只能在心裡隔靴搔癢，令她難受得不知該如何是好。

對了，如果能像剛才那樣流出眼淚……

祖母肯定會注意到吧。想到這裡，李千子大喜過望，可是當腦海中浮現如此冷靜的想法時，悲傷的情緒也隨之淡去。這麼一來，眼淚當然流不出來。

要是能情不自禁地哭出來……

這次祖母或許就能察覺她的異樣，把權藤和坂堂兩位醫師給找回來。即使他們還是判斷李千子已經死了，三市郎可能也會想起《過早的埋葬》裡的案例，提議再多觀察幾天也說不定。無論如何，至少會比現在多出一線生機。

只不過，祖母似乎是認為自己想太多了。

「……是錯覺嗎。」

祖母大失所望地嘆息，然後為她穿上用漂白的布做的衣服、在額頭綁上白色三角頭巾，化了一個簡單的遺體妝。

然而李千子直到最後都不願放棄。綁上三角頭巾時，她努力地想睜開雙眼。即使發現徒勞無功而斷念，但是在祖母為她化妝的時候，依舊不死心地想顫動一下眼皮。

只可惜再怎麼掙扎都沒有用，費盡九牛二虎之力也無法和祖母溝通。

祖父在三市郎的陪同下走進房間時，化妝差不多就要完成了。從這個角度來說，祖母的時間抓得非常精準。

與此同時，棺木也在絕妙的時間送到，可想而知是祖父事先就安排好的。換句話說，祖父早在和祖母討論之前，就決定要用寢棺為李千子火葬了。這下子祖母終於忍不住顫抖著嘴唇，提出抗議。

「……你真的太過分了。」

「這樣做是最好的選擇。」

祖父一臉理所當然地回答。

「至少還是土葬吧……」

「那就得改成座棺了。遺體已經僵硬了，所以必須得勉強凹折她的手腳，這樣做你也無所謂嗎？」

「……」

祖母被這句話堵得啞口無言。

「而且就算換成座棺，萬一銀鏡家問起『當然是要火葬吧』，妳敢回答『不，要土葬』看看，想也知道會吵起來。到最後還是得選擇火葬。屆時可不能再移回寢棺了，必須直接送去火葬場。我告訴妳好了，如果是把座棺送去火葬，內臟通常都燒不乾淨喔。因為遺體都縮成一團了，所以怎麼樣都燒不太到腹部，所以會只剩內臟沒燒乾淨，就這麼留下來。妳忍心看這孩子落到那麼悽慘的下場嗎?」

身體明明沒有任何感覺,可是聽見祖父的說明,李千子就覺得腹部好不舒服。不適的感覺一路衝到喉嚨,害她差點就要吐出來。李千子下意識地忍住想嘔吐的衝動,隨即又想到如果吐出來的話,反而能讓大家知道她還活著,只可惜一切都只是想像中的產物,實際上肉體並未出現任何的反應。

祖父應該沒有騙人,但肯定也是為了說服祖母才故意說得那麼毫不掩飾。果不其然,祖母安靜了下來。

將寢棺安放在固定的位置後,祖父要三市郎幫忙把李千子的遺體放進去。祖母大概是哀莫大於心死,開始整理起棺木周圍的環境。母親也跟著忙進忙出,但是看起來依舊一點忙都幫不上。

從靈魂已然出竅的角度思考,還以為就算入殮,對自己也不會有影響,但卻感覺視野突然暗下來,四周開始產生壓迫感,簡直就像躺在棺木裡……不,或許是因為明知道自己確實被放進棺木裡了,卻還是從旁人的角度看著這一切,以至於失去了正常的判斷也說不定。總之就是很古怪,感覺非常奇妙。

見祖父走出房間,祖母開始將事先準備好的頭陀袋及念珠、佛經等放入棺木,同時要母親用菊花和百合花等會用在喪事儀式的花朵遮住那些物品,因此棺木裡不一會兒就被花給淹沒了。

隨即回到房裡的祖父,看到這樣的光景也沒有動怒。大概是腦子裡只剩下完成最重要的出殯儀式這個念頭。

祖父把鍋子蓋在李千子臉上，將她的頭部完全遮住。

那一瞬間，李千子覺得頭變得很重，視野也變得更暗了。感覺就像有人用力按住她的頭、蒙上她的眼。即便如此，她還是能看見四周的狀況。只是跟之前略有不同，所有的東西看起來都像是隔著一層紗。

祖父迅速地蓋上棺蓋、俐落地敲下釘子。

……已經沒救了。

其實打從一開始就束手無策。如同這個詞彙所示，處於毫無還手之力的狀態。事已至此，就算能移動身體的一部分，也絕對沒有人會注意到；就算能發出聲音，肯定也沒有人聽得見。

在李千子陷入絕望深淵的同時，守靈夜開始了。

第一組弔唁的客人果然是銀鏡家的當家國待和他的次男邦作。長男祇作住在分家藏，如今明明已經是被土石流吞噬的嚴重狀況，可是從國待面對祖父的態度卻完全看不出動搖。

比起祖父，國待要年輕許多，反而是與李千子的父親太市的年紀較為相仿，但是在面對祖父的時候，氣勢一點也不遜色，真不愧是銀鏡家的當家。

「請節哀順變。」

國待鄭重地向祖父低頭致意，一旁的邦作則是一臉心不甘、情不願地草草點了個頭。再怎麼失禮也該有個限度吧。

「而且還是在忌名儀式的過程中遭遇不幸，真令人心痛。」

姑且不論國待說的是不是真心話，至少他的應對進退非常符合守靈的場合。但邦作的態度未免也太吊兒郎當了。

為何我非得來這種地方不可啊。

邦作毫不掩飾自己的態度，幾乎可以一清二楚地聽見他內心的聲音。國待的心情大概也相去不遠，只是表面上一點也看不出來，可見薑還是老的辣。

「讓您費心了。」

祖父不慍不火地回禮。

「沒想到無巧不巧，祇作先生偏偏在我們家進行忌名儀式之際發生了憾事，還有勞您特地前來慰問，李千子肯定也會很高興的。」

一聽到祖父這句話，國待的臉色幡然一變。

「遭土石流掩埋的並非只有我們家的分家藏，村民間也有人受害，委實令人遺憾。」

「可是銀鏡先生，慘遭活埋的只有——」

「站在銀鏡家的立場，當務之急是先協助村民們重建家園。」

因此不得不將分家藏擺在後面，延緩救助祇作的作業。說起來很好聽，但他的本意其實是想利用這個機會擺脫祇作這顆燙手山芋吧。

祖父不只看出他陰狠的用心，也被邦作那無禮至極的態度給激怒了。

「哎呀，如此悲天憫人的胸懷真是令人佩服啊。如果是這樣的話，祇作先生想必就能含笑九泉了。還有因為忌名儀式過世的李千子也能瞑目了。」

祖父的說詞明顯意有所指。

「尼耳先生，你這句話是——」

邦作急不可待地出頭，國待則是伸出一隻手制止他。

「請讓我們上香吧。」

彷彿什麼事也沒發生過，國待面向安置李千子的棺木。邦作貌似非常不滿，但也不敢違抗父親的吩咐，只好照做。

兩人燒香的方法也互為對照，國待依循禮俗，一絲不苟地進行。但相較於國待至少形式上表現出憑弔的樣子，邦作從頭到尾都一副虛應故事的態度，無論是誰都能感受到他對往生之人沒有絲毫敬意。

李千子感覺自己好像正從寢棺裡看著他們，但又不是處於平躺的姿勢。她也說不上來，總之自己確實是置身於棺木裡沒錯。

在銀鏡家父子之後，夜禮花神社的神主瑞穗、六道寺的住持水天、村長及村議會的議員、坂堂醫師等蟲絰村有頭有臉的人士都陸續前來弔唁。滑稽的是這些人所採取的態度剛好介於銀鏡家的國待與邦作之間。換句話說，能夠看出來他們的態度就常理來說確實不失禮數，但是又想與尼耳家保持距離。不過，這時他們避之唯恐不及的，大概是李千子的遺體吧。最讓他們避忌的，很顯然正是現在自己非上香不可的對象。

緊接在村子裡的主要大人物後，左鄰右舍也陸續前來致意。他們的態度五花八門，有人虔誠上香、也有人草草了事。不過每個人都是上完香後就匆匆離去了。除了馬喰村的權藤醫師和李千子就讀中學的老師跟同學，只要是蟲絰村的人都無一例外。

李千子不想再面對這些弔唁的賓客，漫無目的地離開寢棺。雖然心中沒有一個定見，但是就這麼飄向進行守靈的宴席。

孰料，半途中就目擊到奇也怪哉的光景。位於尼耳家北側的河皎家，這家的長女縫衣子正一邊東張西望、一邊躡手躡腳地走進主屋的深處，然後從後門走了出去。李千子尾隨其後，沒想到等在外面的竟是直到剛才都還在守靈場地的銀鏡國待。可是那裡只有國待一個人，不見其子邦作的身影。

儘管太陽早已下山，暮色籠罩大地，兩人卻像是約好似地從後門相偕離開主屋，躲在後院枝繁葉茂的柊南天後面，不知道在討論些什麼。不對，基本上都是縫衣子在講話，感覺國待就只負責聽而已。

可惜聽不清楚兩人談話的內容。因為李千子的意識似乎怎麼樣都無法跨出後門。

既然如此，可能也無法跟上前往火葬場的送葬隊伍……

或許能免於火燒的命運固然可喜，可是如果只有裝著身體的棺木運至火葬場，而意識還留在尼耳家的話，自己會有什麼下場呢？會變成幽靈之類的存在，永遠在這個家遊盪嗎？一想到這裡，就感覺眼前一片黑暗。

這時，縫衣子激動的聲音響徹了周遭。國待試圖安撫她，但她的聲音愈發高亢，所以就連李千子也能聽見。但她還陷在自己的恐怖想像裡，根本沒有餘力去注意縫衣子說了些什麼。

不一會兒，國待獨自走出柊南天的樹蔭，從後門回到屋子裡，大概是要回去守靈的宴席。縫衣子稍微拖拉了半晌，同樣鑽進後門，朝著守靈的房間走去。

整段路上，她的態度始終都很古怪，不停地四下張望。李千子還以為她在找國待，但國待人在哪裡再明顯不過了。即使她找的是別人，但是又不問在走廊上與她擦肩而過的人，只是東張西望、不斷地注視著四周。

進入守靈的房間後，她的動作終於沒那麼可疑了，但仍不免流露出幾分心浮氣躁、靜不下來的樣子，感覺就像是在鬼鬼祟祟地偷看著四周。只不過，尼耳家沒有任何人留意到她的異狀。

只有李千子注意到，然而她已經快要不是人了……

當然，就連她也猜不透縫衣子心裡在想些什麼。但就在她看著縫衣子的時候，突然想起對方也曾經一語不發地凝視著忌名儀式。接著，腦海中冷不防浮現出可怕的想像。

該不會這個人其實是在看生名子……

假如縫衣子發現生名子悄悄地跟在前往淨穢瀑布的李千子背後呢？假使當時縫衣子看的不是李千子，而是她背後的生名子呢……

如今李千子已經死了，那生名子之後又會如何？縫衣子是不是在意得不得了，所以才像這樣左顧右盼呢？

……剛才有人喊了她的忌名。

那是生名子就在附近的鐵證吧。如果縫衣子看見生名子，有沒有可能聯想到李千子其實還沒死呢？這個住在附近的女子說不定是她最後的救命稻草。

因此當縫衣子上完香、走出房間時，李千子便想跟上去。她很清楚自己完全碰不到對方、也無法跟對方說上話。可是如果縫衣子能感受到生名子的存在，說不定也能看到陷入這種異常狀態的李千子。李千子把一切賭在這微弱的一絲希望之上。

然而不知何故，李千子這時卻動彈不得。原本至少還能讓意識隨心所欲地行動，還能輕而易舉地跟著離開房間的人。現在卻定在原地，處於完全禁錮於黑暗中的狀態，絲毫看不見棺木外的情況。

就像真的躺在棺木裡……

不對，現在是真的躺在棺木裡。她很清楚自己的狀態，但那應該只是身體而已，靈魂不是早已脫離這副軀殼、能自由自在地飄來飄去嗎。

李千子感受到前所未有的恐懼。

明知不可能，仍竭盡所能想放聲大喊。想在棺木裡揮動手腳，但終究什麼也辦不到。不僅辦不到，甚至還感到疲累。李千子沒花太多時間就領悟到，自己的疲累裡頭也帶著絕望。已經無暇顧及弔唁的賓客了。李千子深切地感受到無法離開寢棺的無力感，重新認清自己大限將至。

等到再次意識到棺木外的情況時，守靈夜已經結束了。雖然不像方才那樣看得見，但是透過瀰漫在房間裡的氣氛，還是可以知道發生了什麼事。家中一片死寂，恐怕連守靈的宴席都告一段落了。

好像只剩祖母還留在這裡。肯定是要獨自守到天亮吧。她打算徹夜不眠，以免蠟燭和線香熄滅。有些鄉下地方的家屬會睡在遺體旁邊，可是生名鳴地方沒有這種風俗。就算有，這次肯定也會被當成例外處理。因為這是一具不得不火葬的詭異遺體……

活生生地被燒死。

光是稍微想像一下，李千子就快瘋了。身體沒有任何感覺大概是唯一的救贖。問題在於到時候**這縷**意識會有什麼樣的下場。身體被燒成灰燼後，這縷意識也會跟著消失吧，還是會成佛？如果意識依然會像現在這樣存在的話，之後到底又該何去何從呢？

而且話也不能說得太早。即使身體感覺不到疼痛，或許還是得血淋淋地體驗到活生生被燒死那種慘絕人寰的恐懼。直到棺木起火燃燒之前，什麼都說不準。

……思緒纏成一團亂麻，腦袋感覺就快崩壞了。

李千子還保有理智，但什麼時候發瘋都不奇怪。還是說自己其實早就已經瘋了？唯有意識飛出棺木這件事，說不定也只是她的妄想，而非實際發生的現象。一切都是她的妄想，唯有陷入假死狀態是唯一的現實。

問題是，現在還能像這樣思考，不就證明她的腦袋還在正常運作嗎？想通這個事實後，李千子感到欲哭無淚。心裡很清楚乾脆直接瘋掉說不定還更輕鬆一點，然而頭腦卻正常地運轉著，真是令人無奈。

變成瘋女的那一刻，想必也是在被火葬的瞬間。

本人雖然沒有自覺，但她的精神正處於非常危險的狀態。如果真的像這樣在棺木裡度過一晚，她的心肯定會垮掉。

對於被逼到這步田地的李千子而言，祖母的存在是唯一的救贖。幸虧有祖母寸步不離地守在安置棺木的房間內、一直陪伴在她身邊，她才能勉強撐著、沒有崩潰。不僅如此，雖然有些難以置信，但她好像在不知不覺間睡著了，等到猛然恢復意識時，就發現天已經亮了。因為母親來叫祖母吃早餐，她才意識到這個驚人的事實。

……可是，這不是很正常嗎。

李千子又沒有死。就算身體動彈不得，精神依舊會感到疲勞。而且精神上受到的打擊也非同小可，所以才會在不知不覺間昏睡過去也未可知。

醒來的感覺……

正當她覺得還算神清氣爽的同時，恐懼也從漆黑一片、什麼也看不見的棺木中源源不絕地湧上來。雖說葬禮尚未開始，但她已經無計可施了。既然無法掀開棺蓋，可以說幾乎沒有機會逃出生天。祖母為她守夜時或許是最後的機會，但即使祖母離她那麼近，她依然什麼都辦不到。事到如今，她已經不敢奢望情況會有所好轉了。

葬禮將如何進行、有哪些人來弔唁、空氣中又會瀰漫著什麼樣的氛圍呢？

就在李千子對這一切仍一無所知時，在尼耳家屋內進行的出殯儀式已經結束了。寢棺會被放在輿上，由送葬隊伍繞行整個村落後，前往幾乎沒什麼使用的青雨山火葬場。順帶一提，山的前面坐落著六道寺，火葬場則是在另一側。

李千子可以感受到棺木一路搖晃的感覺。如今她的意識已經完全跟身體同化了。

輕飄飄的浮遊感只持續了一陣子，就知道是自己的棺木被擺上輿了。之所以會在面向後院的房間裡舉行守靈和葬禮，想必是原本就打算讓承載著棺木的輿從這裡送出去。

李千子再次感受到浮遊感，但是比剛才穩定許多，大概是因為棺木被放在輿上的關係吧。雖然只是轉瞬之間，但身體大大地傾斜了一下，肯定是輿從房間下到後院裡了。

即使躺在寢棺裡、頭上蓋著鍋子，李千子對於目前的情況仍瞭若指掌。所以才會感到害怕，因為知道自己被燒死的時刻正一分一秒地逼近。除非轎夫在半路摔上一跤，讓遺體從棺木裡飛出去，否則她根本毫無活命的機會。而且就算路上發生那種意外，她恐怕還是什麼都做不了，直到又被放回棺木裡。

……生、名、子。

就在這個時候，感覺好像有人從屋子那邊喊了她的忌名。

生名子果然就在附近吧，而且她還打算跟著李千子嗎？

可是……為什麼？

產生疑問的下一刻，答案已然浮現在腦海之中。

為了與我同化……

生名子的存在意義只有一個，那就是保護李千子不受任何災厄的侵擾。說得更直接也更殘酷一點，生名子必須一肩扛起所有降臨在李千子身上的災厄。既然如此，李千子的死也就意味著**她**的消滅不是嗎？

所以她最後打算進入我的體內。

李千子覺得這個乍聽之下很合理的解釋其實一點道理也沒有，但她無法不認為這就是真相。會不會到了最後的最後，生名子其實是想變成李千子本人……她萌生了這種感覺。

……不行、不要。

就算是自己的替身，對方終究不是人。那種**東西**正打算進入我的體內，至於是腦內、心中、還是身體裡面，完全不清楚她打算在哪裡落腳，但無論是哪裡，都令人覺得非常不能接受。

如果必須接受活活被燒死的命運，她想以尼耳李千子的身分死去。

她不覺得這是什麼奢侈的願望，倒不如說這樣想是理所當然的吧。她如是想的同時，就聽見有個聲音正對著自己輕聲細語。

把自己獻給至今一直為自己消災解厄的生名子有什麼不好。

內心頓時有些動搖，腦子裡卻掠過這是天經地義的想法，然而隨即又馬上加以否定。

那才不是自己希望的下場。

進行生名鳴地方自古代代相傳的忌名儀式完全是祖父一意孤行的結果，根本不顧本人的意願。而且明明其他村落都已經廢止了，就連蟲經村也只剩下幾戶人家在舉行，但祖父還是強迫她接受。

結果落得這種下場……

李千子既憤慨又害怕的同時，送葬隊伍仍繼續前進。只不過她無法分辨現在正繞行到村子的哪一帶。

……生、名、子。

那個聲音再度從後方傳來。感覺生名子正亦步亦趨地緊跟著隊伍的尾巴。她果然跟上來了。

可是，怎麼想都很奇怪。

明明應該是在喊李千子，但生名子喊的卻是自己的名字。若說因為那是李千子的忌名，又成了乍聽之下很合理、事實上卻並非如此的解釋。

因為對方不是人……

所以不合常理也誠屬自然，既然如此，自然也完全無法預測和生名子同化之後，究竟會發生什麼事。

該不會，這次就換我變成別人的忌名吧……

就在腦海中浮現出最驚恐的想像時。

……生……名……子……

聲音就響在棺木的正後方，然後一口氣加速。

……生……名子。

聲音的主人踏進棺木裡。

……生名……子。

手腳並用地爬上她的身體。

……生名子。

終於抵達耳邊後。

……生～名～子～。

從髮旋的地方鑽呀鑽地、竄入了她的腦袋內。

哇啊啊啊啊啊啊……

李千子的尖叫聲同時在腦內和棺木裡響徹，等到她猛然回神時，自己已經從寢棺裡坐起來，與祖母緊緊相擁。

第四章

刀城言耶的任務

刀 城 言 耶 の 役 割

即使尼耳李千子那長長的故事已經告一段落，刀城言耶卻還處於興奮的狀態，現在正站起身來、在房裡踱著方步。他每次經過窗前的時候，從窗外照射進來的夕陽殘照就會一陣閃爍，感覺莫名刺眼。

「喂，你稍微冷靜一點。」

言耶大學時代的學長發條福太苦笑著制止他。

「嗯，說的也是。」

話是這樣說，但言耶完全沒有要停下腳步的跡象。

「請問……我是不是說了什麼不該說的話？」

福太的未婚妻李千子臉上浮現擔憂的表情，惴惴不安地看著走來走去的言耶。祖父江偲見狀，一臉拿他莫可奈何地提醒：

「老師，可以了，快點坐下吧。」

「……嗯，說的也是。」

「不要光說不練，總之可以先坐下嗎？李千子小姐都被你嚇壞了。」

「還好，我沒有——」

「不能放縱老師。您已經丟出他不知道的怪事引他上鉤了。」

「什、什麼意思？」

李千子露出怯生生的表情，下意識地靠向福太。偲則是一臉正色地說道：

「老師只要聽到自己從未聽說過的奇聞怪事，也不管會給當事人帶來多大的麻煩與困擾，就緊咬著知情的人不放，直到對方吐出自己知道的一切為止。沒有連本帶利地把對方知道的情報給榨得一乾二淨，老師可是不會善罷干休的。」

「什麼……」

李千子嚇得臉色發白，緊緊地拽著福太，言耶對她微微一笑，然後不假思索地對偲展開反擊。

「我是遊廓的遣手婆嗎？」

「我有說錯嗎？老師不是經常這樣嗎。」

「眼下我有咬著李千子小姐不放嗎？」

「……咦？這麼說來，你還真的什麼都沒做呢。」

偲目不轉睛地看著言耶，表情除了驚訝，還帶有不可置信，更多的是毫不掩飾的狐疑。

這個月的第一天，時間是傍晚時分，四個人聚在距離有名的二手書市神保町徒步約十幾分鐘的鴻池家偏屋。刀城言耶從大學時代起就一直在這裡租房子，成為作家後，為了解決藏書陸續增加的問題，也曾想過是否要搬到更大的租屋處，但是受到房東鴻池絹枝的挽留。

「我從老蘇還是讀書的小夥子的時候——嗯，現在也還像是小夥子就是了——就一直照顧老蘇你到現在。做人要飲水思源，這次是不是應該換老蘇負起責任照顧我，直到我駕鶴西歸為止呢？」

原本是老婦人單方面的決定，言耶才會留下的，不過當老婦人說她會在偏屋旁邊增建藏書用的書庫時，言耶自然是舉雙手雙腳贊成。

發條福太是言耶大學的學長，從沒來過言耶的偏屋。尼耳李千子當然也是一樣，但祖父江偲可就不是這麼回事了。她來偏屋的次數簡直數都數不清，因為她是刀城言耶以筆名執筆的作家「東城雅哉」的責任編輯。

偲任職的「怪想舍」是日本戰敗後才成立的新興出版社，主要發行偵探小說與怪奇幻想小說。當時的新興出版社有如雨後春筍般一窩蜂成立，但大多沒過幾年又幾乎消失殆盡。在那之中，怪想舍的規模雖然只相當於中小企業，仍努力地堅持著出版活動。她負責的月刊雜誌《書齋的屍體》雖然銷售量持續低迷，依然出色地堅守著偵探小說專門刊物的崗位。而東城雅哉、也就是刀城言耶就是這本文學雜誌的招牌作家之一。

「話說回來，祖父江，妳怎麼還在這裡？」

「討厭啦！老師，我當然是為了工作呀。」

或許是從言耶質問的語氣裡領悟到局勢對自己不利，只見她試圖打馬虎眼。

「和妳討論完工作後，發條學長他們就來了。而且我和他們是事先約好的，但妳總是突如其來地出現。」

「我是妖怪嗎？」

「如果是魑魅魍魎還好，至少它們不會強迫我寫作。」

「所以說，關於那件事——」

「嗯，妳已經解釋過、我也理解，所以這件事已經結束了。既然如此，妳怎麼還不回去？為什麼還留在這裡、坐在我旁邊、聽李千子小姐描述她的體驗？」

「身為老師的責任編輯，我擔心老師萬一漏聽了什麼恐怖的部分，老毛病又發作，可能會失去控制。」

「這什麼理由啊——」

「我也有很多工作要忙，沒時間多管閒事，可是為了老師——我可都是為了老師才勉強自己留下來。」

「我說妳呀……」

言耶目瞪口呆，就在他正想還以顏色的時候。

「有什麼關係嘛。」

福太插進來打圓場。

「我也聽說過刀城老弟一聽到怪談就看不見四周的壞毛病，而且此時此刻就親眼見證了這一幕。老實說，我有點嚇到呢。如果有祖父江小姐這種很了解他的人在場，我也比較放心。」

偲向福太道謝後，瞥了言耶一眼，臉上毫不掩飾地浮現出老師果然還是需要我——這種沾沾自喜、洋洋得意的表情。

「學長，你太抬舉祖父江了。」

「會嗎?在我看來，她是個優秀的美人編輯呢。」

「發條先生，您瞎說什麼大實話呀。」

言耶不理會得意忘形的偲，逕自向李千子問道：

「因為工作的關係得經常接觸精細的零件，確實很辛苦吧?」

「啊，對呀。」

「這也難怪學長的視力比以前差多了。」

福太與李千子都在發條家經營的「元和玩具」工作，那是一家製作兒童玩具的公司。只不過福太屬於業務部，在需要接觸精密零件的開發部上班的是李千子，這點言耶也很清楚。

「老師，你想表達什麼?」

察覺到偲的語氣裡夾雜著威脅的意味，福太又插進兩人之間。

「對了，刀城老弟，你這次為什麼沒表現出平常的惡習啊?」

「我猜是因為——」

偲不假思索地替言耶回答，大概是基於但凡所有與刀城言耶有關的事，沒有人比她更清楚的自信。

「與忌名儀式有關的細節，李千子小姐已經仔細地講述完畢了。老師去鄉下進行田野調查的時候，無論主述者是什麼樣的人，通常都講得不清不楚、不明不白。像是突然冒出怪異的名稱也不介紹一下，就只說發生了什麼事。這種情況就會害老師按捺不住、刨根究底地追問那個怪異事物的背景，直到自己滿意之前，絕對不會放開對方。幸好李千子小姐非常會說故事，所以才能逃過一劫。不瞞二位，剛剛其實已經算是千鈞一髮的狀態了。」

言耶忍不住想對偲最後的這句話提出抗議，但還是忍了下來。

「妳說的倒也沒錯。」

因為她的觀察確實精準，再爭辯下去也是讓人看笑話，所以言耶姑且認輸。

「不過，比什麼都重要的是，訊息量也太龐大了。」

「所以你才會那麼興奮，興奮到走來走去嗎？」

「我是有想到幾個解釋，但是如果要解釋清楚，得先去圖書館查一下資料。這些想法在腦海中一口氣炸開，待我回過神來，已經開始來回踱步了。」

「這樣還不算是危險人物嗎？」

「至少沒走到門外的大馬路上，已經很給面子了。」

「那當然。萬一老師真的踏出門，在外頭走來走去的話，就算是我，也只能心一橫，幫你辦理某機構的住院手續了。」

「住、住院？妳也太誇張了——」

偲從大聲抗議的言耶身上移開視線。

「話說回來，發條先生，您確定要找老師幫忙嗎？」

「是的。經過思前想後的綜合考量，我認為只有他最適合。」

「綜合考量……嗎。原來如此。」

偲再次目不轉睛地盯著言耶，這次換言耶不自在地別開頭去。因為偲的眼神就像是在說——再也沒有比刀城言耶這個男人更不適合介入他人戀愛問題的人了。

以下是整件事的來龍去脈。

在下斗米町念高中的李千子經常從頂樓眺望鐵路。即使沒有火車經過，她也會看著鐵軌想像「好想到遠方的那一邊去」。然後在四年前從高中畢業後，終於如願以償地來到東京，進入元和玩具服務。

之所以選擇去距離老家千里之遙的地方工作，除了想善用自己修理三市郎的收藏品時練就的好手藝外，無非也想離開氣氛沉重得令人喘不過氣的尼耳家，乃至於蟲經村，甚至是整個生名鳴地方。只可惜一開始這個心願並沒有實現，因為她被分配到業務部的行政單位。可是她已經心滿意足了。或許是因為她真的感受到自己已經脫離祖父監視的環境、過著自由自在的生活。

李千子隨即與福太走到了一塊。起因是聽她提到從頂樓眺望鐵路的回憶時，似乎觸動了福太熱愛鐵道的心弦。不過兩人也不是一下子就天雷勾動地火地談起戀愛。李千子是高中剛畢業，才從鄉下來到大城市的鄉巴佬，而福太是從小就在都市長大的青年。而且兩人差了快十歲，所以這種情同兄妹的關係持續了好長一段時間。開始出現變化，是在福太發現李千子對玩具有很深的興趣與理解之後。換言之，說是公司的商品、也就是玩具拉近了兩人的距離也不為過。

李千子進公司大約過了一年的時候，福太向身為公司老闆的父母提出幫她轉調單位的建議，強調與其給她行政工作，不如讓她在開發部發揮所長，對她本人跟元和玩具都更有好處。因此，總之先安排她進開發部試用了一段期間，所幸她的工作表現遠高於福太的期待，最後順利地正式成為開發部的一員。

又過了一年，李千子成年後，福太便以結婚為前提，請她和自己交往，這時兩人才開始談戀愛。然後又過了一年左右，福太向她求婚了，但不知何故，她就是不肯答應，只表示希望福太能再給她一點時間。而且還請了進公司以來第一次的特休，回到曾經死都不願意回去的老家。

福太還以為她是為了向父母報告他們的婚事，但其實李千子是回去完成二十一歲的忌名儀式。再怎麼痛恨尼耳家、蟲經村、生名鳴地方的陋習，唯獨這個儀式絕不能輕忽。內心深處似乎也有意識到這會是最後一次了。如果不做個了斷，就無法跟福太步入結婚禮堂——這是李千子的想法。

二十一歲的忌名儀式極為平靜地落幕，沒有碰上任何怪事。只有隔壁的河皎縫衣子一如往常地凝視著她出發、凝視著她返家。還有就是經過馬落前時，她依然有種被住在分家藏的銀鏡祇作盯著看的感覺。就好像角目正從七年前被土石流掩埋的地底窺伺著她……抵達淨穢瀑布的時候，也覺得好像有人在呼喚她的忌名。倘若真的聽見「生名子」，哪怕只有一聲，恐怕也會忍不住回頭……內心由始至終都籠罩在這樣的恐懼下。

從老家回到東京後，李千子一五一十地向福太坦承了這件事。福太聽得一頭霧水，但李千子表示只要結婚了，幾乎就能斬斷與尼耳家的孽緣。雖然想繼續與祖母保持聯絡，但那頂多只能算是個人的私交。

在福太的印象中，經過二十一歲的儀式後，李千子突然變得很成熟……福太眼看李千子逐漸褪去原本的青澀，其實有些捨不得，但是考慮到結婚這件事，倒也覺得這是個好現象。

原本以為已經沒有任何事情能阻擋兩人的婚事，但其實還存在著一個障礙，那就是元和玩具的副社長，也就是福太的母親香月子。她很中意李千子，到這裡都沒有任何問題，但關鍵在於香月子是個極端重視「家世」和「家族傳統」的人。

戰前，銀鏡家是蟲經村最大的地主，尼耳家只能屈居第二。戰敗後的農地改革撼動了兩家的地位，所以單就資產而言，兩家其實難分軒輊，毋寧說尼耳家還比銀鏡家稍微有錢一點。說是這麼說，但村子裡的地位還是銀鏡家占上風——李千子這麼向福太說明。

『這還真難辨啊。』

發條福太找他商量這件事的時候，言耶最先浮現的是「天曉得香月子會做出什麼判斷」這種不安。

『即使我告訴家母，尼耳家如今在資產方面已經追上銀鏡家，也不算說謊。』

『確實不算說謊。可是學長的母親在乎的應該不是誰家比較有錢，她關注的重點應該是誰才是村子裡最有勢力的人吧。』

言耶一語道破，福太迫不及待地接著說：

『也就是說，如果從家世面爭長短，事情就會變得很麻煩。我打算將家母的焦點轉向傳統，你覺得如何？』

『不不不，我覺得這樣反而會愈搞愈複雜。』

『怎麼說？』

『我還不清楚細節，但那個忌名儀式似乎是種恐怖的儀式。換句話說，看在學長的母親眼中，可能會認為那種儀式是落伍又詭異的迷信。』

聽到這裡，福太笑了出來。

『喂喂，你也見識過家母有多麼隨便不是嗎？你忘啦。』

『啊，我想起來了。』

言耶在學生時代曾經去福太家玩過。當時學長向母親介紹言耶：『他是**那位**冬城牙城的兒子喔。』冬城牙城是言耶的父親，戰前素有「昭和的名偵探」之稱，是非常活躍的私家偵探，但這只是工作時的化名，他的本名是刀城牙升。然而言耶和父親之間存在著很大的心結，而且這個心結在言耶心裡更是打成了死結。因此比較了解他的人，都絕對不會在他面前提起父親的事。

可是福太跟言耶並沒有那麼熟，所以介紹他的時候才會提起大名鼎鼎的冬城牙城。顯然是希望母親因此對這位學弟另眼相看，好讓言耶今後更容易在發條家出入。

不料福太當場上了一課，發現自己忝為人子，對母親的了解還不夠全面。

『哦，我確實聽過叫這個名字的偵探。』

看樣子對香月子而言，無論冬城牙城的名聲再怎麼響亮，頂多也只是個「不過是偵探之流」的人。

福太為時已晚地發現母親的反應出乎自己預料，趕緊使出起死回生的一擊。

『說起刀城家，過去可是華族⑪喔。』

這句話成功地讓香月子的態度出現一百八十度的大轉變，突然就對言耶表現出不敢稍有怠慢的歡迎款待。言耶從未見過這種瞬間轉變的速度，快得令他瞠目結舌。

言耶想起了這段往事，不禁『嗯……』地念念有詞。

『聽完李千子小姐的敘述後，該如何向令堂說明會最有效呢——從這個角度思考會比較好吧。』

要為這件事做出結論，就在這一天了。

「老師居然會幫別人的戀情出謀畫策，太陽還真是打西邊出來了。」

事前已經聽說過前因後果的偲半是愕然、半是調侃地盯著言耶不放。

「我接到的委託是透過妥善地說明，讓學長的母親理解忌名儀式是歷史悠久、地位崇高的傳統習俗。」

「從這個角度來說，老師確實很適任也說不定啦……」

偲意味深長地說道，這引來了福太的追問。

「有什麼問題嗎？」

「您也看到聽李千子小姐描述時、還有聽完之後的老師模樣了吧？」

「嗯，對啊。」

---

⑪ 明治二年（1869）因應版籍奉還政策，廢止了過去的公家、諸侯階級，轉為華族。明治十七年（1884）頒布華族令，將華族當家之主定為「公」、「侯」、「伯」、「子」、「男」等五種爵位階級，是握有諸多特權的世襲制度。其中也包含雖然在維新前並非出身公卿大名，但因為對國家建有功勳而獲封爵位的「新華族」（勳功華族）。

「您不覺得老師向令堂說明忌名儀式的時候，對那種神祕的儀式進行獨特解釋的老毛病會不小心跑出來，導致說明的內容不知不覺間轉往驚心動魄的方向發展嗎？」

「我確實也有點擔心。」

「欸……」

見福太回答得斬釘截鐵，言耶發出窩囊的聲音抗議：

「怎麼這樣，這麼說也太過分了吧。」

「你稍安勿躁。不管怎樣，家母非常欣賞你。除了你們家以前是華族的關係外，最主要還是因為你的人品，這點我可以保證。就算你們家以前不是華族，頂多是多花一點時間，家母遲早會全面接受的。只要是由你出面說明，即使偏離主題太遠，我想應該也不成問題。」

「原來如此。」

看到偲貌似接受了這套說詞，福太彷彿又想到了什麼。

「對於把說明的重責大任交給刀城老弟這件事，李千子起初也感到很不安。」

「欸，真的嗎？」

言耶一臉不知該做何反應才好的表情。

「這也不能怪您。」

偲彷彿看穿一切似地說道，與言耶形成極為鮮明的對照，這逗得福太大笑起來，而李千子則是羞赧地低下頭。

「不過，您擔心的又是什麼呢？」

真不愧是祖父江偲，先是了然於心地頻頻點頭，隨即又關心起李千子憂心的事情。

「當我告訴她，刀城老弟的父親就是名偵探冬城牙城，而且本身也擁有偵探的才能、過去曾解決過與鄉下地方傳承有關的命案時，她提出了與祖父江小姐方才如出一轍的擔憂。」

「果然長得漂亮的少女，心裡想的也都一樣呢。」

「祖父江，妳這句話跟學長剛才說的那些話之間一點邏輯性也沒有——」

「我非常能理解李千子小姐的擔憂。」

「還有啊，成年女性基本上不會以少女自稱。即使李千子小姐還能稱為少女，可是以妳的年紀——」

「老師，你想提早交稿嗎？」

「這是兩回事——」

「別吵、別吵啦。」

福太苦笑著打斷他們的唇槍舌劍。

「於是我又跟她說明，從刀城老弟的話聽下來，他才不是什麼名偵探，反而是很容易迷失方向的迷偵探。再加上刀城老弟不太知道該怎麼和家母相處，所以不用擔心他們會聊得太投機，大概只會簡單地說明一下就結束話題。」

「對不起，我太失禮了——」

因為李千子低頭道歉，這讓言耶趕緊驚慌失措地說：

「沒關係，別放在心上。我確實不是偵探，能解決遇到的案件也只是湊巧。」

「老師的推理豈止峰迴路轉，根本是九拐十八彎以後又七顛八倒了一番。」

偲從旁補充不必要的說明，李千子則是語帶不安地說：

「可是最後都能——」

「找到真相嗎，這其實有點難說。如果光看把案件攪得亂七八糟、最後颯爽離去的背影，或許還真有幾分名偵探的樣子。」

如果是平常的祖父江偲，肯定會逮住機會大力陳述刀城言耶的名偵探事蹟，但她顯然還在記恨他剛才那句「可是以妳的年紀——」因此口吻比平常辛辣許多。然而，對於從以前就不喜歡人家稱自己為名偵探的言耶而言，這是求之不得的反應。

「她說的沒錯，即使我是迫不得已才扮演偵探的角色，不過實際上就像學長所說的那樣，是迷失方向的迷偵探。」

「話雖如此——」

這時，偲才後知後覺地意識到自己犯下的錯誤。

「雖然是這麼沒用的老師，但其實——」

偲還想接著說下去，於是言耶連忙向福太確認。

「對了，方才李千子小姐說的話裡，學長有什麼特別在意的地方嗎？」

「喔，只有一個。」

福太的反應正中言耶下懷。

「是什麼？」

「讓她陷入假死狀態的原因到底是什麼？」

「從狀況來判斷，我認為可以有兩種解釋。」

言耶的雙眸開始閃爍著奇異的神采。

「第一個是？」

「如同醫師的診斷，因為受到土石流迫近眼前的衝擊，引發暫時的休克死亡。」

「第二個呢？」

「因為被喊到忌名而回頭的時候，中了魔物的招。」

「你認為是哪一個？」

「啊！還有第一個和第二個同時發生，也就是第三種可能性。」

「嗯……聽起來這才是正確解答。問題是假死狀態沒那麼容易發生吧。」

聽到這句話，言耶雙眼的光輝更加璀璨了。

「以前有個罹患胸膜炎的學生被送到布拉格的大學醫院，正要從冷冰冰的地上站起來時又倒下了。醫師趕緊過來診斷，發現他全身冰涼、心跳停止、瞳孔放大，怎麼刺激都沒有反應。即使切開靜脈，也只流出少許的血液。醫師請醫學系的學生們幫忙，想方設法地急救都宣告無效。開始準備後事的時候，學生突然坐起來大喊：『我還活著。』他說自己從頭到尾都有意識，也聽得見所有在周遭發生的事。萬一真的舉行葬禮，他就會活生生地被埋葬了。」

「……跟我一樣。」

「德國的婦產科也報告過某孕婦的案例。該孕婦處於全身冰涼、毫無反應的狀態，心跳和脈搏都停止了。雙眼深深地凹陷下去，角膜也很渾濁，給予再多的刺激都沒有反應。為了挽救孕婦肚子裡的小嬰兒，醫師決定為孕婦剖腹生產。等到他拿著手術工具再回來的時候，孕婦竟然活過來了。」

「萬一在她醒過來前就施行手術的話……」

「紐約的一間醫院裡，有個男人突然死了。醫師為了確定死因所以進行解剖，但手術刀剛戳進遺體，男人就從床上跳起來，還抓住醫師的領子。結果反而是醫師中風猝死，男人倒是好端端地活了過來。」

「居然還有這樣的例子。」

「法國的某大學裡有個法醫實習生將手術刀刺進年輕女性的遺體時，死者突然發出慘絕人寰的哀嚎坐起來、並且朝他撲過去。女人揪住實習生的頭髮，還猛抓他的臉。實習生不斷地揮舞手術刀，但還是因為過度害怕而嚇昏過去。等到他再次醒來的時候，女人的心臟插著手術刀，又變回一具遺體。他臉上則永遠留下了當時所受的傷。」

「嗯，原來如此。我明白了——」

發現李千子因為言耶剛才說的案例與自己過去的體驗不謀而合，因而露出怯懦的表情，於是福太想阻止他繼續說下去。

「也有一些冥冥之中註定的案例。在盧昂戰役中傷重死亡的士兵與其他戰死者一起被剝光衣服、丟進壕溝裡並用土掩埋的時候，其實人還活著，只是口不能言、身體也動彈不得。這時，士兵的僕人來了，將主人的遺體搬回宿舍。安置五天後，遺體竟出現復活的徵兆，但進攻的敵人認為他只是一具屍體，就從窗戶扔了出去。士兵落在堆肥上，就這麼放置了一天。最後幸虧被有緣人發現，才終於完全死而復活。所以得說冥冥之中自有定數，因為他的母親也曾經在身懷六甲的情況下一度被埋葬，直到當時人在外地的父親回來，挖出遺體、切開腹部，才將他平安無事地取出來。換句話說，他不只一次從狹窄的場所中生還。」

「聽起來還真是驚人——」

「說到驚人，有個法國年輕人因為父親單方面的要求，不得不成為神職人員。在那之前他先去旅行，下榻了某間旅館。旅館老闆夫婦希望他能為剛死去的女兒祈禱，於是他答應了老闆夫婦的請求。但過程中基於好奇心的驅使，掀開蓋在遺體上的面紗，因而被美麗的死者給迷得神魂顛倒，所以忍不住做了不該做的事，也就是姦屍。第二天一早，他受到良心的譴責，連忙離開旅館。後來老闆夫婦為女兒辦後事時，搬運棺木的途中，有人感受到棺木內部的震動，趕緊把遺體取出來，試著搶救，結果女兒真的死而復生了。不料幾個月後，他們發現女兒竟然莫名其妙地懷孕了，這也讓村民們議論紛紛。女兒產下嬰兒後，進了修道院。另一方面，年輕人因為父親去世的關係，不必再當神職人員了。就在他再次途經那家旅館的時候，聽到了關於女兒的傳聞，大為震驚，之後就和那個女兒結婚了——聽起來實在很難以置信。」

「不，我認為那是真的——」

「還有和死而復生的女性私奔到國外的例子……」

「那個、我說——」

「那是住在巴黎的……」

「刀城老弟——」

「有兩個商人，他們各自的子女……」

「你先停一下——」

「老師，你聽說過名為白魔仔的妖怪嗎？」

偲提出這個問題的同時，原本滔滔不絕的言耶倏地閉嘴，沉默短暫地支配著室內。

「白、白魔仔……」

偲趕在言耶的壞習慣又要捲土重來之前先發制人。

「啊，話先說在前頭，我也不清楚細節喔。」

「欸……」

「只是以前聽說過叫這種名字的妖怪——」

「妳、妳聽誰說的？白魔仔到、到底在哪裡出沒？」

「我忘記是誰說的了，只記得地點好像是東北地方什麼的，除此之外，我什麼也不知道。」

「怎麼這樣……」

福太盯著大失所望的言耶好一會兒，之後對偲表示打從心底發出的感謝之意。

「感謝妳打破僵局。真不愧是他的責任編輯啊。」

「好說好說，區區小事何足掛齒。只不過，這種方法叫做以毒攻毒，不建議一般人使用。」

「妳是什麼專家嗎？」

言耶早已重新振作起來，逮住機會就要抓偲的語病。

「這還用說嗎，當然是制服刀城言耶老師壞毛病的專家啊。」

「嗯，確實有兩把刷子。」

不僅福太，就連李千子也很佩服偲的樣子，不服氣的就只有言耶本人而已。

「言歸正傳，學長——」

言耶轉變話題。

「關於接下來的計畫，明天下午我會去發條家打擾，向學長的母親說明尼耳家其實是有頭有臉的家族。後天再跟學長、李千子小姐及令堂三人一同前往尼耳家拜訪，為二位提親。」

「現在是自由戀愛的時代，李千子也覺得不需要徵求娘家的同意，這麼做是為了家母的面子。」

「令尊的意思呢？」

「全權交給家母處理了。」

「可以的話，希望大後天就能從尼耳家回來，正式發表婚事。」

「相當緊湊的計畫呢。」

偲的心思似乎已經飄到兩人的未來了。可是聽完他們的計畫後，臉上也浮現出疑惑。

「那個……現在問可能有點晚了，為什麼不早一點討論結婚的事呢？李千子小姐去年夏末就已經完成最後的儀式了，為何還要相隔一年以上呢？我有點不能理解……」

果然是偲的作風，語氣雖然含蓄，可是想問什麼還是會毫不修飾地問出口。

「要解釋這件事，就得說出尼耳家的恥辱。」

「咦……那就不勉強您了……」

既然是「家族的恥辱」，偲也不好意思再探究下去，但李千子顯然並不在意。

「沒什麼，我沒關係的。倒不如說還想先讓刀城老師和祖父江小姐知道，以免二位有太多無謂的顧慮。」

「那就彼此開誠布公、坦誠相見吧。」

李千子點點頭，同意言耶的建議。

「在我的守靈夜和葬禮上，家父都不見人影——」

「葬禮也是嗎？」

「是的。當時我的意識完全禁錮在棺木裡，所以不確定實際上有誰參加，但可以肯定家父不在。因為家父第二天才回來，得知我的死訊與葬禮時，還大驚失色……」

「我想也是。」

「身為尼耳家的一家之主，祖父相當稱職，只可惜家父不是這塊料。根據祖母的說法，祖父以前也曾經對家父青眼有加，抱以非常高的期待，可是忌名儀式好像出了一點狀況……」

「那是幾歲時候的事？」

「聽說是二十一歲。」

「出了什麼事？」

「祖母好像也不清楚細節。只是到了最近，我開始猜測是不是基於某種原因，導致忌名講談開始混亂失序了……像是愛好女色或容易招惹麻煩女人的災厄，原本應該要由家父的忌名獨力承擔，結果全部落到家父本人頭上……」

「如果回顧李千子小姐的體驗——」

言耶意有所指地說。

「隨著年齡增長，十四歲時在儀式中遇到的怪事比七歲少、二十一歲又比十四歲更少。」

「這是為什麼呢？」

見偲表現出大惑不解的模樣，言耶回答：

「根據令祖父件淙先生的解釋，『七歲以前都是神的孩子』。假設七歲是正式被視為一個人的年紀——相當於剛成為人類的狀態。也就是說，認定當事人身為一個人類、但還是存在著某些不穩定的部分，也並不奇怪。」

「所以很容易被魔物給盯上。」

「嗯。可是到了十四歲就比七歲時成熟許多，所以遇到的怪異事物也不像七歲時那麼直接。但是因為進入青春期，精神上比較不穩定，所以怪異也變成更曖昧、模糊的現象。我是這麼理解的。」

「話說回來，令尊……」偲問道。

「家父名叫太市。」

「啊，不好意思。太市先生明明前兩次什麼也沒發生，但是在二十一歲時卻碰上了怪事。這是為什麼呢？」

「一切只是我的想像，或許太市先生從小就屬於比較少年老成的務實性格。因此即使實際受到魔物的威脅，他也絲毫沒有注意到。只要沒被人意識到，縱使發生再可怕、再詭異的現象，也等於不存在了吧。」

「……或許真的是這樣也說不定。」

李千子微微點頭，表示贊同。

「即使正值青春期，太市先生也很冷靜。因此魔物沒有任何可趁之機。」

「既然如此，為什麼二十一歲的時候就——」

「就出事了嗎？不好意思，以下依舊是我的想像，假設一直累積下去，又會發生什麼事呢。」

「您指的是？」

「魔物們的怨恨……」

言耶的形容讓其他人墜入五里霧中，彼此面面相覷，不知該做何反應才好，誰也沒出聲。

「呃……老師，這裡要笑嗎？」

率先打破沉默的還是與言耶相交最久的偲。

「那我換個說法好了。因為七歲跟十四歲時的太市先生對忌名儀式特有的魔幻氛圍渾然未覺，所以那股氣氛一直徘徊在三頭門到淨穢瀑布之間。然後到了二十一歲的儀式時，不曉得觸碰了什麼開關，那些滯留的東西就一股腦兒反撲到他的身上……」

「事到如今才這麼說實在很過意不去——」

福太有些欲言又止地插嘴。

「你今後也打算在那種怪異實際存在的前提下討論這件事嗎？」

「我還以為這個問題打從一開始就不需要討論了。」

見言耶說得不容置疑，偲似乎很詫異。

「老師平常不是老是掛在嘴邊，說討論怪異存不存在是很沒常識的行為嗎？」

「我的立場並沒有動搖，不過這次是例外。」

「這是什麼意思？」

「因為請恕我直言——此行最大的目的是要說服學長的母親吧。」

言耶將臉轉向福太，又接著說明。

「話說回來，令堂對這方面的怪事是抱持什麼樣的看法？」

「哎呀，這倒是相當明確。」

福太以非常冷淡的語氣說道。

「就算聽聞東京都內某處一到傍晚就有妖怪出現之類的傳聞，我想家母大概也會嗤之以鼻、不當一回事吧。就算聽到妖怪的目標是小孩，或許也只會從極為現實的角度，認定那是人口販子幹的好事。」

「請繼續——」

在言耶的催促下，福太臉上浮現苦笑。

「雖說是生名鳴地方獨有的傳統——不，正因為是生名鳴地方獨有的傳統——倘若聽到因為那種自古以來的習俗而出現了魔物，家母肯定會無條件相信的。」

「也就是說，根據奇聞異事背景的不同，令堂的接受度就會出現一百八十度的差別嗎？」

「所以刀城老弟也完全不需要在意這一點喔。」

「我明白了。抱歉，話題扯遠了。」

言耶前半句是回答福太，後半句則轉向李千子道歉。

「不不不，別這麼說。是我們向老師提出無理的要求——」

「那個，請不要叫我老師……」

「我、我說了什麼失禮的話嗎？」

李千子急著問道，但偲卻一臉雲淡風輕地向她解釋：

「沒有，當然沒什麼問題。老師明明已經當了好幾年的作家，可是到現在聽見別人喊他『老師』還是會覺得害羞。這種孩子氣的地方可讓各家出版社的編輯傷透腦筋了——」

「妳又在胡說八道了。」

偲一如既往地對言耶的抗議置若罔聞。

「所以就算叫他『老師』也沒有任何問題的。」

「……太好了。」

聽到這裡，李千子總算放下心中的大石，接續剛才的話題。

「我不清楚家父當時發生過什麼事，但是他好像沉溺於女性關係、迷到不可自拔。」

「請恕我再多問一句，太市先生的雙眼還好嗎？」

「雖然他本人堅決不承認，可是右眼的視力好像非常不好。」

「二十一歲的儀式時，突然聽到有人呼喚自己的忌名，忍不住回頭看……」

李千子微微頷首。

「我後來聽祖母說，祖父覺得再這樣下去也不是辦法，才透過遠房親戚的介紹，安排家父與家母相親。」

「令祖母瑞子女士告訴孫子的事情都好露骨啊。」

言耶儘管已經篩選過說詞，但仍問得十分直接。

「我猜一切都是為了我。兩位兄長戰死，三市郎哥哥又全然不管家裡的事，祖母擔心祖父的期待會落到我這個女流之輩頭上，所以凡是與尼耳家有關的事，祖母都打算知無不言、言無不盡吧。之所以會把父親的事告訴我，或許也是擔心萬一我對忌名儀式不夠了解，那些災厄可能也會降臨在我身上。」

「原來如此。我懂了。」

「不過，好像也可以認為家父女性關係複雜的這件事，最後也幫了尼耳家一把，雖然很諷刺就是了。」

「這話怎麼說？」

「在我完成十四歲儀式的隔年，市糸郎和井津子這對雙胞胎來到我們家了。他們是我和兄長同父異母的弟妹。」

福太想必已經知道了，但是言耶和偲突然聽聞此事，一時半刻還反應不過來，雙雙沉默以對。

「我和兄長完全不知道他們兩人的存在。我不確定祖母和家母是不是知情，但祖父肯定是知道的。」

「妳認為——件淙先生至少參與了市糸郎的命名嗎？」

對於言耶的詢問，李千子點了點頭。

「三個兄長和我的名字都是祖父取的。如果父親要為弟弟妹妹命名，肯定會刻意換成別的名字。」

「件淙先生與太市先生的感情不好嗎？」

「是的。但即便如此，祖父始終都認為家父是長子、是尼耳家的繼承人。所以就算家父在外面有了孩子，祖父也沒怪他。只是對他不再抱有任何期待，轉而將希望放在孫子市太郎身上。可惜大哥戰死沙場，接著被祖父寄予重望的二哥市次郎也同樣捐軀了。最後剩下三市郎哥哥，可是祖父從小就對他沒有任何的期待，反而是祖母非常疼愛他。祖母也很愛我，但是她對三哥的溺愛完全在我之上。」

「長男與次男的名字第一個字都是『市』，三市郎先生的『市』卻出現在名字的第二個字，我總覺得這個模式應該有什麼用意。」

言耶指出這一點，福太則開始思考推敲。

「你是說——祖父在命名的時候就已經對三男不抱期待了嗎？」

「是不是真的我倒不敢肯定，但是在我看來就是這種感覺。」

「嗯……或許他認為尼耳家只要有長男和次男就能常保安泰了吧。」

「有這個可能。」

言耶附和後，又看了李千子一眼。

「令祖母或許是同情打從呱呱墜地的那一刻起就受到差別待遇的三市郎先生。」

「沒錯。基於這樣的前因後果，兩位兄長死後，縱使祖父曾經短暫地對三市郎哥哥投以關愛的眼神，但好像還是不甚滿意……同樣的狀況在我陷入假死狀態時差點又要重演了……」

「為李千子小姐招贅、讓女婿繼承尼耳家——件淙先生的計畫因為妳的『死』而功虧一簣。他是這麼認為的吧。」

「我雖然死而復生，不過祖父似乎也因為那場假死狀態造成的騷動而受到相當大的打擊……後來也不再一心為我招贅……但也正因為如此，祖父的關注也一口氣落到市糸郎的身上。」

「所以他們才能公然在尼耳家出入啊。」

「當然，也不許家母反對。」

「……好過分。」

偲喃喃自語地說道。李千子略略欠身，感謝她為自己抱不平。

「幸好市糸郎和井津子都是好孩子，所以沒有造成太大的問題。弟弟十分老實，乖巧聽話；妹妹則是一點也不怕生，是個活潑開朗的孩子。大家都覺得他們的性格應該要反過來才對。兩人只要靜靜地坐著，看起來就像是人偶娃娃那樣漂亮又可愛，可是內在卻正好相反。」

「儘管如此，件淙先生還是認為應該要讓男丁市糸郎繼承尼耳家。」

「不過，反而是弟弟比較擅長運動，相較於井津子是隻旱鴨子，他則是游泳健將，身體也很健康的樣子，祖父終於不用擔心了。」

「件淙先生或許打著性格什麼的只要慢慢養成就好的如意算盤。」

「是的。他們第一次來我家，是在我十四歲的忌名儀式剛好滿一年後。隔月是兩人的七歲生日，可是只有市糸郎舉行了忌名儀式。」

「井津子沒進行忌名儀式，是因為尼耳家沒把她視為繼承人的關係嗎？」

「如果市糸郎是女孩子，而兩人打一開始就是雙胞胎姊妹的話，祖父毫無疑問會選擇井津子來舉行忌名儀式吧。」

「市糸郎怕不怕那個儀式？」

言耶的疑問讓李千子的面容蒙上一層陰影。

「聽完忌名講談後，他就對前往淨穢瀑布感到非常抗拒。我猜是因為祖父對他說了首蟲和角目的事。然後井津子自告奮勇要代替他去……與其說是想保護市糸郎，更多的應該是基於那孩子本身的好奇心吧。」

「結果呢？」

「祖父氣沖沖地罵道『枉為男兒身』，不依不饒地提起我在七歲的時候也順利地完成忌名儀式——但這些話反倒只是讓市糸郎更不想去。我實在看不下去了，就主動向祖父請纓：『交給我吧。』然後偷偷給了市糸郎那把手槍。」

「哦，真是個好主意。」

「我告訴他：『姊姊十四歲的時候用這個擊退了妖怪。』也提醒他：『可是也有很多弱小的妖怪，所以除非真的出現很恐怖的妖怪，否則不要輕易使用手槍。』」

「後來順利嗎？」

「市糸郎回來的時候，臉色鐵青，身體一直顫抖個不停，這讓祖母和家母都很擔心，不過我很清楚，那孩子因為完成了任務，獲得了成就感。」

「手槍呢？」

「他說自己每當碰上可怕的遭遇時，都會先想著更恐怖的事物，努力地撐過去。所以直到最後都沒有用上。」

「他、他碰到什麼遭遇？」

「從此以後，他們就在尼耳家住下來了？」

眼見言耶的興致又要被怪異的東西給吸走，偲趕緊催促李千子說下去，以免話題扯遠。

「我高中畢業後就來到東京，所以我們實際住在一起的時間只有四年左右，但我真的很慶幸家裡多了照顧起來很有成就感的弟弟、還有聊起天來總是很快活的妹妹。」

「這樣啊。」

言耶感同身受地喃喃自語。

「今年是市糸郎十四歲的儀式，您是打算等結束後再考慮跟學長的婚事吧。」

「您說的沒錯。其實我是更想等到市糸郎完成二十一歲的儀式……」

「那還得再七年，怎麼說都太久了。」

福太一臉困擾地說道。

「就算我能等，我家兩老也等不了。想也知道會一天到晚在我耳邊嘮叨，要我趕快相親、趕快結婚。所以我和李千子討論後，就決定等到市糸郎十四歲的儀式結束。」

「話說忌名儀式是哪一天？」

「就是今天。」

李千子的回答令言耶與偲大吃一驚。

「我們真的要在儀式剛結束的時候去府上拜訪嗎？」

「我是認為這麼一來，對我們也比較有利。因為祖父的注意力都放在市糸郎身上。」

「原來如此。」

之後話題又再度回到明天要去發條家拜訪的行程。不過時間主要都花在嚷嚷著「既然如此，我也要去」的偲，以及告誡她「這件事與妳無關」的言耶之間那沒完沒了的口舌之爭上。

「今天真的非常感謝你們。」

「明天也請務必多多幫忙了。」

「我一定要跟去！」

兩人向言耶道謝，正準備離開鴻池家的偏屋時，偲還在吵著死活都要同行。

「老蘇，有個客人來找你的客人。」

偏屋外傳來房東鴻池絹枝的聲音。

「好，是哪一位呀？」

言耶邊應聲邊走出偏屋，只見有個貌似中學生、臉頰紅通通的少年站在絹枝身旁。看樣子好像是用跑的過來的。

「他說他是老蘇的客人租屋處房東的兒子。好像有什麼非常緊急的事喔。」

「你要找尼耳李千子小姐嗎？」

或許是聽見他們的聲音，李千子這時也走到屋外。

「喜代晴，發生什麼事了？」

「媽媽說姊姊人在這裡，要我把東西送來……」

李千子出門時曾經與房東打過照面，兩人還站著稍微聊了一會兒天。大概是那時提到自己要來言耶家，所以喜代晴才會找到這裡來吧。問題在於那個得讓他用跑的送來的東西。

「是給姊姊的電報……」

李千子接過電報，在了解內容的剎那，表情為之一變。

「沒事吧？」

福太擔心之餘，探頭去看看電報的內容，也跟著臉色大變

「……是不好的消息嗎？」

言耶略顯遲疑地問道。

「市糸郎好像在進行儀式的過程中過世了。」

第五章

在發條家

発条家にて

第二天，刀城言耶按照預定計畫前往發條家。

祖父江偲堅持「我也要一起去」，但是在言耶「原本要和前輩的母親交手就已經不是一件容易事了，再加上尼耳家又遭逢不幸，想也知道要說服她會變得更加困難。在這種情況下，如果還帶上妳這個外人，萬一對方問起『我說，那邊那位小姐是哪位呢？』的話，又該怎麼解釋，對方才會接受呢？現在這個節骨眼，妳就別再給我出難題了」言之諄諄地勸說下，偲這才心不甘、情不願地放棄。

不過言耶的擔心幾乎都是杞人憂天。

「哎呀，老師，你還是一樣穿著那件牛仔褲啊。」

刀城言耶從學生時代就很愛穿牛仔褲——無論當時還是現在，牛仔褲在日本都很稀奇——福太的母親香月子像是很懷念似地看著他的牛仔褲，然後姑且先聽他說明關於忌名儀式的種種。不過心裡最在意的，仍是他們是不是還要照當初的原訂計畫去拜訪尼耳家。

「在這種時候，還是先別提你們要結婚的事吧。」

「可是媽，再拖下去……」

「我知道，再拖下去也會打亂我的行程。」

身為元和玩具副社長的立場可不是鬧著玩的，香月子總是忙得不可開交。生名鳴地方不可能當天來回，至少也要兩天的時間。而且前後最好不要安排什麼重要的行程。一想到這點，就覺得不能再拖下去了。順帶一提，香月子這次破例安排了五天的空檔來處理這件事。

「自從我們開始以結婚為前提交往，至今已經過了兩年。先前是因為要等忌名儀式結束，所以急也急不來，可是再繼續等下去……」

福太顯然無論如何都不想再拖延了。

「我能體會你的心情。」

香月子十分理解兒子的心情，但是也莫可奈何。

李千子打電話回尼耳家確認，得知警方明天下午會送回市糸郎的遺體。預計明天傍晚開始守靈、後天下午舉行葬禮。順帶一提，是採用火葬，而不是土葬。

「請問一下，二位打算怎麼致哀？」

言耶不勝惶恐地打斷母子倆的對話。

「小倆口已經打定主意要結婚，而且雙方家長也不反對，所以沒有任何問題，只是兩家之間還沒有打過招呼。」

「處於兩家還是陌生人的狀態嗎。」

「以這種關係來說，要怎麼致意確實有點難拿捏。」

福太對一臉困窘的香月子說道：

「但也不能什麼都不做啊。」

「到底該怎麼做才不會失禮，讓我想想——」

母子倆又開始你一言、我一語地討論起來，一旁的言耶默不作聲地陷入沉思。

「同時進行如何？」

福太母子不約而同地安靜下來，相較於香月子一臉「你在說什麼呀」的表情，福太居然微微一笑，看得言耶有些意外。但率先反應的還是香月子。

「刀城老師，你的意思該不是要我們利用這次弔喪的機會順便提親吧？」

「那個『刀城老師』的稱呼就不用——」

「聽說作家都是學富五車的人，但多半還是缺乏常識呢。」

「我認為這是極為合理的判斷——」

「老師，這就叫不理解人情世故——」

「媽，妳冷靜一點，先聽聽刀城老弟的見解嘛。」

福太插進來打圓場，香月子只好先閉嘴，用手勢催促言耶給出說明。

「學長的母親公務極為繁忙。」

「我是時代劇裡的人嗎？」

「媽，妳就先別插嘴了。」

「但是就現狀來看，如果這次不去尼耳家，下次不曉得什麼時候才有機會，學長無論如何都不想再拖下去了。」

福太點頭如搗蒜。

「另一方面，該怎麼向尼耳家致哀也是個問題。為了一口氣解決這兩個問題，只能先行弔唁，然後再向對方提親，正謂一石二鳥。」

「這怎麼行，頭七都還沒結束……」

香月子柳眉倒豎地反對。

「再怎麼說，這也太沒常識了。」

「但是並不是要進行下聘。真要說的話，就只是雙方家長先見個面而已。」

「就算是那樣也太不得體了吧。」

香月子始終面露難色，言耶只得舉白旗投降。

「我們家的話，倒是完全沒問題。」

截至目前一直沉默不語、聽著他們討論的李千子開了口。聲音雖然微弱，但語氣十分堅定。

「欸？這樣不行啦。」

香月子大吃一驚，而李千子則是支支吾吾地說道：

「不瞞您說，我上個月底回過尼耳家。一方面是為了向家人報告我的婚事、另一方面也是要為即將進行忌名儀式的市糸郎加油打氣。」

「你知道這件事嗎？」

香月子問福太，後者理所當然地點頭。

「她的父母和祖父母全都舉雙手贊成我們的婚事。」

「那你怎麼不早說。」

「因為正確來說，唯獨她祖父的意見不太一致……」

「什麼意思？」

李千子的祖父件淙目前仍是尼耳家的一家之長，因此香月子想必也會很在意他的態度。

「倒也不是反對，單純像是漠不關心……」

「當時祖父滿腦子都只有市糸郎即將在下個月舉行忌名儀式的事。」

李千子在旁邊補充。

「我想祖父對我的婚事幾乎可以說是『隨妳高興吧』的感覺。」

「而且就算祖父反對，她也會——離開尼耳家，所以一點問題也沒有。」

言耶猜想，福太本來要說的是「捨棄」而不是「離開」，但此時此刻輪不到他出言攪局，因此保持沉默。

「話是這麼說，但還是希望能得到雙方家長的祝福吧。」

「嗯。可是李千子也認為這其實不是問題。因為她早就料到祖父會有那樣的反應了。」

「漠不關心固然很遺憾，但我們應該要慶幸至少沒有反對嗎。」

福太很高興香月子的觀點能正向思考了。

「倒不如說更讓李千子擔心的，其實是市糸郎的儀式。」

「跟李千子小姐的祖父一樣嗎？」

「嗯，不過意思有點不太一樣。」

福太字斟句酌地對面露詫異之色的香月子說：

「她祖父認定市糸郎是尼耳家的繼承人，所以才讓他舉行忌名儀式，但是卻沒有讓井津子參與忌名儀式。祖父希望透過順利完成儀式，來證明市糸郎擁有繼承人的資格。這是李千子與祖父的差別。」

「太封建了吧。」

福太也同意香月子直率的感想。

「可是李千子還是希望能盡量消除市糸郎的恐懼。更重要的是，她很害怕過去發生在她身上的那些難以預料的現象又在這次的忌名儀式中出現。」

「偏偏生名鳴地方——」

像是要補充福太的說明，李千子這時插話了。

「市糸郎進行忌名儀式的三天前，就跟我當時一樣，也有颱風來襲，帶來驚人的集中型豪雨，而且第二天好像還發生了地震。」

「妳很擔心吧。」

言耶顧慮她的情緒。

「萬一又發生李千子十四歲時經歷過的事，我們的拜訪可能就得取消了。」

福太針對關鍵的問題繼續說下去。

「不過，尼耳家的人——主要是祖父——提過無論忌名儀式發生什麼狀況，都很歡迎發條家到訪。」

「可是……」

言耶略顯遲疑。

「饒是件涼先生也沒想到市糸郎會過世吧。」

「嗯，那是當然。可是在尼耳家，祖父的決定就是一切。」

「說得難聽一點，要打蛇隨棍上嗎？」

言耶邊回答邊悄悄地窺探香月子的反應，怕她不能接受自己這種風格的應對方式。

「我明白了。」

香月子迅速地做出判斷。

「我還是覺得從世人的角度來看，這麼做相當不合情理，不過既然尼耳家的當家都同意了，那就接受對方的好意吧。」

言耶鬆了一口氣，但仍以忿忿不平的語氣對福太說道：

「學長，既然你們早就談妥了，一開始就應該先告訴我呀。」

「哎呀，除非完全想不出別的辦法，否則我實在不想亮出這張底牌。」

福太的態度才真的是嬉皮笑臉。

「啊，這麼說來，我剛才建議要同時進行時，學長臉上確實閃過一抹微笑呢。」

「你的觀察力還是那麼敏銳。」

「好吧，那就這麼決定了。」

如果尼耳家在東京都內或鄰近的縣市，香月子或許絕對不會同意。她恐怕是看在尼耳家遠在和關東相距一大段距離的鄉下地區，而且不用擔心這次的造訪會被和發條家往來的人知道的份上才答應的。

因此發條香月子與福太、再加上尼耳李千子，三個人將按照當初的計畫，一同前往生名鳴地方的尼耳家，然而這時又出現了新的問題。

「刀城老師，請務必與我們同行。」

香月子突然向言耶提出請求。

「咦，可是這件事跟我一點關係也沒……」

「老師是地方的——那個是叫民俗學嗎——總之是專業的學者。去到那邊如果有什麼不懂的事情，希望老師能在旁邊幫忙解說。」

「欸，那個，可是我……」

「再說了，市糸郎過世的情況，感覺上並不尋常……對吧？」

剛才一直刻意避開這個話題，但根據李千子昨晚打電話回尼耳家詢問的結果，確實得知了意外的事實。

市糸郎在忌名儀式進行到最高潮時，於淨穢瀑布被銳利的凶器刺傷右眼，所以可能是他殺。後來又在三頭門附近的草叢裡發現疑似凶器、沾有血跡的錐子。不僅如此，蟲經村還流傳著有人目擊到角目的驚恐傳言。

「這下一定需要名偵探刀城言耶老師出馬了吧。」

對香月子而言，偵探工作其實就是「不過是偵探之流」的層級，對於言耶還要再加上個「不過是作家之流」的評價，只因為刀城家過去是華族的關係，所以香月子才會對他另眼相看。

「說的也是。」

眼看連福太都表示贊成，言耶也慌了。

「不，可是——」

「你居然會猶豫啊，還真不像你。」

福太不解地歪著腦袋。

「什麼意思？」

「根據祖父江小姐的描述，這次這種情況，我還以為你會主動要求同行——」

「你顯然對我有所誤解呢。我確實對生名鳴地方和蟲經村非常感興趣，可是各位拜訪尼耳家的目的是要討論學長與李千子小姐的婚事，以及對市糸郎的離世表示哀悼。我臉皮再厚，也沒有厚到要利用人家適逢重要婚喪喜慶的場合去進行民俗採訪。請李千子小姐先向尼耳家提一下有我這麼一個人，改天再登門拜訪不是比較合乎常識嗎。更何況，尼耳家目前可能發生了殺人命案。在這種情況下，我怎麼可能大搖大擺地找上門去。」

「沒想到你意外地有常識呢。」

福太打從心底發出讚歎，讓言耶不由得苦笑起來。

「家教好不好，果然會表現在性格上呢。」

香月子則是從另一個角度表示佩服。

「但不管怎麼說，刀城老師，請務必陪我們一起去。好嗎？拜託你了。」

面對香月子近乎強人所難的請求，饒是言耶也不知道該怎麼拒絕。

「李千子小姐，妳也希望他一起去吧？」

不僅如此，香月子還試圖拉攏李千子幫腔。

「……嗯，對、對呀。」

站在李千子的立場，突然問她這種問題，她也窮於回答。光是要同時提親和慰問就已經夠勞心勞力了，再加上還發生了殺人事件，現在又得帶著外人同行，而且同行的人又是個怪毛病特別多的外行偵探作家，這可不是那麼簡單就能同意的事。

問題在於，現在問她意願的人是福太的母親。香月子希望言耶同行、福太似乎也贊成，李千子當然就不好一口回絕了。如果帶著刀城言耶到家裡去，祖父件淙會有什麼反應呢？

——言耶彷彿能聽見李千子這樣的心聲，深感同情。自己應該挺身而出，果斷地說出「我才不去」，幫助她脫離進退維谷的窘境。想是這麼想，但他對生名鳴地方和蟲經村充滿強烈的好奇也是事實。

還有，他本人想必絕對不會承認這一點，但是他肯定也受到了忌名儀式殺人事件的吸引。

最後，香月子幾乎是趕鴨子上架似地決定讓刀城言耶同行。

「這件事請千萬不要告訴祖父江。」

言耶無可奈何地應允，但也沒忘記馬上下達封口令。

因為當祖父江偲放棄跟來發條家時，說是交換條件也不為過，她硬是要言耶答應「如果老師也要去尼耳家的話，到時候一定要帶上我喔」。

「對了，她也想去呢。」

福太一針見血地戳穿，這也戳出了香月子的好奇心。

「那位小姐是老師的責任編輯吧。好啊，也帶她一起去吧。」

「那、那可不行。」

「李千子小姐也見過那位吧。」

「是的。是一個聰慧的美人，性格很開朗，是個很有趣的人。」

「可以帶她去嗎？」

「那是當然，歡迎之至。」

她大概是想說，既然決定讓言耶同行了，再增加幾個人也沒關係的。別開玩笑了，求求妳拒絕——只可惜言耶的心願未能上達天聽，李千子爽快地答應。

「既然如此，請答應我一個條件。」

言耶死心了，決定放棄與香月子對抗。

「不要主動對祖父江提起這件事。」

「可是最慢到今天傍晚，她一起會上你的偏屋去找人、想知道我們談了什麼的。屆時你也不告訴她嗎？」

福太匪夷所思地問道，言耶笑著回答：

「我今天要到深夜才會回家。」

「明天早上九點要在東京車站集合喔。對作家而言，這個時間很早吧。」

香月子擔心他起不來，言耶不以為忤地說：

「為了擺脫祖父江，至少要有這樣的覺悟。我現在馬上回家收拾行李，再到別人家借住一宿也是個辦法。」

「嗯哼……兩位的關係真是耐人尋味啊。」

香月子笑得極為開懷。不過包括她在內，三個人皆鄭重地答應言耶的要求。

為了證明聽完李千子的敘述後就一直縈繞在腦海裡的假設，言耶在返回鴻池家偏屋之前先去圖書館查了資料。遺憾的是距離閉館只剩下沒多少時間，無法充分地調查個過癮。即便如此卻還是有所斬穫，於是今天就先這樣打道回府了。

但願祖父江不要來呀……

言耶暗自在心中祈禱，匆匆趕回鴻池家的偏屋，並開始收拾行李——他其實從平時就做好隨時都能出門遠行的準備——然後去找朋友。然而，這一天晚上偏偏沒有人方便收留他。畢竟臨時要住一晚，只能求助於交情比較深厚的朋友。問題是這樣的朋友本來就不多，所以令言耶傷透腦筋。

如果是這個時間，應該可以回家了吧……

言耶開始思考。

不不不，對手可是那個祖父江偲啊。

總覺得萬一掉以輕心的話，在踏進偏屋的瞬間，可能就會從沒有開燈的黑暗之中突然傳來她的聲音：「老師，你回來啦。還真晚啊。」她和房東絹枝的感情很好，過去已經好幾次理所當然地在言耶外出時擅自進屋了。

可是，這麼一來……

眼下可以想到的就只有一個人，只剩下死都不想與對方扯上關係的那個人。

……黑兄嗎。

言耶在心中嘆了一口大氣，萬般不情願地走向阿武隈川烏租的房子。「黑兄」是阿武隈川的綽號，取自於烏鴉的黑色。

阿武隈川和發條福太在大學是同年級，不過兩人念的科系不一樣。硬要說的話，阿武隈川和言耶的交情可比福太和言耶要深厚多了。因為兩人有民俗學這個共通話題，而且同樣都是一看到跟怪異事物有關的傳說就會迷失自我的個性。阿武隈川的老家是京都歷史悠久的神社，利用這層關係，得以在全國各地進行田野調查。可是他實在太胖了，所以無法想出門就出門。因此主要是以透過和對方書信往來的方式進行研究，但是有很多細節還是得親自前往現場才能釐清，所以他會刻意將訊息透露給既是學弟又是同好的言耶，讓言耶替他跑一趟——說穿了其實是要言耶為他跑腿——他們從以前就是這種關係。

從各取所需的角度來看，兩人可以說是半斤八兩，所以言耶並沒有什麼不滿，可是問題就出在阿武隈川的性格。阿武隈川是個旁若無人、滿腦子只有吃吃吃、蠻橫無禮、眼中只有食物、沒規矩、為了吃可以不擇手段、恣意妄為、喜歡暴飲暴食、失敬失禮至極、永遠都處於飢餓的狀態、永遠都在吃東西……的人物。

除此之外，還要加上他把捉弄言耶視為至高無上的樂趣，所以言耶真的很受不了他。居然可以相處到現在都還沒翻臉，就連自己也覺得很不可思議，這或許就是世人口中的孽緣吧。

「晚安。」

言耶輕輕敲響阿武隈川租的獨棟房子玄關門，打了招呼。

「黑兄，我是言耶。」

屋子裡靜悄悄的。

「黑~兄，你在家嗎？」

平常都不出門了，阿武隈川更不可能在這種時間出門，所以言耶繼續呼叫。

「……你來幹嘛？」

玄關門的另一頭突然傳來低沉的嗓音，把言耶給嚇了一跳。

「別嚇我呀。」

言耶想起阿武隈川有個怪裡怪氣的特技，那就是蜷縮著龐大的身軀，像隻貓似地躡手躡腳、無聲移動。

「總之先讓我進去吧。」

「先告訴我，你來做什麼？」

「等我進去再告訴你。」

「你這傢伙有所圖謀吧，別以為能瞞過我的法眼。」

「啊？圖謀什麼？」

「這還用說嗎，當然是我的宵夜啊。」

言耶感覺到自己全身的力氣在此刻一口氣流失。

「黑兄，我怎麼可能知道你正在吃宵夜。」

「少來了，你這個貪吃鬼。」

「唯有這點輪不到你說我。」

言耶不甘示弱地駁斥後，向他說明自己明天要搭一大早的電車去生名鳴地方的蟲經村，因此今晚想在阿武隈川家過夜——

「哦，那個村子有一種當地才有、超級好吃的香菇，釀成香菇酒可美味了。」

阿武隈川回答的同時，也乾脆地打開了玄關門的鎖。

「你還在磨蹭什麼，快點進來。」

「……打擾了。」

「別覬覦我的宵夜喔。」

根本不想回答這麼愚蠢的對話，言耶懶得理他，逕自走進最裡面那個熟悉的房間。

言耶從學生時代就不太會應付阿武隈川，這點到現在也一樣，但是過去確實受到阿武隈川龐大的民俗學知識與他老家神社管道的諸多幫助。而且絕大部分的契機都是從這個房間開始的。

言耶單刀直入地問阿武隈川。

「你聽過忌名儀式嗎？」

「那是一種非常罕見，其他地方看不到的特殊儀式。」

阿武隈川一邊大口咬下紅豆麵包、一邊以充滿戒備的眼神看著言耶回答，深怕東西會被言耶搶走似的。

「還有兩個，可是絕對不給你。」

「別擔心，我不要。一來我不餓、二來我也不喜歡紅豆餡，所以真的、完全、一點也沒有要黑兄給我的意思。」

還以為否定到這個地步應該沒問題了，但阿武隈川始終對他投以疑神疑鬼的視線，言耶決定當作沒看見。

「這個儀式有什麼其他地方看不到的特點嗎？」

「說到這個，就是祭品是沒有實體的名字——這點吧。」

「你是說，忌名就是要獻祭的祭品嗎？」

「不然還有什麼。」

提到祭品，通常都會聯想到某種動物之類的，雖然也流傳有活人獻祭的傳說，但無論如何，基本上都是生物。後來雖然也出現了模仿生物形體的人造物，但主要都脫離不了動物的範圍。

「名字這種東西，說穿了不過是個記號，但那是指具有形體的情況，這點你也很清楚吧。」

確實，這還是第一次聽到將「不存在的實體」用來獻祭的儀式。

「走在夜路上，感覺有人跟在後面，可是回頭一看卻什麼也沒有。這時只要稍微移步到路邊，說句『您先請』，怪異的現象就會停止了。」

「你說的是在靜岡和奈良流傳的『啪噠啪噠⑫』吧。」

「像這樣幫三不五時發生在日常生活中、無法解釋的現象賦予名稱時，妖怪就誕生了——說穿了是這回事吧。」

「要是沒有名字，就只會存在於體驗過該現象的人心中，其他人就算經歷相同的體驗，若是沒有名字也無法產生連結。因為這個緣故，和那些相關的體驗就無法口耳相傳。這麼一來，現象

⑫ 原文為「べとべとさん」，會在人走夜路時出現，但僅有腳步聲而沒有形體，名稱也是來自於行走時的聲響。相傳只會跟在後頭，並不會做出傷害人的舉動。現今世人對它的印象多來自於知名漫畫大師、同時也是妖怪研究者的水木茂所創作的形象。

本身就會隨著時間經過而消失。可是一旦給它們名字，情況就不一樣了。即使那傢伙沒有實體，也會開始盡力主張自己的存在。」

「生名鳴地方的忌名就是最適切的例子嗎……」

「所以就算在其他的地方舉行相同的儀式也沒用。」

「我也這麼認為。」

「被賦予忌名的另一個自己，一肩承擔了原本應該要降臨在本人身上的一切災厄。總而言之，忌名將會成為自己的替身，這不正是所謂的祭品嗎？」

這個人雖然在性格上有很多問題，但他的考察還是一樣那麼犀利，言耶佩服得五體投地。

「你沒有帶什麼吃的過來嗎？」

阿武隈川突然冒出這麼一句，讓言耶不禁在心裡嘆氣。

「你不是才剛吃完紅豆麵包嗎，而且還吃了三個。」

「算得這麼清楚，顯然是對我沒有分給你吃而懷恨在心吧。這種心胸狹窄的性格最好改過來喔。」

「這句話我原封不動地還給你。」

「真的什麼都沒有嗎？」

「……等等。」

感覺再扯下去只會讓自己更累，言耶從包包裡拿出買來當明天早餐的甜麵包。

「你果然有帶嘛，而且這不也是紅豆麵包嗎。」

阿武隈川喜上眉梢的同時也不忘攻擊言耶。

「還說什麼不喜歡紅豆麵包勒，是不是想讓我疏於防範，再趁機偷走我的紅豆麵包？」

「……我說，哪有那種可能。」

「少來了，別想騙我。」

「好吧。既然你這麼說，那這個紅豆麵包就不給你了。」

言耶作勢要把麵包收回包包裡。

「別別別，阿言，我只是開個小玩笑嘛。」

原本高高在上的態度突然有了一百八十度的轉變，阿武隈川烏開始令人毛骨悚然地發起嗲來。

「算我拜託你了，別用那種聲調說話。」

「只要阿言對我好一點，我馬上停止。」

無庸贅言，言耶趕緊獻上紅豆麵包。

「關於那個忌名儀式啊——」

為了以最快的速度忘記紅豆麵包的爭端，言耶掐頭去尾地向阿武隈川轉述從李千子口中聽來的種種。

「本來應該由忌名承擔的災厄卻降臨在銀鏡家的祇作和尼耳家的李千子身上，這到底是為什麼呢？市糸郎死亡時的詳細狀況還不清楚，但幾乎可以確定是發生在儀式進行的途中，他甚至連命都沒了。」

「嗯，你想想看嘛。」

三兩下就終結整顆紅豆麵包，阿武隈川一邊將視線直勾勾地射向言耶的包包、一邊回答。

「忌名沒有實體，只存在於言語傳承之中，卻必須一肩扛下降臨在本人身上的災厄。你認為這得需要多大的力量才能辦到。」

「你的意思是說，反作用力也不容小覷……」

「就是這麼回事。話說回來，阿言——」

「已經沒有紅豆麵包了。」

言耶打開天窗說亮話——其實包裡還有其他種類的麵包，但確實沒有紅豆麵包了，所以也不算撒謊——這時阿武隈川用一臉意猶未盡的表情說道：

「現在還在舉行那種儀式的，大概就只剩下銀鏡家和尼耳家這種蟲經村數一數二、可被稱之為資產家的家族吧。」

「或許是這樣沒錯。」

「也就是所謂的既有傳統，在村子裡又有勢力的望族。所以才會舉行忌名儀式，要是不繼續舉行的話，可能就會危及這個家族的存續。」

「雖然覺得你有點想太多，可是聽完李千子小姐的體驗後，我幾乎都要相信了。」

「是否承認怪異事物的存在——覺得為這種事分出個青紅皂白是件很沒常識的事、立場始終處於灰色地帶的刀城言耶，能讓你產生這樣的感想，就這一點而言確實有些厲害呢。」

「話雖如此，我還是堅守灰色地帶。」

言耶不假思索地斷言。

「這是戰前的傳聞了，生名鳴地方的七七夜村有一戶姓鍛治本的在地有力人士。那時的當家在下斗米町的公所上班，家裡持有歷代祖先留下來的土地。下斗米町是生名鳴地方的中心地帶，所以即便住在七七夜村，依然是當地有頭有臉的人物之一。」

阿武隈川突然以陰陽怪氣的口吻說起故事。

「那個鍛治本家的長男在七歲時進行了忌名儀式。蟲經村的習慣是最後要前往淨穢瀑布，但這個地點其實會因村落不同而異，例如七七夜村是要爬上位於村外、名為『位牌山』的山，再寫上忌名的神符綁在半山腰處一間祠堂旁邊的柿子樹上。可是他試了好幾次，神符都綁不上去，總是輕飄飄地掉在地上。無可奈何之下，只好將自己的神符綁在別張神符上，這才沒掉下來。」

言耶內心有股不祥的預感，但還是默不作聲地聽他說下去。

「隔年，家族有人莫名其妙橫死，身為一家之長的父親覺得事有蹊蹺，於是便質問長男，長男這才說出神符的事。他們連忙去位牌山的祠堂那邊搜尋，可是找了半天也沒發現那張神符。不僅如此，也到處都找不到兩張被綁在一起的神符。再過一年，家族中又有人死於詭異的狀況……從此以後，每年都有人死掉。等到長男迎接十四歲的儀式時，有血緣關係的親人就只剩下自己和他的父親了。」

「即使變成這樣，還是要舉行忌名儀式嗎？」

「嗯，只不過，這次父親等了又等，也不見長男從山上歸來。父親只好去找他，結果發現他吊在位牌山的柿子樹上。不對，可以確定他是上吊身亡，可是繩子卻沒有掛在樹枝上。」

「上吊之後，繩子才被解開……」

「只有這個可能性了，但是樹枝上完全沒有留下掛上東西的痕跡。」

「既然如此，是要怎麼上吊——」

「沒錯，根本辦不到。」

「難道會是他殺……」

不理會一頭霧水的言耶，阿武隈川做出了結論。

「不，也不是他殺。也就是說，儘管處於那種狀態，他還是把自己吊死了。」

沉默暫時橫亙在兩人之間，言耶吶吶地問：

「父親呢？」

「我剛剛有提到他在公所上班吧。整個家族的死亡登記都是他一個人處理的。在那之後，有一天人就突然消失了。」

「失蹤了嗎？」

「有人說看到他打扮成朝聖者的模樣，似乎是前往四國八十八箇所靈場還是西國三十三所觀音靈場行腳，不過是真是假就沒有任何人知道了。」

「忌名儀式真的太可怕了。」

「說到可怕，銀鏡家那個老爹也不遑多讓吧。」

「你是指放著完全被土石流掩埋的分家藏不管，對慘遭活埋的祇作先生見死不救嗎？」

「就連警方居然也坐視不理呢……這是鄉下地方常見的權勢勾結吧。」

「從祖母瑞子女士在李千子小姐懂事後對她說的話聽來，當時下斗米町的警察署署長和銀鏡家的國待先生交情十分深厚，因此才會接受國待先生『祇作被逐出家門，早就離開分家藏了，不曉得現在人在何方』這樣的說詞。」

「原來如此。」

「再加上村子裡也有人家遭受土石流的危害，國待先生優先救助村民，把銀鏡家的分家藏先擱在一旁，也巧妙地為自己博得一番美名。」

「不愧是村子裡最有勢力的人。」

「這麼說也沒錯。」

「其實是因為開挖分家藏的話，會對他不利吧……」

「村民們的心裡大概也都是這麼想的。」

「或許是吧。可是扮成所謂的角目妖怪、甚至害人受傷的祇作對村民們而言，確實也是一顆燙手山芋。雖說後來都躲在分家藏裡閉門不出，可是天曉得什麼時候又會拿著錐子在村子裡徘徊。他們心裡應該都有這方面的恐懼。」

「這麼說來，確實沒有人積極地想要把分家藏挖出來，救祇作先生一命呢。」

「就算是這樣，只要銀鏡家的國待登高一呼：『請把犬子的遺體挖出來。』就算再不願意，應該也會照做吧。」

「可是國待先生卻睜眼說瞎話，當時的警察署長也輕易地接受了他的說法。自然沒有人會跳出來故意唱反調。」

「這倒也是。」

「這是人際關係盤根錯結的鄉下特有的駭人故事。」

言耶感慨萬千地喟嘆。

「對了，關於要給我的伴手禮——」

阿武隈川面不改色地轉換話題，一如往常地提出厚顏無恥的要求。

「蟲経村有一種美味又珍貴的香菇，叫做大傘茸，你選一些好的帶回來給我。」

「土產店有在賣嗎？」

「怎麼可能。那個長在山上，當然要自己去採。」

「……我嗎？」

「廢話。可是啊，一定要非常小心喔。因為這種大傘茸有毒，萬一碰到傷口的話可比吃進肚子裡還更危險。而且是馬上就會發作的毒性，所以一定要戴手套去採。還有，要完全抽出毒素非常困難，如果不是村民的話大概沒辦法處理吧。所以你也不要妄想自己去處理有毒的部分喔。」

「我才不會做那種傻事。」

「而且我又不是去玩的——」

言耶忙不迭地否認。

「至於長在哪裡，得問村子的人才知道，可是他們大概不會輕易告訴外人吧。不過若是最討長輩喜歡的阿言，應該能輕鬆地用三寸不爛之舌騙倒他們。」

「我是詐欺師嗎？」

「可是啊，唯有綱巳山和青雨山，無論他們怎麼建議，你都不要去喔。」

「綱巳山，就是有銀鏡家的分家藏那個……」

「沒錯。那座山被稱為魔窟，另一方面，青雨山的另一側則是火葬場。萬一吃了從那兩座山採回來的香菇，大概別想平安無事。」

「據李千子小姐所說，確實是那樣沒錯。話說回來，黑兄，只要跟食物扯上關係，你的知識就豐富到令人難以置信的地步耶。」

「你這話說得也太沒禮貌了。這當然是因為我是一個優秀的民俗學者——」

眼看阿武隈川又要開始強調自己有多優秀，言耶跳過他的反應，提出最關鍵的問題。

「關於市糸郎的命案，你有什麼看法？」

「線索實在太少了，現階段還沒辦法整理出滿意的推理——」

意外的是阿武隈川並未動怒，反而坦率地回答他的問題，大概是誤以為自己的偵探天賦在刀城言耶之上，真是個麻煩的傢伙。

「用銳利的凶器刺穿右眼的殺人手法，明顯是意識到忌名儀式吧。」

「話雖如此，也不能把市糸郎的死歸咎於忌名所為。」

「因為使用到凶器，就肯定是人類幹的好事了。」

「難不成犯人想讓命案和忌名儀式產生聯結……」

「如果只是想殺死市糸郎，大可不必在儀式過程中下手。」

言耶沉吟了半晌，輕聲說道。

「犯人為什麼要引發忌名儀式殺人事件？」

「那肯定是這次殺人事件中最重要的謎團沒錯，可是你應該也察覺到了吧，還有其他更大的祕密。」

阿武隈川意味深長地反問，問得言耶一頭霧水。

「犯人的真面目、動機、殺人手法——不是這些問題嗎？」

「這些都是殺人事件的謎團。」

「咦，你是指事件以外的祕密嗎？」

言耶不清楚他所指為何，臉上盡是疑惑的神情，之後阿武隈川露出了滿是優越感、令人討厭的訕笑。

「我認為……尼耳家和蟲經村藏有某種祕密，而且那個祕密應該會再衍生出更龐大的祕密……這是我的見解。」

第六章

前往生名鳴地方的蟲經村尼耳家

生名鳴地方の虫経村尼耳家へ

第二天一早，刀城言耶在東京車站的月台上不停地東張西望。看在別人眼中，應該會覺得他是在尋找等候的人。然而找人這一點是沒錯的，只是他一點也不想找到那個人，衷心希望可以不要跟那個人見到面。

那個人當然就是祖父江偲。

發條母子與尼耳李千子一行人無疑會遵守約定，只是萬一偲主動問起，難保他們不會不小心說溜嘴。只記得提醒他們別告訴偲，卻沒想到偲主動問他們的可能性，這點令言耶滿心悔恨。

……不過，到現在都沒看到她的蹤影呢。

順帶一題，其他三個人早已在電車上就座。言耶擔心的就是自己才剛坐下，偲就笑容滿面、春風得意地現身說道：「老師，早安。」

為了別落到那種下場，言耶直到特急列車「つばめ」（tsubame）發車之前都還在月台上硬撐著。

當廣播播送、發車鈴聲響起時，言耶才如釋重負地跳上特快車。再來要花七個半小時搭到大阪，之後轉乘慢車、然後再換公車——包含等車的時間在內，是一趟約莫九個小時的長途旅行。

一想到整趟旅程都不用陪祖父江扯淡……

就覺得心裡十五個吊桶全都平安落地。這麼一來就能專心看書了，言耶邊想邊走向車廂走道。

「喂，我們在這裡。」

發條福太喊他，三人分成兩排、坐在朝前方固定的橫排座位上的身影映入眼簾。香月子坐在後排的靠窗座位，李千子坐在前排，福太坐在李千子旁邊，所以言耶理所當然要與香月子為鄰，這麼一來顯然是別想看書了。

「看樣子，祖父江小姐沒來呢。」

大概是看到言耶一個人上車，福太望向他身後，遺憾地說。

「難不成學長向她——」

「才沒有，我什麼也沒說。」

話雖如此，但福太偷偷地瞥了母親一眼，言耶大驚失色地轉身面向香月子。

「我們只是在電話裡聊了幾句，聽得出來她是個精明幹練的姑娘。」

「是她打過去的嗎？」

「對呀，她還周到地請我們好好照顧刀城言耶老師——」

「您、您有告訴她我們要搭乘這班電車嗎？」

「我沒有主動告訴她，但她實在太會套話了，所以對話中好像有提到這件事。」

這不就是說溜嘴的意思嗎！言耶陷入絕望的深淵。然而，既然她沒有出現在東京車站，這次大概是無法同行吧。

不過對手可是那個祖父江呢。

香月子意味深遠地盯著言耶陷入疑心生暗鬼的模樣，看了好一會兒。

「祖父江小姐無論如何都想跟老師同行，只可惜要忙著處理雜誌的最後一校，所以怎麼樣也抽不出空來——她還哭了耶。」

「這、這種事請早點說嘛。」

香月子輕輕瞪了如釋重負的言耶一眼。

「人家小姑娘都哭了耶，老師真是個無情的人呢。」

「那是假哭。」

「唉，好過分啊。她不惜假哭也想跟老師一起旅行，自願擔任老師的隨行秘書、為老師分憂解勞不是嗎。還是說，這也是騙人的？」

「這、這倒不是騙人的……」

「看吧，我就知道。像她那種願意挺身而出、照顧老師這種人的好姑娘，打著燈籠也找不到了。你可得好好珍惜人家才行，知道嗎？」

「……好、好的。」

「老師這種人」，到底是哪種人啊？言耶有些在意，但又不想打草驚蛇，所以就不問了。光是知道祖父江偲這次沒辦法跟著來，他已經心滿意足了。

然而——

「可以的話，等最後一校完成後，再藉著去關西見作家的名目來找老師。祖父江小姐是這麼說的。」

真是受不了……聽到香月子的補充後，言耶垂頭喪氣地想著。

不只福太看著他們言語交鋒，連李千子也硬是把身子轉了過來，面露微笑。看樣子，除了他之外的三個人好像都對祖父江偲的同行樂見其成。

一路上說說笑笑，轉眼間就抵達橫濱，此時言耶又開始疑神疑鬼起來。

祖父江該不會從這一站上車吧……

腦海中出現匪夷所思的妄想。她該不會模仿英國推理作家弗里曼．威利斯．克勞夫茲的推理小說中、那種犯人利用電車時刻表製造不在場證明的詭計，先繞到橫濱守株待兔吧。

那種事當然沒有發生，特急列車順利地駛離月台。下一個停靠站是沼津，饒是言耶也覺得「應該逃過一劫了」。

順帶一提，這一年由日本交通公社發行的旅行雜誌《旅》裡刊登了松本清張的推理小說《點與線》，該作品承襲了克勞夫茲最拿手的打破不在場證明，雖然言耶還沒讀過就是了。

他們搭乘的特急列車「つばめ」，前身為誕生於昭和五（一九三〇）年、行駛於東京與神戶之間的超特急列車「燕」。當時從東京到大阪要花上八小時二十分。四年後，隨著丹那隧道的開通，時間也縮短為八小時。

其後又經歷了戰爭與戰敗，昭和二十四年，行駛於東京與大阪之間的特急列車「へいわ」（heiwa）開始運行，根據隔年公開募集名稱的結果，又改為燕的平假名「つばめ」。此外，特急列車「はと」（hato）也作為姊妹列車同時問世，但當時的行駛時間其實增加到九小時，後來經過班次的調整，變回八小時，直到昭和三十一年，隨著東海道本線全線電氣化，才又縮短為現在的七個半小時。

福太露了一手這方面的知識。不光是因為他是鐵道迷，也是因為元和玩具的主力商品之一就是蒸汽火車與電車的模型。看到李千子一臉聽得入迷的樣子，言耶由衷地為學長有幸遇見一名完美的伴侶而感到慶幸。再加上她本身也在公司的開發部工作，無疑是最適合成為元和玩具繼承人伴侶的人選。想到這一點，就感受到這次的陪同確實責任重大。

曾幾何時，言耶為自己的任務增加了難度。從向香月子說明的角色變成促成發條家與尼耳家結為親家、相當於媒人的角色。要是祖父江偲知道了，肯定會大為錯愕地說：「果然很像老師會做的事呢。」

另一方面，福太和李千子一直都是以面向前方的姿勢，與後排的香月子和言耶聊天，雖然看起來非常不自然，但也是沒辦法的事。

車上的話題不知怎地開始集中在刀城言耶過去遭遇的事件。他想討論市糸郎的命案，但李千子只在電話中聽到一些片段，除此之外一無所知。東京今天早上的報紙也完全沒有報導此事，線索少得可憐。退而求其次，言耶想要深入探索跟生名鳴地方或蟲經村、乃至於忌名儀式有關的事。但是話到嘴邊才猛然想起，或許別在香月子面前討論這些會比較好。

經過言耶昨天的說明，香月子認為尼耳家是歷史悠久、擁有特殊傳統的古老世家。這個認知當然沒有錯，但是如果他的老毛病又犯了、冒失地深究的話，可能會扯出不該讓香月子知道的怪異內容，要是因此破壞她對尼耳家的印象，那可就得不償失了。既然能冷靜地分析利弊得失，就應該避開相關的話題。身為怪談蒐集家，居然能這麼替人著想，對他而言真的是難能可貴的貼心。

然而，就算是這樣好了，也不必討論言耶參與過的事件吧。言耶對此非常不滿，但也不好拒絕，只能繼續提供話題。

最令香月子聽得津津有味的並不是言耶孤身一人被捲入的事件，例如本宮家別館四隅屋的雪密室殺人事件、終下市豬丸家的狐狗狸殺人事件、神戶地方的奧戶六地藏菩薩童謠比擬連續殺人事件等，而是祖父江偲帶來的事件，像是株小路町的前公爵千金命案、荒川郊外的砂濠町吾妻通人類工房的人間蒸發事件、五字町立五字小學的校長殺人事件等等。

其中，香月子最喜歡的故事是發生在波美地方水魑大人祭典中的神男連續殺人事件，以及發生在強羅地方的犢幽村怪談連續殺人事件⑬。尤其當她聽到前者的內容時，幾乎興奮到整個人都往前傾了。大概是因為兩起事件都有偲同行，而且偲本人在神男連續殺人事件中也遭遇險境的關係。

「到了那邊再打電話給祖父江小姐，請她過來吧。」

「事、事情怎麼會變成這樣啊？」

香月子的雙眼綻放著光輝，差點把言耶給嚇得魂飛魄散。

「當然是因為有她在的話比較好玩啊。」

「不不不——」

言耶忙不迭地否認，但又不知該怎麼反駁。果真是因為拿香月子沒辦法嗎。

「可是媽——」

福太大概是看不下去了，對言耶伸出援手。

「萬一因為祖父江小姐的加入，讓刀城老弟參與的事情變得更有趣，這次可能連我們都會被捲進去啊……這是我比較擔心的地方。」

「……啊，這倒也是呢。」

香月子的亢奮倏地被澆了一盆冷水。

「當成故事來聽是很有趣沒錯，但也不想置身於那種漩渦當中……真遺憾，不能叫上祖父江小姐了。」

「嗯，不要找她比較好。」

福太表示同意後，便將話題轉到公司的新企劃。想必是認為這樣最能不著痕跡地轉移話題吧。

列車準時地在十二點半抵達濱松。或許因為正值中午，月台上有銷售員高聲喊著「便當、便當」、來回兜售鐵路便當。被脖子上掛的帶子固定、有如臉盆般的箱子裡陳列著鐵路便當與包裝茶。因為種類不多，所以四個人都買了豆皮壽司當午餐。包便當的紙上印有鳥居、松樹和海浪的圖案，真的是充滿濱松風情的鐵路便當。

吃過午飯，四周突然變得安靜。香月子先開始打盹，接著福太也垂著腦袋睡去，李千子則是緊跟在後。言耶看了前排一眼，只見李千子的頭靠在福太肩上，睡著的面容洋溢著令人忍不住露出微笑的安全感。

天造地設的一對璧人。

言耶重新意識到這點，這時也心想這下子終於能不受打擾、開始看書了。他讀的是推理作家江川蘭子也參與的同人誌《怪誕》先前的期數。三人一路都處於稍微醒來一下又再次重新入睡的

---

⑬相關事件收錄作品篇名整理如下：本宮家別館四隅屋的雪密室殺人事件（如死靈踱步之物）、終下市豬丸家的狐狗狸殺人事件（如密室牢籠之物）、神戶地方奧戶的六地藏菩薩童謠比擬連續殺人事件（如山魔嗤笑之物）、株小路町的前公爵千金命案（如首切撕裂之物）、荒川郊外的砂濠町吾妻通人類工房的人間蒸發事件（如椅人落座之物〔暫譯〕）、五字町立五字小學的校長殺人事件（如隙魔窺看之物）、波美地方水魑大人祭典的神男連續殺人事件（如水魑沉沒之物〔暫譯〕）、強羅地方的犢幽村怪談連續殺人事件（如碆靈祭祀之物）

狀態，所以言耶看完《怪誕》，又接著讀閇美山犹稔的《禁咒兆占論》（英明館）。

閇美山的書中舉了很多具體的事例，考察也相當刺激，內容十分豐富，但看著看著，就連言耶也開始打起瞌睡來。看樣子，昨晚和阿武隈川烏聊到三更半夜的影響終於要體現出來了。

等到再次睜開雙眼，「つばめ」已經駛過京都車站了。

「你睡得好熟啊，睡相真可愛。」

被香月子這麼調侃，言耶打從心底認為祖父江偲不在這裡真是太值得慶幸了。

一行人在有一搭沒一搭的談話中抵達大阪，接著轉乘慢車，開了一段路後，車窗外的風景逐漸染上了鄉下的色彩，然後又換了一趟車，之後在名稱十分罕見的「土泥」站下車。從那裡轉搭公車後，四個人都因為舟車勞頓而疲憊不堪了。

「真是對不起，讓大家千里迢迢來到這種窮鄉僻壤……」

李千子感到萬分抱歉，其他三人當然都搖搖腦袋予以否認，不過所有人的心裡肯定都充滿了「還沒到嗎？」的疑問。

當公車停在下斗米町的某個停靠站後，李千子指著窗外說道：

「那邊可以看到一部分校舍的高中就是我的母校。」

浮現在她臉上的微笑，恐怕是此行最後的笑容。

離開下斗米町後，李千子比先前更加沉默，表情也開始有些僵硬。等到公車抵達馬喰村，她已經完全進入緊張狀態了，與他們說話的聲線也微微顫抖著。

「不、不好意思，可以請大家在這裡下車嗎？」

「下個停靠站才是蟲経村吧？」

言耶不解地問道。

「是這樣沒錯，但是尼耳家在西郊。如果在位於村子中心點的停靠站下車，還得再往回走一段路。」

「哦，原來如此。」

如果在馬喰村下車的話，只要繼續往前走就能抵達尼耳家。言耶心想大概是這麼回事。

然而，時候已經不早了，而且馬喰村和蟲経村都坐落在山間的延伸地帶，所以天色暗得更快。而且位於村子南北兩邊的連綿群山，因為地勢也不高，所以必須頂著夕陽前進。穿過村子中心地帶後，接下來只要穿梭於分布在平地的農田與水塘間即可，然而夕陽實在太毒了，害得他們汗如雨下。

不僅如此，一來到村子外圍，眼前的路上又出現了別的難題。受到五天前的颱風影響，滿地都是被風颳落的大小樹枝，總之就是寸步難行。特別是其他三人還換上正式的服裝，走起來更是辛苦了。福太要照顧李千子，因此關心香月子的任務自然就落到言耶頭上。要是祖父江偲也一起來的話，他的辛苦可能也會加倍。

「只有老師穿得很輕便，真是太聰明了。」

這是香月子的真心話，絕對不是在挖苦他。

「因為我去田野調查的地方多半是偏僻的場所，這是最適合的打扮。」

言耶坦承相告，隨即感受到一股強烈的不安，於是便向李千子確認。

「那個……現在才問可能已經太遲了，真的不用穿喪服嗎？」

「啊，是的，沒關係。」

說到參加葬禮，通常都要換上黑色的喪服，但以前其實是統一穿著白色的和服。繫住棺木的布條、家屬綁在頭上的頭巾、外出時披在身上的布全都使用白木綿。如今都市的葬禮大概只剩下纏在遺體額頭上的白色三角頭巾了。

白色是死者看得最清楚的顏色。

言耶也聽過這種說法，所以當李千子告訴他，生名鳴地方的出殯儀式還沿用白色時，他也能理解。但是隨著距離愈來愈靠近，卻又擔心起「真的不要緊嗎？」這個問題。

「這一帶的人會在衣服別上白色的布條，以這種打扮參加守靈夜或葬禮。只有家屬要換上喪服，從其他地方趕來的親戚穿得跟村民一樣就行了。」

「親戚也不用換裝嗎？」

福太驚訝地確認。

「如果穿著喪服前往，會令人聯想到早就知道會有人過世，所以事先準備好了，這反而是非常失禮的行為。」

「其他地方也有相同的觀念呢。」

言耶這麼說道，表示自己的理解，但福太卻不敢苟同。

「話是這麼說，可是如果妳沒穿著喪服回去，不會讓人覺得很失禮嗎？」

「如果是像這次的情況，李千子小姐該怎麼做呢？」

言耶立刻向本人提出自己的疑問。

「妳是家屬，但同時也是遠方趕回來的人。」

「我也想了很久，所以姑且還是把喪服一起帶回來了。」

「那我們應該也……」

福太又要老話重提。

「既然身為家屬的李千子小姐都這麼說，你就別操心了。」

香月子乾脆地為這場對話畫上休止符。

「正所謂入鄉隨俗——對吧，老師。」

突然被點到名，言耶不禁說出自己想到的傳承。

「對死於河童之手的人，以前有些地方存在進行黑葬的習俗。」

「啊？」

「黑葬是指全程使用黑色的葬禮，幾乎與現代的葬禮大同小異。」

「不，重點不在這裡，那個河童……」

「從服裝到棺木，總之都不使用任何白色的物品。不僅如此，連火都不用，但也不是所謂的別火⑭——」

「呃……關於這件事……」

「哦，妳想問理由嗎？因為當地人認為進行白葬的話，河童的眼睛和手都會腐爛，導致死亡。原本河童的——」

「老師，請先暫停一下好嗎？」

香月子的語氣十分嚴肅，言耶以為她想提出什麼問題。

「好的，您想問什麼？」

「現在比起河童的話題，當務之急應該是要盡力趕在天黑前進到村子裡吧。」

當前的問題吸引了他的注意力。

接下來沒有任何人聊天，只是默默地往前走。又走了十分鐘左右，總算趕在夕陽殘照逐漸隱沒在地平線時爬上了低矮的山丘，這裡能看到蟲經村的道祖神。和方才經過馬喰村的村境時看到的一樣，都是河童的雕刻。

這一帶有很多河童的傳說嗎？

言耶很想知道，但如果現在問李千子，可能會惹香月子生氣，對自己說出「先趕路吧，這種問題等一下再問」這樣的話。

從山丘上幾乎可以將整座蟲經村的景觀盡收眼底。與馬喰村一樣，平地遍布著農田，民宅與水塘散布其間，左右兩側則是連綿不斷的低矮山峰。扣掉往東西向延展的平地這種帶有特徵的地形，儼然是隨處可見的山區農村。

順著平緩下降的坡道走到底，來到氣氛十分寂寥的十字路口。只要再繼續往前走，貌似就能走到村子的中心地帶。

「前面就是三頭門，可以通到淨穢瀑布。」

李千子用左手指著斜前方說明。

如果是平常的言耶，應該會不假思索地走向三頭門，但這次不能這麼任性。

或許跟學長他們同行並不是明智之舉啊。

李千子並未覺察到言耶的後悔，領著他們走向右手邊。

經過一排民宅後，眼前是塊空蕩蕩的空地，南邊有一棟不知道該如何形容的怪異房子。新舊

⑭ 相傳污穢會經由火來傳播，因此某些傳統習俗中會將用於神事、祭祀中的用火，以及因為服喪等原因被認為身上帶有不潔氣場等人士使用的火源，跟日常使用的爐灶等用火區分開來。

融合的外牆看起來就像東拼西湊的補丁似的。

對了，這裡肯定就是因為引發火災而被處以村八分的河皎家。

彷彿是為了證明言耶的判斷沒錯，窗邊冒出了一張女人的臉孔。這個人大概就是縫衣子吧。李千子舉行忌名儀式時，每次經過河皎家前面，都會一直盯著她看的那個女人。此刻也不例外，縫衣子再度凝視著返鄉的李千子。

……為什麼呢？

最在意的只有言耶，李千子和福太相互聊天，看也不看河皎家一眼、逕自走過。

香月子瞥了一眼，看似是領悟到了什麼。只不過她隨即撇開目光，或許是因為立刻就猜到河皎家在村子裡的地位吧。肯定是想起李千子說的話了。但是從她的反應來看，她似乎完全沒有注意到窗邊的縫衣子。

從河皎家的南側往前延伸的樹林後面，隱約可見尼耳家的屋子。然而就在走進大門的前一刻，言耶才發現自己的誤會。這處樹林的所在之處已經算是尼耳家的腹地了。明明自己的身邊就是圍牆，他們也一直沿著圍牆走，卻因為天色太暗，再加上又被後面的常綠樹干擾視線，所以才一直沒發現。

整個家的感覺儼然與周圍的自然融為一體。

這是言耶對尼耳家的第一印象，但這個印象也在看到御靈燈與貼在門簾上的「忌中」二字後便消失得無影無蹤。

一行人從敞開的玄關門進屋，李千子站在三和土地板上，朝屋內喊了一聲，她的祖母瑞子和母親狛子立刻出來迎接，在地上正坐、深深地低頭致意。

「讓各位費心，在百忙之中特地遠道而來，真是勞煩了。」

瑞子緊接著向他們道歉。

「讓各位看到這麼狼狽的樣子，真是過意不去。」

之所以會這麼說，是因為她的右眼戴著傷病時使用的眼罩。

「別這麼說，夫人您還好嗎？」

香月子第一時間反應過來。

「請不用擔心，只是長了麥粒腫。」

「但這樣還是很不方便吧。」

言耶在旁邊聽著她們充滿社交辭令的對話，在心裡自言自語。

偏偏是右眼嗎……

當然只是巧合吧，可是考慮到市糸郎是右眼遇刺，慘遭殺害，還是覺得有點不寒而慄。這一點想必香月子也有同感，但是從她的態度完全看不出來，彷彿一心一意地在為瑞子的麥粒腫擔心，真是了不起。

就在兩人的互動逐漸接近尾聲時。

「啊，我太失禮了。這次真不知該怎麼說才好，還請節哀——」

「別這麼說，您太多禮了。」

接下來又是沒完沒了的寒暄——久到言耶都深感無奈——到底什麼時候才要結束。

「自我介紹晚了，這是小犬福太。」

香月子簡單地介紹自己的兒子。

「這位是刀城言耶老師——」

因為她開始長篇大論地介紹起言耶，令言耶不知所措。介紹詞中還包括他的老家以前是華族、父親是名偵探等事實，言耶不禁想插嘴制止，但總算還是盡力忍住了。

因為對尼耳家的人而言，我完全是閒雜人等。

香月子的想法大概也是這樣，所以認為應該要詳細地說明一番。這種社交辭令的應對交給她就對了。言耶做出以上的判斷。

「我竟然一直讓客人待在玄關說話——」

瑞子似乎也意識到她們太多話了，所以邊賠不是、邊帶著言耶等人進屋。

「恕我冒昧，不知是否能讓我們上香？」

「感謝您的費心。不過現在還沒有入殮……」

話雖如此，李千子身為家屬之一，勢必得面對遺體。然而，她感覺相當害怕的樣子。

「方便讓我一起去嗎？」

福太提議要陪她去，瑞子雖然有點顧慮，但還是同意了。沒想到香月子也表示「我也隨行」，還理所當然地帶上言耶，完全不管會不會造成對方的困擾——簡直是明知故犯。

李千子從家中某處取出了白布條，幫言耶等人別上後，瑞子和狛子便為他們帶路。

市糸郎的遺體安置在面向後院的房間裡。隔著三隅蚊帳那無數細緻的木綿網目，就能看到市糸郎躺在裡頭的樣子。言耶感到一股筆墨難以形容的心痛。

這孩子才十四歲……

假如他沒有像這樣被尼耳家給收養、也不曾舉行忌名儀式，說不定能活到高齡才壽終正寢。

「李千子，怎麼了？」

這時，李千子一臉呆滯，彷彿靈魂出竅，瑞子輕輕地喊了她一聲。

「振作一點，與他道別吧。」

接著催促李千子走進蚊帳，但李千子本人卻表現出畏縮的樣子。

這個房間……

大概是八年前李千子進入假死狀態時被安置的同一個地方。言耶做如是想，看了她一眼，只見李千子完全掩飾不住自己的動搖。或許一旦踏進那個房間裡，過去驚恐的記憶就會一口氣甦醒過來。

福太於心不忍，作勢要陪她一起進到蚊帳裡，但是被言耶不動聲色地制止了。讓家屬以外的人直視遺體，在很多地方都是禁忌。單看守靈的方式，言耶推敲蟲經村這裡應該也不例外。

「臉已經修復好了，沒關係的。」

瑞子似乎以為李千子在意的是遺體右眼的損傷，但李千子聞言仍不為所動。

「入殮的時候會蓋上鍋子，要在那之前好好地道別喔。」

似是拿孫女沒辦法的瑞子，只好用這句話打圓場。

言耶等人不是家屬，本來就不該待在這裡，所以也不能再繼續打擾往生者——三人鄭重地雙手合十。

接下來是湯灌與入殮的作業。言耶不抱希望地請求列席，也被瑞子以委婉的態度拒絕了。不能通融一下嗎——言耶還想糾纏下去，但這次換成福太委婉地制止了他。

言耶實在很想親眼見識一下湯灌儀式的各種程序——為往生者剃頭的「剃髮」、為往生者清洗身體的「逆水⑮」、為往生者換上「壽衣」、在往生者的額頭綁上「三角巾」、放入棺木的「頭陀袋」和「孫杖」等等。但是站在陪同發條家前來的立場，確實無法提出這麼強硬的請求。

三人留下李千子，回到客廳。

順帶一提，她的祖父件淙與父親太市透過瑞子轉達，表示他們想等到明天的葬禮結束，再正式地與他們見面。

「說是這麼說，但守靈的時候還是會見到他們吧。」

香月子似乎是希望能在那之前至少先打聲招呼，但眼下只能照著對方說的去做了。

「這次父親在家了呢。」

「是因為八年前守靈夜不在的關係嗎。」

聽著言耶和福太竊竊私語，香月子苦笑著說：

「畢竟也不可能時時刻刻都泡在女人堆裡嘛。」

「或許是因為件淙先生決定讓市糸郎當繼承人了，所以事先要求太市先生至少在重要的忌名儀式那天一定要在家。」

「可是，雖然說有血緣關係，但他的心情肯定很複雜吧。」

「是這樣嗎。」

香月子原本浮現的苦笑，現在轉變成皮笑肉不笑的表情。

「我覺得等到市糸郎長大、而祖父也仙逝後後，屆時太市先生可能又會開始流連於溫柔鄉了吧。」

---

⑮湯灌是往生之人最後的沐浴機會。一般調節水溫時，大多是在熱水中加入冷水來調整，但「逆水」的狀況則是相反，和北枕、逆屏風、左右襟相反的壽衣穿法等方式一樣，都是和生前模式相反的展現。

不光是言耶，就連福太也覺得香月子的見解十分中肯。

「不用跟那種人深交，媽也覺得鬆了一口氣吧。」

「到此為止，這個話題就別再說了。」

香月子突然冒出這句話，大概是擔心隔牆有耳吧。事實上，在這種鄉下地方的屋子裡，確實不知道會不會在哪個地方正有人豎起耳朵偷聽。

「話說回來——」

香月子還在介意那件事。

「如果葬禮後才要正式打招呼，最快也要等到明天晚上呢。」

「鄉下地方的出殯儀式通常是從傍晚開始。」

言耶立刻開始說明他對明天行程的預測。

「出殯回來再吃晚飯。因為是採行火葬，村民得一整晚顧著火，以免火熄滅，第二天再由家屬進行撿骨——考慮到以上的流程，最快也要等到後天傍晚或晚上才能安排會面吧。」

「考慮到或許有什麼突發狀況，我安排了五天的時間，真是太明智了。」

言耶還以為香月子一定會發牢騷，沒想到竟是這樣的反應。從這點也可以證明她對兒子和李千子的婚事是認真的。

沒多久後，守靈夜開始了。

不過三人都很客氣，等村子裡的有力人士和左鄰右舍都弔唁完之後，才前去上香。因此幾乎是最後一組在守靈宴席就座的人。

順帶一提，所有的餐點皆由左右鄰居幫忙準備。辦喪事的人家本來就帶有穢氣，因此吃了喪家爐灶炊煮的食物就會「披火」，這便犯了忌諱，意即沾染到死亡的穢氣。這點就跟出入喪家後生病，被稱為「負火」是同樣的道理。

喪家使用的火稱為「死火」，受到避忌。因此守靈夜的餐點全都由「別火家」或「精進宿」料理。很多地方都有這種忌諱死火的風俗，據說也有一些弔喪的客人不只是用餐，就連點菸時也不會使用喪家的火柴。

萬一不小心觸犯死火的禁忌，當事人上山會受傷、下田會導致農作物枯萎、進入蠶房會害蠶死掉……諸如此類的傳聞繪聲繪影。從以前就被視為大忌，所以至今仍有許多地方對死火的忌諱是相當根深柢固的。

包含李千子在內，四個人在守靈宴席的座位怎麼看都是末座。言耶倒不覺得有什麼不妥、福太恐怕也是這麼想的，只擔心香月子會不會感到不滿。然而只見她拿著酒壺，開始為上座的客人倒酒，這個景象讓言耶看得目瞪口呆。

「沒想到學長的母親居然這麼懂得人情世故——」

言耶小聲地對福太說道。

「我也是進公司以後，看到身為副社長的母親和在家裡的模樣簡直判若兩人，很多地方都令我敬佩不已。也深刻地體認到這個人之所以能勝任副社長的工作，絕對不是因為丈夫是社長的關係。」

「原來如此，真是了不起啊。」

不過，接受香月子倒酒的人反應看起來都有點古怪。看起來像是既討厭這位兒子要迎娶李千子、即將和尼耳家結為親家的女性，卻又對她身為元和玩具副社長的社會地位表示歡迎。

是因為李千子在八年前那段驚心動魄的過往嗎？

而且現在又參加在相同儀式中喪命的弟弟的守靈夜。

不僅如此，市糸郎可能是被人殺害的。

或許是腦海中浮現出這層疑慮，所以任誰也不曉得該如何面對眼前的香月子才好。但還是有幾個人會稍微熱絡地與她聊天，可見香月子真的很善於跟他人打交道。

只不過，眾人之中有個青年始終偷偷地在打量著言耶等人，令他感到不解。起初還以為是因為香月子提到兒子和李千子的事，所以他才望向這邊，但他的目標好像是李千子。

香月子在上座敬了一圈酒，對其他的村民也表現出殷勤的好臉色後，便回到自己的座位。

「您都和誰聊了些什麼？」

言耶迫不及待地問道。

「能說上幾句話的只有銀鏡家的國待先生、夜禮花神社的瑞穗神主、村子裡的坂堂醫師、馬喰村的權藤醫師，另一方面，銀鏡家的邦作先生——他是國待先生的長子吧——和六道寺的水天住持氣焰都有些囂張。尤其是住持，感覺不太好應付。」

在鄉下地方被捲入事件時，言耶經常向銀鏡家這種有力人士、瑞穗神主或水天住持那種宗教人士、還有村醫等人打聽村子裡的傳聞。因此香月子對他們的評語，之後或許能派上用場。

「銀鏡家的勇仁先生則介於兩者之間。聽說他是遠房親戚寄養在銀鏡家的孩子。」

「沒聽李千子提過呢。」

「那是當然，因為他說自己昨天才來到銀鏡家。」

「剛到這裡就被帶來參加葬禮……」

「可見國待先生很看重他。」

一面聽著母子倆的對話，言耶不禁在意起勇仁的舉動。因為他從剛才就一直偷瞄李千子，還瞄了好幾次。該不會是愛上李千子了吧。

話雖如此，言耶也沒打算告訴福太和李千子。這三個人未來應該不會有太多交集，既然如此，就不需要掀起沒必要的風波。

「妳最好去跟附近的人打聲招呼——」

正當她開始對李千子面授機宜時，李千子的母親狛子迎面而來，兩人立刻換了個話題。

「老師，方便借一步說話嗎？」

不料狛子找的對象竟是言耶。

「可以，有什麼事嗎？」

「有幾位警察說想要見見老師。」

「欸……」

「縣警的警部先生其實一直在悄悄地觀察這場守靈宴，似乎對各位很感興趣，真是不好意思。」

「當然可以呀。」

或許是想安慰深感抱歉的狛子，香月子不當一回事地回答。

「那我過去一下。」

言耶也迅速地站起身來，跟在狛子的後面。動作雖快，但心裡其實不太想見到那位警部……好吧，其實是非常不想。

但凡像現在這種發生殺人事件的場合，警方相關人士看到言耶的反應大致上可分為兩種。

一種是非常重視名偵探冬城牙城對警界提供的莫大貢獻，並且看在言耶本身也能發揮偵探長才的事實份上，邀請他協助破案。

另一種則是認為向冬城牙城這種民間偵探尋求協助根本是警察的恥辱，於是對言耶也抱有同樣嚴重的反感，所以不讓他插手案件。

以上兩種要素相互夾纏的例子也不勝枚舉，但是視警方採取什麼樣的態度，言耶的行動也必須跟著調整。

話雖如此，但他完全不是什麼偵探。即使被捲入事件，也沒有義務解決問題。只不過，也有很多次是類似現在的情況，如果能幫忙破案的話，就相當於向關照過自己的人報恩，也等於是在幫助有困難的人，所以回過神來的時候，他已經做起偵探才會做的事了。要說幾乎所有的情況都是類似這樣的模式也說不定。

市糸郎的命案……

現階段看來，即使沒有馬上解決這件事，福太和李千子似乎也不會受到影響。所以他應該不用在意警方會怎麼出招，但內心還是湧現不安的預感。

「就是這裡。」

走到離守靈宴的房間有一大段距離的紙門前，狛子回頭對言耶說道。

「警部先生，我帶刀城老師來了。」

狛子對著房間裡喊。

「請進。」

房裡傳來沒好氣的回應，狛子行了一禮，便轉身離去。

「打擾了。」

言耶做好心理準備，拉開眼前的紙門。

第七章

角目妖怪

角目の化物

八疊大的房間裡，三個男人坐在和室桌的另一側。

由左至右分別是看上去二十多歲後半、四十多歲前半、五十五歲左右的男人。中間那個大概就是警部，左邊是新手刑警、右邊是資深刑警。

刀城言耶猜得沒錯，正中間的是「中谷田警部」、左邊那個眼神凶惡的年輕人是「島田刑警」、右邊像是惠比壽[16]那樣和善的初老刑警是「野田刑警」。負責講話的主要是中谷田警部，由野田幫忙補充，島田負責記錄言耶說的話——感覺大概是這樣。

「久聞令尊的大名和活躍。」

中谷田劈頭就是這句話，像是要用來代替寒暄。

「這位野田刑警曾經在現場實際與令尊共事過喔。」

他口中的野田刑警，那張宛如惠比壽的面容浮現更多的笑意，就這樣看著言耶，但言耶也沒有天真到就此放下戒心。拜冬城牙城所賜，過去不乏警察在背後補刀的經驗。

從這個角度來說，像島田那樣一開始就毫不掩飾地表明態度還比較容易了解。三個人裡面，最棘手的顯然是中谷田。他對言耶的態度不慍不火，所以很難猜測他心裡到底在想些什麼。

即便如此，言耶仍搬出遇到這種場合時的統一說詞。

「實不相瞞，家父從事的偵探活動與我在鄉下地方進行的田野調查一點關係也沒有。還有，從結果來看，雖然我好像解決了在各地遭遇的事件，但一切都是機緣巧合罷了，當然這也和家父毫無關係。」

「先別急，我知道你想表達什麼。」

中谷田出乎意料的回答令言耶有些訝異。

「您的意思是？」

「刀城家父子之間存在著難解的心結——這樣的傳聞在警界圈內也廣為流傳。」

「……」

聽到這個回答，言耶也只能無言以對。他感受到毫無緣由的羞恥，整個人如坐針氈。

島田的眼神沒有善意、野田的臉上明顯流露出同情、中谷田依舊面無表情地觀察言耶那不自在的態度。

正所謂三個人三種態度，開門見山地表現出如此迥異的反應，他們到底有何貴事要找上自己呢……言耶大惑不解。中谷田隨即直接了當地解答他的疑惑。

「我猜你已經察覺到了，我們對你的評價完全不同。」

「啊，嗯……」

言耶的回答難掩困惑之色。

---

⑯七福神之一，形象多為笑臉迎人、手拿釣竿和鯛魚的樣貌，被視為海神、漁業之神、商業神。在某些吉祥意象中經常和另一位成員大黑天一起出現。

「醜話在前、恕我失禮了。島田非常不以為然地認為『向民間偵探尋求協助是警界之恥』。」

島田本人的肩膀倏地抖動了一下。大概做夢也沒想到中谷田會這麼不加修飾地據實以告吧。

「另一方面，野田先生因為親眼見識過令尊的本事，也聽說過許多關於你的風評，所以認為『請你提供協助也無傷大雅』。」

言耶向微笑頷首的野田行了一禮。

「警部又是怎麼想的呢？」

言耶一瞬也不瞬地注視著中谷田，單刀直入地問道。

「如果這是稀鬆平常、到處都可以看到的命案，我應該不會向你尋求協助。可是我們一開始就知道，這次牽扯到相當特殊的儀式，是我們幾乎沒有經手過的案件，顯然需要借助專家的力量。評估到這一點，刀城言耶老師，你就出現了。你不覺得只有傻瓜才會放過這麼好的機會嗎？」

「我、我什麼也……」

除此之外，言耶不曉得還能說些什麼。

「不、不對，請稍等一下……」

言耶突然意識到最關鍵的問題，慌張地補上一句。

「如果我的民俗學知識能派上用場，我當然義不容辭。但我現階段對於介入本案的態度並不積極。如果事件不解決會對我學長發條福太和尼耳李千子小姐的婚事造成阻礙，反而是我要拜託警部務必讓我參與。可是現在並沒有這種跡象，所以說——」

「這就是我們決定請你提供協助的原因。」

話還沒說完就被打斷，言耶也不以為忤，反而很好奇他口中的原因是什麼。

「這話怎麼說？」

「世上有太多自以為是偵探的外行人了，這種人一發現有機會和案件扯上關係，就會千方百計地想湊上一腳。即使案件發生在距離本人千里之遙的地方，也會千里迢迢地趕去湊熱鬧。如果能因此加速破案，哪怕只有一點點助力，倒也不成問題，然而十之八九的情況別說是幫不上忙了，反而是扯後腿居多。」

「是……」

「可是硬要說的話，老師你反而是比較不想蹚這淌渾水。我已經從其他人那裡聽說過你以前經手過的案件了，所以也不是不能理解你的心情。可是老師確實對很多事件的解決有所貢獻。」

「我不是百分之百同意警部的說法，不過這不是現在討論的重點，我是想請教這次找我參與辦案的理由——」

「你先別急著拒絕，聽完事件的來龍去脈再做判斷如何？」

說到這裡，中谷田的臉上第一次浮現笑容。

「我之所以這麼說，當然有我的理由。因為只要知道是什麼樣的事件，想必老師一定會產生興趣，願意協助我們。」

「……」

警部的自作主張令言耶啞口無言。

「因為和老師聯手辦過案的員警都這麼說過呢。起初的樣子感覺還很低調，可是一旦專注起來，就會主動加入調查——之類的。」

即使被形容成那樣，言耶覺得自己也無法否認。

「老師意下如何呢？」

中田谷確認自己的意願，而言耶也下定決心。

「那麼請先讓我看一下現場，再跟我說明事件的原委，這樣可以嗎？」

「原來如此。一石二鳥之計，聽起來很有效率。」

言耶之所以提出這個方案，大概是想起三頭門到淨穢瀑布現在應該還是禁止進入的，除非得到警察的許可，否則不可能在那裡行動。就算沒發生這次的命案，言耶也想見識一下忌名儀式的現場。所以答應警部的要求對言耶而言或許同樣也是一石二鳥之計。

和中谷田討論出的結果，是警部和野田、島田明天早上九點會去尼耳家接言耶。在那之後，言耶回去參加守靈宴席，中谷田等人則是回到警方臨時在村子的集會所設立的搜查本部。

得知他願意協助警方，香月子和福太也很高興。母子倆顯然認定這麼一來，命案就能水落石出了。他們或許也認為事情趕快告一段落，不論是對李千子還是尼耳家來說都是一件好事。

問題是，真的能如此順利嗎？

言耶自己倒是相當懷疑。因為根據目前的狀況來看，線索相當匱乏，只有從李千子那邊聽來的內容。另一方面，尼耳家的人都可能是殺害市糸郎的嫌犯。

被害人處於可說是在七年前「闖進尼耳家」的立場，而且還是以「尼耳家的繼承人」這個身分空降這個家。光是這一點已經足以構成殺人動機了。

尼耳家的當家件淙是讓市糸郎進入尼耳家的始作俑者，而且比誰都更希望忌名儀式成功，所以應該可以先從嫌犯的名單裡排除。

件淙之妻瑞子心裡肯定充滿「明明還有三市郎這個孫子」的不平不滿。雖說時間不長，件淙確實也考慮過讓他繼承家業。但對於把三市郎當成心肝寶貝疼愛的瑞子而言，肯定很難接受市糸郎的存在吧。

件淙與瑞子的長子太市本來應該是繼承人，可惜因為沉迷女色，讓件淙對他大失所望，轉而將希望放在太市的長子和次子身上，遺憾的是兩人皆戰死沙場，只好退而求其次，把三市郎也列入考慮，可惜件淙不管怎麼看都對三市郎不滿意，最後甚至打起讓李千子招贅以繼承家業的主意。然而，當他知道太市在外面有私生子——或許以前就知道了——便把那孩子帶回尼耳家，選定他當繼承人。

市糸郎雖然是太市的兒子，卻是他跟外面的女人所生的私生子。件淙自作主張帶他回家不說，甚至還決定讓他繼承家業，太市的心情想必是很複雜的。但如果因此就要除掉市糸郎……再怎麼說都太牽強了。不過也不用急著將他從嫌犯的名單裡排除就是。

至於太市之妻狛子，市糸郎明明是丈夫外遇的結晶，法律上卻必須當成自己的孩子養育，心理肯定很不平衡吧。平常雖然對公公件淙、婆婆瑞子言聽計從，但也正因為如此，長年積累下來的怨念可能會以忌名儀式為契機、一口氣爆發。

三市郎是被害人同父異母的兄弟，兩人處於爭奪繼承人大位的立場。即便他再怎麼不想繼承尼耳家，還是會擔心市糸郎當家作主後自己的生活會變得如何吧。懷抱過去每天不事生產的好日子可能會倏地畫下句點的恐懼，為此憂慮到坐立難安也不奇怪。

至於李千子，市糸郎的出現無異於救世主降臨。因為他進入尼耳家，自己才能逃離件淙的支配。對於已經下定決心要捨棄尼耳家的李千子而言，由同父異母的弟弟當家作主並沒有太大的問題。換句話說，她跟件淙是一樣的，完全不存在犯案的動機。

井津子是被害人的雙胞胎妹妹，不同於兄長，她沒有受到任何的期待。只因為不可能單獨收養市糸郎，只好連她也一起帶回尼耳家。目前還不清楚他們兄妹的感情好不好，但是妹妹可能會嫉妒哥哥……還是得考慮這個可能性才行。萬一井津子知道件涼曾經計畫為李千子招贅，讓贅婿繼承尼耳家，會不會覺得自己也有相當的機會呢？

——言耶想到這裡，打算更深入地思考下去。

嫌疑由大到小的順序是……

不料這時出現了一位意外的人物。

「失禮了，這麼晚才來向各位請安。」

雖然用字遣詞穩重，口吻仍稚氣未脫，這個看上去聰明伶俐又可愛的少女正向言耶低頭致意。不過因為雙手指尖都纏著顯眼的ＯＫ繃，又給人一種調皮搗蛋的印象。這種印象上的反差非常討人喜歡。

「我叫井津子，是市糸郎的妹妹。」

無論是香月子、福太還是言耶全都愣住了，但還是見過世面的香月子先反應過來，表示哀悼。

「請節哀——」

福太和言耶也連忙跟著致意。

「三市郎哥哥也請好好地跟大家打招呼。」

身形比她高大許多、看似二十多歲後半的男人縮頭縮腦地躲在井津子背後，越過她的肩膀偷偷地打量言耶等人，而且不知怎地，他的視線似乎只落在言耶的身上。

「哎，真拿你沒辦法耶。」

井津子突然變回小孩子的語氣，然後又老氣橫秋地說：

「請問哪一位是刀城言耶老師呢？」

「……是、是我。」

反而是言耶支支吾吾地回答。

「三市郎哥哥是老師的忠實讀者喔。」

「這、這真是受寵若驚。」

「快呀，你不是想跟老師討論偵探小說嗎？」

經由井津子的居中斡旋，三市郎開始與言耶侃侃而談。井津子見三市郎進入狀況後，就轉而和發條母子閒話家常。

三市郎的語氣原本很木訥，語速也非常緩慢，後來是在聊到他喜歡的重視邏輯性的本格偵探小說，以及言耶用「東城雅哉」的名義寫的變格偵探小說之間的比較後，就口沫橫飛地打開了話匣子，口吻也愈發熱烈。

「老師寫的變格作品具有非常優異的邏輯性，基於這些邏輯性埋下許多質和量都兼備的伏筆，坊間那些蹩腳的本格作品根本比不上老師分毫。」

「是、是這樣嗎。」

「是的。相較於坊間有很多作品打著本格的旗號，卻連一條縝密的推理線都沒有，老師的變格作品雖然強調非邏輯性，卻建立在縝密的論證架構上——」

三市郎自顧自地高談闊論，即使徵求言耶的意見，也不等言耶好好說完，又自顧自地開口。

根據言耶對兩人的第一印象，感覺活潑好動、天不怕地不怕的井津子嫌疑更大，但現在在旁邊與福太聊天的井津子顯然只是一個單純的少女。對這個年紀的女孩子而言，自己姊姊——雖然只有一半的血緣關係——的結婚對象大概是很耀眼的存在吧。因此她面對福太的態度似乎帶著三分害羞、七分生澀，看得言耶不由得笑逐顏開。

另一方面，三市郎看起來十分忠厚老實，一絲霸氣也沒有，實在無法想像他動手殺人的樣子。可是當他開口說話，給人的印象就截然不同了。這種人一旦認定了目標，很有可能會不顧一切地橫衝直撞。為了保護自己的興趣嗜好，或許什麼樣的壞事都可能幹得出來。

由於第一印象整個反了過來，讓言耶有些不知所措。只不過，當他發現這其中還藏有一個重大的問題時，不禁倒抽了一口涼氣。

明明是雙胞胎哥哥的守靈夜，井津子為什麼看起來卻一點也不悲傷呢？

就在言耶邊聽三市郎說話、邊觀察她的狀況時，狛子過來喊三市郎和井津子。因為上座的弔唁賓客要回去了，所以得去送他們離開。

「您有時間的話，請務必來趟我的房間。」

三市郎起身離座時，仍不忘積極地邀約。不過他的熱情或許只針對言耶。

「我也想多聽一點關於玩具的事。」

井津子則是已經徹底成了福太的小跟班。

「多了一個這麼可愛的妹妹，我還真幸福啊。」

目送兩人離開守靈宴的場地後，福太眉開眼笑地說道。

「回東京後就立刻寄個公司生產的娃娃給她吧。」

「所以才會說你還不成氣候。」

聽了這句話，香月子立刻提出反對意見。

「為什麼啊？」

「年紀更小一點的女孩收到娃娃才會高興。井津子是對我們公司的機關玩具感興趣。」

「哦，真的嗎……」

「身為業務單位的人，你這個樣子怎麼能讓我放心呢。」

在香月子的面前，福太也還不能獨當一面。

兩人開始討論起公事後，言耶便準備去趟廁所。明明事前已經請教過廁所在哪裡，不知是否因為微醺的關係，居然迷路了。

該怎麼走……

不知不覺間，好像走進了尼耳家的深處。心想還是回頭，抓個人來問問好了，這時卻突然注意到陰暗的走廊盡頭有一扇紙門。正確地說，其實是感受到蟠踞在紙門後面房間裡的氣息……

這裡是……

如果是客房，藏得也太裡面了。但又不覺得是家人平常使用的房間，也不像佣人房。

……佛堂。

這個房間給他這樣的印象，可是紙門後面又明顯散發出並非如此的氣氛。

「……打、打擾了。」

言耶略帶遲疑地出聲叫喚，躡手躡腳地拉開紙門。但是室內一片漆黑，什麼也看不見。

沒有人嗎？

知道這一點後，言耶大膽地走進房間，伸手摸索從天花板垂下來的電燈拉繩，點亮房間裡的照明。

……這、這裡是怎麼回事？

往四周看了一圈，不由得感到怵目驚心。

因為言耶的周圍不管是紙門、拉門還是壁龕，都掛了好幾幅用掛軸裝裱的幽靈畫。而且每幅畫都描繪著形相駭人的女幽靈，她們充滿恨意的眼神直勾勾地射向言耶。

在言耶的印象中，幽靈畫上描繪的女幽靈大致可以分成三種類型。第一種是美人畫、第二種是病人畫、第三種是怨念畫。美人畫中的幽靈美艷動人，只要忽略背後的芒草原、雪白的裝束和沒有腳的描繪手法，看起來就只是一幅真的在描繪美女的作品。病人畫也是同樣的道理。也就是說，這兩種畫法只要扣除幽靈的描寫，看起來就只是普通的美女或病人。但怨念畫可就不是這麼回事了。帶著強烈怨念的臉部描寫，怎麼看都不覺得是人類。就算穿著普通的衣服、畫出雙腿、站在綠意盎然的草地上，還是能清楚地分辨出畫中人並非人類，畫的正是幽靈。

不知道為什麼，這個房間裡掛滿了這樣的怨念畫。而且大部分的主題都是「打繼室」，讓人感覺更加陰慘。

所謂的打繼室是經由前妻家族攻擊繼室的家、破壞財物的平安時代風俗而來。這在江戶時代又稱之為「相當打」。

顧名思義，幽靈畫中的打繼室是指前妻毆打繼室、或正室毆打小妾的行為。掛在這個房間裡的畫也不例外，不是描繪著人老珠黃、死後化為厲鬼的女人抓住年輕女子的髮髻，就是咬住鮮血淋漓的頸項，甚至是舉著被砍下的人頭……全都是這般慘不忍睹的畫面。

「是件淙先生的興趣嗎……」

言耶忍不住輕聲低喃，因為房裡瀰漫著寒涼刺骨的冷空氣，讓沉默變成一件恐怖的事。

最好別一直待在這種地方。

想是這麼想，可是當他又往四周看了一遍，放在壁龕台座上的圓形物體就映入眼簾。

……那是？

言耶湊過去仔細端詳，仍看不出個所以然來。

像是石頭……

台座上擺著一張小座墊，座墊上安放了一顆手鞠球大小的圓形石頭。看著那顆石頭，言耶的腦海裡浮現出某個景象——

滋……

耳邊突然傳來奇妙的聲音，嚇了他一大跳。

四下張望，並沒有任何古怪的東西。無論是那個聲音的真面目，還是從哪裡傳來都不得而知。儘管如此，感覺就好像是房裡的某一幅幽靈畫所發出的聲音，令他難以釋懷。可是左看右看，也看不出有什麼不尋常之處。

滋……

言耶又聽見了相同的聲音，而且比剛才更大聲，這時他突然想起自己是要去上廁所的，連忙離開這個幽靈畫房間，尋找廁所，幸好馬上就找到了。上完廁所後，原本想再回去剛才那個房間，無奈佣人出現在途中的走廊上，也只好放棄了。萬一被人撞見自己擅自闖入主人的房間，那可大事不妙。

話說回來，那裡到底是什麼房間……

言耶耿耿於懷地坐回福太和香月子旁邊的座位，不一會兒，守靈宴就結束了。三人分別被帶到鄰居家洗澡。之所以不能在尼耳家入浴，想也知道是因為尼耳家不能生火的關係。

言耶擅自調整洗澡順序，幾乎是自作主張地要求前往位於尼耳家北側的河皎家。因為他後知後覺地發現，河皎家的縫衣子並未出現在弔唁的賓客裡。

縫衣子總是目不轉睛地窺伺著前往淨穢瀑布進行忌名儀式的李千子，今天也執拗地從窗邊凝視造訪尼耳家的言耶一行人，可是卻沒有出現在最重要的守靈夜場合。

是因為村八分嗎……

但是村八分不適用於這種需要互助合作的場合。實際上，河皎家也提供了浴室，所以並沒有被排除在外。

儘管如此，河皎家卻沒有人出席守靈夜。

這點令言耶難以釋懷，所以才硬要來河皎家借用浴室。可是在玄關叫門時，屋子裡卻靜悄悄地……沒有任何動靜到令人毛骨悚然的地步。用「簡直就像是守靈夜一樣」來形容也不為過。

「這麼晚來叨擾真是不好意思。我是從尼耳家來借浴室的人——」

言耶喊了好幾聲，才終於有人從屋子裡走出來。看到她的臉，正是那個從窗邊看著他們的縫衣子。

「請到這邊。」

「打擾了。」

她的態度與其說是傲慢無禮，感覺更像是心不在焉。

然而當言耶道謝、簡單地自我介紹後。

「這麼說來，你不是村子裡的人。」

縫衣子的臉開始恢復一絲血色，向言耶打聽：

「守靈夜的狀況如何呢？」

「有許多村民來弔唁。」

言耶一一列舉從香月子口中聽來的弔唁賓客名單。提到銀鏡家時，發現她的表情微微一變。

「打算採用哪種葬禮？」

但縫衣子問起的卻是喪葬的方式。

「聽說是火葬。」

「我就知道……」

縫衣子喃喃自語。

「難不成是蓋……」

聽到縫衣子的下半句，言耶大吃一驚。她該不會是要說「蓋鍋葬」吧。

「八年前，李千子小姐陷入假死狀態時，尼耳家也是要進行蓋鍋葬——我聽她本人說過。」

「……」

「您認為這次也一樣嗎？」

「……」

縫衣子依然靜默無語。

「為什麼您會對尼耳家這麼好奇呢？」

言耶接著問下去，只見她突然侷促不安起來。

「這邊請。」

縫衣子在走廊盡頭停下腳步，帶言耶前往浴室。

室內依舊一點聲音也沒有，靜得讓人心裡直發毛。耳邊只能聽見兩人迴盪在陰暗走廊上那踢躂、踢躂……細微且荒涼的腳步聲。

這個家還更像是在守靈。

言耶再度被囚禁在踏進玄關時那襲上心頭的詭異感受裡。感覺走在前面的縫衣子就像是什麼無從知曉真身為何的存在，不免有點害怕。

要是她現在突然回頭……

會不會露出一張既像人又不是人的臉……類似這樣的妄想排山倒海而來。假如被祖父江偲知道了，她大概會表示「老師真不愧是怪奇幻想作家」，深感佩服吧。

抵達位於河皎家角落的更衣間前，縫衣子像是竊竊私語似地丟下一句意味著「離開的時候不用再跟我打招呼」的台詞，就匆匆地消失了。換言之，她的意思是想表達「洗完澡之後就趕緊離開吧」。

言耶還有很多問題想請教她，但也認為今晚最好見好就收。之所以這麼想，除了尚未掌握案件細節這個事實之外，或許瀰漫在這個家中那極端冷清、令人不寒而慄的氣氛也讓他有些卻步。

浴室跟剛才一路走來的走廊一樣昏暗，感覺空氣始終都陰森森的，絕對不是正常人會想要久待的地方。不過，熱騰騰的洗澡水洗得很舒服，一口氣消除了旅途的疲憊，真是不勝感激。

河皎家和尼耳家是不是存在著超乎鄰居以上的關係呢？

或者只是縫衣子個人對李千子和市糸郎有什麼特別的想法嗎？

市糸郎前往三頭門時，縫衣子是否也從這個屋子裡屏氣凝神地看著他呢？

銀鏡家和尼耳家在蟲經村是互別苗頭的資產家，河皎家又是基於什麼理由跟他們扯上關係的？

言耶泡在浴缸裡，思考著這些問題。

這些問題的答案跟忌名儀式殺人事件有所關聯嗎？

會不會犯人其實並不是尼耳家的人呢？

如果從這個角度思考，縫衣子也會是嫌犯之一嗎？

銀鏡家的人是否也有可疑之處？

頭忽然暈了一下，言耶意識到自己泡太久了，趕緊從浴缸裡坐起來。

洗完澡後，言耶還是禮數周到地朝屋內道謝：「謝謝妳借我浴室。」但屋子裡鴉雀無聲，什麼反應也沒有。再糾纏下去反倒顯得失禮，於是言耶在玄關道了聲「晚安」，便返回尼耳家。

回到尼耳家後，先一步回來的福太好像在等他，立刻來到他的房間。發條母子分到隔壁那間比較大的客房，香月子好像已經睡了。

「我去洗澡的時候，在那一家聽到了那個傳聞。」

或許是擔心吵醒母親，福太壓低了音量說話。

「那個傳聞？是指什麼？」

「角目出現了……就是那個角目呀。」

他指的是李千子在電話裡聽到、與市糸郎命案有關的傳聞。

「我也有點在意那件事，可是又想到會不會是命案發生在舉行忌名儀式時、被害人一隻眼睛被刺、疑似凶器的錐子丟在通往淨穢瀑布的路上……從這三點展開想像的流言蜚語在村子裡傳開而已。」

「我一開始也這麼覺得。」

「其實不是嗎？」

「雖然是小孩子，但確實有人親眼看到了。」

「這麼說來，李千子小姐確實說過有人看到過角目……」

「嗯。她的確把她在電話裡聽到的一五一十地告訴我們了，我猜大概是言詞表現上出現了誤差。」

「我也有同感。」

「不不，照你剛才的說法，你是從那三點推理出來的結果，太厲害了。」

「但還是錯了。」

言耶乾脆地認輸。

「話說回來，目擊者是誰家的孩子？」

「是銀鏡家邦作先生的兒子，還不滿七歲的和生小弟。」

「喔喔。」

言耶忍不住大大地呼出一口氣。

「國待先生的長男是那個住在分家藏的祇作先生，所以邦作先生是次男對吧。他的兒子才七歲啊，是不是有點太小了？」

「聽說是老來得子。」

「角目的目擊者偏偏是銀鏡家的人……」

「話是這麼說，但對方畢竟還是個孩子。」

「可信度一口氣增加了。」

言耶面露疑慮後，福太則換上夾雜著困惑與畏懼的表情說道：

「問題是，和生小弟完全沒聽過關於角目的傳說。」

「咦……」

「我就照順序講吧。」

福太偷偷地瞥了隔壁的客房一眼，然後把聲線壓得更低了。向言耶娓娓道來借他浴室的那戶人家告訴他的和生的體驗。

下個月是銀鏡和生的七歲生日，祖父國待從以前就告訴他，屆時要進行忌名儀式。銀鏡家已經十年以上沒舉行過儀式了，說不定他將會成為銀鏡家最後一個舉行儀式的人。順帶一提，和生對伯父祇作一點印象也沒有，只知道「父親有個哥哥，八年前離開家之後就再也沒回來過了」。

幸好村民們也因為他是銀鏡家的小孩，沒有一個人敢在他面前提起當年往事。即便如此，和生卻知道尼耳家的市糸郎要進行忌名儀式的日期和能夠看到儀式的場所。

『是穿白色和服的叔叔告訴我的。』

聽到他這麼說，銀鏡家的人全都嚇壞了，因為白衣會讓人聯想到出殯。那傢伙到底是何方神聖，關於這點，至今仍是個謎。

可以看到忌名儀式的場所則是以前分家藏的所在地，也就是綱巳山的半山腰。從那裡可以清楚地看到馬落前。八年前山崩的痕跡還歷歷在目，但平常倒不會特別危險。只不過，在市糸郎要進行儀式的三天前，因為颱風來襲，生名鳴地方下起了集中型豪雨。這種情況下，如果要登上綱巳山也要百般留意，但是和生還無法做出這麼成熟的判斷。更何況他是瞞著家人，當天獨自前往綱巳山的，要是被祖父知道了，肯定會狠狠地修理他一頓。

當天傍晚，和生抵達綱巳山的半山腰，從因為八年前的山崩而變成斷崖的地方眺望馬落前。彷彿早就在等候他的到來，矮桌石和馬落前的北角中央一帶有個臉上像是長了角、白白的某種東西正盯著他看。

從綱巳山返回銀鏡家的途中，當和生經過村子裡的時候，好幾個村民都發現他的樣子不太對勁。

『小少爺，你怎麼啦？』

『臉色怎麼這麼難看。』

『肚子痛嗎？要不要來我們家吃藥？』

就在每個人都親切地關心他時，和生說出自己剛才看到的東西，現場頓時安靜得連一根針掉地上的聲音都聽得見。

『那個、該不會是……』

『該不會是角目吧。』

半晌後，終於有人欲言又止地喃喃自語。

下一瞬間，所有的人都開始鼓噪起來。然後村民們紛紛要求和生詳細地說明自己看到的狀況。

問題是和生的視力不太好，銀鏡家也在想著是不是該給他配副眼鏡了。所以他說的是「臉上長角」而不是「右眼的地方長角」也就可以理解了。因此他究竟看到了什麼，這個最關鍵的部分其實也最曖昧難辨。

而且他說自己看到「臉上長角的某種東西」時，嚇得魂飛魄散，連忙移開視線。等到他提心弔膽地想再看個清楚時，**那個東西**已經不見了。

因為這群人幾乎是聚在村子的正中央，所以一直有新加入的村民參與討論，不一會兒就掀起『角目出現了』的軒然大波。其中一個人像是突然想到什麼似地說道：『這麼說來——』

尼耳家今天是不是在舉行市糸郎的忌名儀式啊……

如今村子裡只剩下銀鏡家和尼耳家會舉行儀式了。而且角目居然出現在同一天。不管從哪個角度來想，市糸郎的忌名儀式感覺都不可能順利落幕。

幾乎每個村民都流露出不安的神色，但其中有個年輕人突然用不當一回事的語氣說：

『什麼嘛，既然如此，肯定是銀鏡家的小少爺誤把尼耳家的小孩看成角目了。』

『啊，說的也是呢。』

年輕人的朋友也立刻表示贊同。

『你說看上去白白的東西，想必是儀式的打扮吧。』

幾個年紀比較輕的村民笑著對和生說道。

『尼耳家的小孩臉上會長角嗎。』

有個上了年紀的男人一針見血地打斷他們，年輕人們噤口不言。現場隨即又陷入宛如墓地般的死寂。

——以上就是福太的敘述。

「接著村子裡有人跑去向尼耳家報信，在那之後就發現了市糸郎的遺體。前因後果大概就是這樣吧。」

「我想應該沒錯。只是沒辦法問得那麼深入。」

福太大概是說到累了，用略微嘶啞的音調說：

「從案發的第二天起，每到傍晚就會有人宣稱『角目出現了……』。當然不是在村子裡，而是半山腰或田地的外圍、與鄰村交界的道祖神一帶，幾乎都是杳無人煙的地方，今天傍晚還是有人目擊到。」

「具體來說都看到了什麼——」

言耶想知道得更詳細一點。

「我實在太睏了，剩下的明天再說吧。」

福太一臉抱歉地婉拒，然後直接轉身回到隔壁的房間。

可是言耶卻怎麼也睡不著。還以為洗了一個舒服的澡，可以換來整夜好眠，如今卻毫無睡意。

和生看到的角目到底是什麼東西？

是那個傢伙用錐子刺穿市糸郎的右眼嗎？

可是，為什麼呢？

第七章

那傢伙的動機到底是什麼？

腦海中盤旋著無數個疑問。愈想看清漩渦的中心，就愈覺得有如在凝視著黑暗的正中央，再怎麼全神貫注地凝視，依舊什麼也看不見。只有一個無垠無涯的黑色空間……

這時，從深不見底的黑暗中，瞬間冒出了一隻角，突然就朝他的一隻眼睛戳過來。

第八章

忌名儀式殺人事件

忌 名 儀 礼 殺 人 事 件

第二天一早，刀城言耶起床時，感覺自己做了個被黑暗中突然竄出來的一隻銳利的角給追了一整晚的惡夢。

為了擺脫那種不愉快的感受，言耶仔細地洗了把臉，然後去吃早餐。餐桌前除了發條香月子之外，尼耳三市郎、李千子、井津子也在。件淙和瑞子、狛子和太市好像已經用過餐了。

「早安。」

「老師，你睡得好嗎？」

已經先開動的香月子問他，言耶老實地坦承自己做了惡夢。

「明明是怪奇作家，還是會做惡夢啊。」

她也直率地表示驚訝。

「學長還在睡嗎？」

「明明已經醒了，卻躺在被窩裡賴床，所以我就先起來了。真是的，都幾歲的人了，還像個小孩子一樣——」

兩人說著福太的閒話時，當事人出現了。

「一早就討論得這麼熱烈啊。」

「因為是在討論你的話題啊。」

香月子一臉雲淡風輕地調侃，福太蹙眉。

「別人也就算了，一想到是母親和學弟在討論我，就覺得頭皮發麻。」

「你在說什麼傻話。我來這裡還不是為了你的婚事。刀城老師也是為了你和李千子小姐才陪我們來的。」

「……嗯，這點我非常感謝。」

福太鄭重其事地低下頭去，反而是言耶不知該做何反應才好。這時，瑞子和狛子來向大家道早安。今天早上大概很忙吧，她們打完招呼就立刻離開了。

「來，快點吃一吃吧，然後再問問主人家有沒有什麼是我們可以幫忙的。老師今天早上也要去警方那邊吧？」

香月子告誡福太和言耶，暗示他們現在可不是慢慢享用早餐的時候。

今天的早餐也比照昨晚的守靈宴，由住附近的鄰居負責料理和上菜。說不定這種狀態會持續到頭七，甚至是做完尾七。

言耶想搞清楚這一點，所以直接詢問一個上了年紀的女性，可是對方卻充耳不聞。

「那種態度是怎麼回事？」

見福太露出不以為然的表情，李千子滿臉歉意地代為道歉：

「並不是在針對你。那個人——」

「學長，現在先忍耐一下。」

言耶趕緊小聲地安撫他。

「我們是外地人不說，現在還是忌中。再加上市糸郎的死法並不尋常。村民們想必也變得很神經質吧。」

「就算是那樣，至少也該說句話——」

「算了算了，這裡交給我吧。」

言耶並不氣餒，花了點時間觀察負責供餐的鄰居，最後相中一位年輕女性，提出了相同的問題。

「……直到今晚出殯回來的晚膳。」

女性微微紅著臉，避開周圍的視線、壓低了聲音回答。

「所以並不會持續到頭七呢。」

言耶也輕聲反問。

「戰前好像更久……」

「所以是戰後才縮短了。」

「是的，還有——」

女子原本似乎還要說點什麼，但是話到嘴邊，突然就全身緊繃，最後向言耶行了一禮便飛也似地離開了。

咦？

心裡覺得疑惑的言耶往旁邊看了一眼，發現有幾個上了年紀的女性正以非常凌厲的眼神看著他跟剛剛離開的年輕女子。意識到這個事實，言耶悚然一驚。

「喂，是不是有點不妙。」

福太似乎也察覺到了，邊吃飯邊不動聲色地問他。

「假裝什麼事都沒發生吧。」

另一方面，香月子早就表現出一副與我無關的態度，專心地吃早餐。

「或許連累到剛才那個女生了。」

「待會兒可能會被三姑六婆們數落『不許多嘴』。」

「但願不要變成那樣……」

兩人還想繼續壓低聲音討論，然而總覺得那些供餐的女性全都像是豎起耳朵要偷聽他們的對話，因此雙方不約而同地閉上嘴巴。

尷尬地吃完早餐，言耶立刻踏出尼耳家。距離和中谷田約好的九點還有些時間，而且對方會來尼耳家接他，但言耶實在等不了那麼久。如果學發條母子主動提出想要幫點忙，好像又有些怪怪的。話說回來，雖然光是等待感覺很久，但無論想做什麼，時間都不太充裕。

順著尼耳家長長的圍牆前進，經過河皎家，再經過幾間民宅，來到十字路口。左手邊通往馬喰村、直走是三頭門、右轉則會走到蟲経村的中央，各有各的方向。

言耶按捺住想繼續往前走的衝動，在十字路口右轉。順著左手邊一望無際的森林走了一段路，還殘留著怵目驚心山崩痕跡的山，突然就從農田的另一頭映入眼簾。那就是蓋了銀鏡家分家藏的網巳山。萬一當時的土石流不是流向馬落前，大概會完全淹沒眼前的田地吧。或許村民們會因為這起意外只死了一個銀鏡祇作就結束，而感到鬆了一口氣。

網巳山的東側有一座小山，再旁邊是青雨山。可以看到六道寺就位在從山腳下綿延出去的石階路另一頭。山的後面好像就是火葬場。

路途上言耶眺望著那座山，從十字路口再走了約十分鐘左右，通過了穿越田地間的道路，抵達村子的中心地帶。那裡林立著公所、郵局、商店等等。不一會兒就找到了縣警用來成立臨時搜查本部的集會所。

時間還早啊。

言耶在心中嘟囔，逕自從集會所前面走過。距離和中谷田約定的時間還要再等一會兒，這裡也沒什麼特別需要注意的地方，所以言耶想走到坐落於前方高台上的銀鏡家，從反方向眺望這個村子。

然而，此時言耶倏地停下腳步。看似若無其事地四下張望，其實是在觀察這裡來來去去的村民。

果然沒錯……

起初還以為是自己多慮了，但所有的人都很明顯在避著言耶。即使言耶的視線看過去，他們也會在四目相交以前就匆匆地撇開視線。就連從前方走來的人，也會忙不迭地讓開——不，看起來簡直就是驚慌失措地閃避。

因為我是外地人……

經常前往鄉下地方調查的言耶早已習慣這樣的對待方式。更何況他現在的立場還是喪家的客人。

不想與他扯上關係也是人之常情。

言耶是可以理解，但總覺得好像哪裡不太對勁，令他耿耿於懷。或許也是因為剛才那個供餐的年輕女子的態度，總覺得哪裡怪怪的。

這種奇怪的感覺到底是……

懷著滿肚子的疑問繼續往前走，民宅逐漸稀疏，再次出現一望無際的農田，不過沒有從十字路口走到村子的中心地帶時那般遼闊。走到半路時，鳥居出現在道路的右手邊。望向參道的另一頭，夜禮花神社從宛如丘陵的小山上映入眼簾。

沒多久，前路變成平緩的上坡路，再繼續往前就會走到銀鏡家前了。隔著充滿壓迫感的高大圍牆可以看到後方雄偉氣派的宅邸，感覺就像是居高臨下地睥睨著整個村子。相較於尼耳家宛如與大自然融為一體的氣氛，這裡則是給人城寨般的印象。

言耶一骨碌地轉過身去，將村子盡收眼底。不同於從另一邊的道祖神那裡看過來的風景，現在看上去簡直就像是另一座村落。先前看到的村子是充滿田野風光的尋常鄉下風景，如今再從這個角度看過去，感覺彷彿一寸一寸地褪去鄉下田園的外衣，變成自成一格的小鎮。

他不禁覺得這種視覺上的差異，或許也正表現出尼耳家和銀鏡家的差異，一時有些困惑。

我為什麼會有這種感覺？

「大哥哥，你是誰？」

這時，突然有人從背後叫他。言耶反射性地回過頭去，只見有個年約七歲、穿著像是正要去上學的男孩站在門口。

「你是銀鏡家的和生小弟吧。」

言耶瞬間想起福太在鄰居家聽到的閒話，所以便和男孩確認。

「你怎麼知道我的名字？」

和生相當驚訝。

「因為你現在可是村子裡的名人喔。」

這是事實沒錯，但言耶故意說得煞有其事，無非是想讓少年得意忘形地說出他看到的情況。

自己也覺得這只是小聰明，但又以「這也是從民俗田野調查學到的手法之一」來為自己開脫。

「嗯，還好啦。」

言耶的策略奏效了，和生顯得沾沾自喜。

「話說回來，大哥哥，你是什麼人？」

但是他並沒有因此就對言耶放下戒心，真是個聰慧的孩子。

「我是——」

言耶在和生面前蹲下，以小孩子也聽得懂的方式，簡單說明自己是尼耳李千子的未婚夫發條福太在大學時代的學弟。

「嗯哼。」

和生顯然對他一點興趣也沒有，表現出無可無不可的態度。

「我介紹完自己了，想拜託你一件事。」

「什麼事？」

和生一臉無所謂的樣子，但臉上其實寫滿了好奇，言耶不禁莞爾。

「我也想聽聽你看到的怪事，可以告訴我嗎？」

「嗯，可以是可以……」

和生躊躇了半晌後，開始話說從頭。

內容就跟福太聽到的傳聞幾乎一模一樣。也就是說，和生的目擊證詞沒有多餘的後續，現階段流傳的一切就是他看到的全部。不過，這其中也有新的發現。村子裡的傳聞是角目趁和生不注意的時候便消失了，可是他其實是隱約看到白色的東西在馬落前的角落——往淨穢瀑布的方向——消失了。

像這樣找上本人，直接請教對方果然很重要。

過去的民俗學田調也體驗過同樣的事，言耶再次銘記在心。接下來才是最重要的關鍵，能不能問出更多新的事實，一切都要仰賴他的話術了。

「關於那個白白的怪東西，你還記得它的樣子、打扮、或者是動作嗎？無論什麼都可以，你能回想看看嗎？」

「沒有了。」

和生不假思索地搖頭。

「這樣啊。」

言耶雖然附和，但內心卻很明白。這孩子在說謊……肯定沒錯。這個推理並沒有根據，硬要說的話，大概是經年累月進行民俗採訪的經驗給他的靈感。

「我告訴你一件事，你千萬不要告訴別人喔——」

於是言耶使出只對小孩有用的絕招。

他告訴和生自己是「偵探」——平常明明死都不承認——拿出被熟識的編輯稱為「怪奇小說

家的七大偵探道具」這個「祕密武器」，邊秀給和生看、邊加以解說。發生在強羅地方的犢幽村怪談連續殺人事件中，他也用這一招從孩子的口中套出證詞，所以這次也派上用場，果然奏效。

和生對七大偵探道具充滿興趣——其實是太想要了，有點傷腦筋——看言耶的眼神也產生明顯的變化，終於鬆口。

「……那個、我知道那個的祕密。」

「方便告訴我嗎？」

「因為你是偵探，所以一定要知道嗎？」

「嗯。」

言耶點頭，內心不由得有些後悔。因為和生的樣子看起來似乎很害怕。他是不是很害怕回想起看到角目的記憶呢？

言耶覺得自己很糟糕，竟然完全不懂得體恤對方的心情——而且對方還是個小孩——不過還是狠下心來問他：

「那個的祕密是什麼？」

「應該是拿來當成武器的角，變弱了。」

「欸……」

「角掉下來了，我看到了……」

言耶顯然不明白這句話是什麼意思。

角變得脆弱了嗎？

可是，為什麼？

一陣寒意襲上心頭，感覺自己好像知道了什麼不該知道的「事實」。

「那個角啊——」

在言耶還想繼續追問下去的時候。

「和生，你不去上學，在這裡做什麼？」

門的那頭傳來低沉的聲音。

言耶揚起視線，只見有個中年男子正瞪著自己。嘴裡雖然喊著和生的名字，但意思其實是在質問言耶是何許人也。

「啊，真是不好意思。」

言耶立刻站起來行了一禮，接著自我介紹。因為他認出對方昨晚出席了守靈宴，是和生的父親邦作。

「你是尼耳家的——」

邦作說到這裡就打住、直瞪著言耶不放。

「與發條家又沒有關係的人，為什麼會待在尼耳家裡？」

邦作一針見血，點出了看在外人眼中肯定也覺得莫名其妙的問題。

「呃……這件事說來話長——」

言耶不知道該怎麼說明自己的立場。

「算了，那無所謂。」

邦作的反應十分冷淡，接著對似乎還想跟言耶說點什麼的和生怒斥：「你要遲到了！」催促他快去上學，自己則是頭也不回地從門口回到屋裡。

看來這次沒辦法再從和生口中問出什麼新線索了，不過言耶打算之後再問問他。只要比照這次的手法，或許還能獲得什麼新的線索。

接著言耶看了看錶，「啊！」地叫了一聲。

「完蛋了！」

距離和中谷田約定的時間只剩十幾分鐘。

一鼓作氣地衝下平緩的坡道、衝過農田與村子的中心區，在田園間狂奔。正要穿過那個十字路口的同時，就看到貌似中谷田和野田的背影。

「喂——二位！」

野田先回頭，立刻認出言耶，隨即叫住中谷田。

言耶終於來到十字路口，喘得上氣不接下氣。

「你出來散步嗎？」

耳邊傳來野田優哉游哉的聲音。

「因為離我們的約定還有一段時間，我想看一下村子——」

「所以，有什麼收穫嗎？」

中谷田簡潔地問道。言耶確定警察已經知道銀鏡和生目擊到的東西，而且也親自詢問過和生後，就打算告訴他們自己打聽到的消息。

「如果是跟角目有關的情報，不如換個更適合的地方討論。」

中谷田打斷他。

「在這裡見到你，倒是省事不少。」

語聲未落，中谷田率先領著言耶走向十字路口右手邊的路。

「島田刑警呢？」

「他去向村民們問話了。」

野田代為回答，不同於面無表情的中谷田，他的臉上掛著微笑。

「目前還沒有更多的成果。」

「大概是因為現場位於村郊外，沒有人會特地前往的關係吧。」

聽完中谷田的抱怨，言耶指著從前方進入視野中的三頭門，視線卻從目前的所在地飄向左手邊，望向幾乎與獸道無異的羊腸小徑。

如果往這個方向前進，會通到哪裡呢？

明明是已然放棄身為道路的存在感、幾乎隱沒在荒煙蔓草裡的小徑，卻彷彿在召喚著他們，感覺受到強烈的吸引。

往這個方向前進，會有什麼發現嗎？

從三頭門到淨穢瀑布的這段路原本是他現在最大的關注焦點，如今卻強烈地覺得自己想往左手邊的小徑前進。

往這個方向走的話……

要是只有他一個人，或許早就衝進那條路了。

「事情是這樣的。」

中谷田不經修飾的大嗓門讓言耶猛然回神後，這位警部不以為忤地直接進入正題。

「案發當天下午三點五十分左右，尼耳件淙與市糸郎祖孫兩個人抵達三頭門。不過這個時間只能作為參考。然後市糸郎獨自從這裡出發，件淙則是在門前等孫子回來。」

中谷田、言耶、野田依序鑽進三頭門。

「件淙一時半刻還能看見市糸郎的背影，但是隨著山路變得迂迴曲折，當然漸漸就看不到了。」

「就在李千子小姐聽見夜雀詭異的鳴叫聲那一帶吧。」

野田的發言令言耶大吃一驚。

「警方也知道她的體驗啊。」

「她的哥哥三市郎把一切都告訴我們了。」

「就算是這樣——」

言耶說到這裡，中谷田意識到他的意思，便接下去：

「如果你以為警方接受那種怪誕的東西，那可就錯了。」

「說的也是。那可能不是夜雀，而是『袂雀⑰』……」

「哦，那是什麼？」

野田顯露出好奇。

「碰上袂雀是凶兆、是人人該避之唯恐不及的存在，這一點和夜雀大同小異，不過也不是沒辦法應付。萬一碰上了，只要抓住和服的袖襬即可趨吉避凶。」

「袖襬有什麼特別的意義嗎？」

「不，其實沒有什麼特別的意思。怪異這種存在很多時候都是沒有道理可循的。」

「是噢。」

野田好像無法接受的樣子。

「九州有一種名為『せこ』（seko）的河童，這種河童會爬山。」

「明明是水裡的妖怪呢。」

「對。萬一在山上遇到這個會很危險，據說屆時只要開槍攻擊，或是誦經，又或者是找個藉口就能脫身。」

「咦？找藉口？對河童嗎？這是為什麼？而且話說回來，要找什麼藉口？」

野田似乎完全被他搞迷糊了。

「傳說就是這麼描述的，細節就不清楚了。」

「……原來如此。奇聞異事都是這樣的嗎？」

「除此之外還有很多諸如此類的例子。」

「可是對我來說——啊，稍微回到剛才的話題——提到雀會讓人覺得很可愛呢。」

「以前全國都有安置死者大體的靈堂，擁有各式各樣的名稱，也有一些地方稱靈堂為『雀堂』。在這樣的場合，『雀』就意謂著鎮魂的『鎮』。其實很多名字都有別的用法，與實際的樣子完全無關。」

「原來如此，真是受教了。」

⑰ 近似夜雀的存在，流傳於四國高知縣和愛媛縣境內某些區域的妖怪。刀城言耶在此提到抓住袖攔的應對法，是來自於某些地區認為若袂雀飛進袖攔會招來不幸的認知。

彷彿沒有聽見兩人的對話，中谷田突然指著道路左側的茂密草叢。

「疑似凶器的錐子就是在這裡發現的。」

「發現時的樣子是？」

「用油紙包著，丟在草叢裡，上頭還壓著大石頭。」

「所以是藏起來的意思嗎？」

中谷田沒有看向言耶，持續注視著那片草叢，接著反問：

「老師有什麼看法呢？」

「聽說淨穢瀑布才是命案現場，所以如果要處理凶器的話，只要投進瀑布底下的深潭就行了。不過，因為錐子的柄是木製的，可能會浮在水面上。」

「犯人是擔心因此被發現嗎？」

「可是如果真的想處理掉凶器，應該還有別的辦法，像是扔進森林裡更深的地方，或是在地上挖個洞埋進去，而不是藏在這種草叢裡。」

「最快的方法是直接從現場帶走。可是如果把凶器放在身邊，確實也很危險。」

「依照犯罪者的心理，恐怕只想用最快的速度把東西給處理掉吧。」

「從這個角度來思考的話，現在的狀況該怎麼解釋？」

「關於本案凶器的棄置方式，我認為可以有兩種解釋。其一是犯人丟棄凶器時沒有想太多、其二是犯人這麼做是有計畫的。」

「第一種的情況是？」

「犯人在淨穢瀑布殺害市糸郎之後，沿著原路走回來。因為動手行凶時過於興奮，所以凶器一直抓在手裡。等到意識到這一點的時候，已經看到三頭門了。於是犯人慌張地稍微往回走、把凶器扔在附近的草叢裡。錐子可能本來就包在油紙內，所以只是以相同的狀態丟掉而已。同時下意識地拿起附近的石頭來遮掩凶器。」

「可是草叢裡有塊石頭不是更顯眼嗎？事實上也是因為這樣才被我們發現的，真是聰明反被聰明誤。」

「第一種解釋大概是這樣。」

即使言耶說得意味深長，中谷田也沒有收回投向草叢的視線。

「第二種呢？」

「犯人早就料到警察會這麼想，所以故意把凶器扔在草叢裡。放上去的石頭其實是用來做記號的。」

「喔？」

中谷田的視線慢慢地從草叢移到言耶身上。

「刻意這樣誤導警方的目的是？」

「為了讓警方認為犯人是往這個方向逃走的。」

「如果我們中了犯人的計，尼耳件淙就成了嫌疑最大的人。因為他說自己目送被害人出發後，一直在三頭門前等著他回來。」

「這就是犯人的目的——這麼解釋的話，確實說得通。」

「可是件淙完全沒有動機。」

「就、就是這樣！」

言耶以激動不已的語氣說道。

「凶手不可能不知道這麼重要的事。」

「既然如此——」

「只不過……」

中谷田與言耶的低喃幾乎同時響起，但接著說下去的是言耶。

「假如犯人的目的其實沒有那麼明確……」

「什麼意思？」

「比起讓尼耳件淙先生成為嫌犯，更傾向於讓警方把焦點放在尼耳家身上——也可以這麼思考。」

「心理上的陷阱嗎。」

「犯人假裝回到三頭門，讓警方自然而然地聯想到位於路徑延長線上的尼耳家。這才是犯人的目的。」

「我知道老師想說什麼了，真是個了不起的陷阱。」

言耶還以為中谷田在嘲諷他，但他的態度十分真摯。

「犯人犯案後，從淨穢瀑布回到這處草叢前。路在這裡繞了一個大彎，所以絕對不會被等在三頭門前的件淙看見，可是犯人卻能窺見對方的動向。件淙等了半天也等不到市糸郎回來，應該會很擔心，動身去淨穢瀑布找市糸郎。而犯人事先躲在草叢裡，等他經過後，再通過三頭門逃走。」

「其實油紙從草叢裡的大石頭底下露出了一截。」

「現在才告訴我這麼重要的線索，警部你也太壞心了。」

「問題是，老師的兩個推理無論哪個正確，犯人都沒打算隱藏凶器。」

「沒錯。所以警部認為哪種可能性比較大一點？」

「現階段還無法判斷。」

中谷田回答，再次往山路走去。

「慎重起見，我再請教一個問題，附著在凶器上的血型是？」

「與被害者一樣，都是O型。」

「有沒有什麼可疑之處？」

「目前沒有。」

對話至此暫時畫下句點，言耶看著右手邊的灌木說：

「李千子小姐或許是在這一帶看到那個詭異的白色身影。」

「那個會是角目嗎？」

「我也不知道。」

沒多久，一行人走到滿是碎石堆的坡道。

「她在這裡聽到了謎樣的怪聲。」

「我打頭陣吧。」

中谷田對言耶說的話充耳不聞，開始往碎石堆上爬。接著是言耶，最後才是野田。可是完全沒有聽見任何奇怪的聲音。

「有本書被扔在這裡。」

走到碎石堆的一半左右，警部對言耶說。

「咦？書嗎？」

「江戶川亂步的《少年偵探團》。」

「那應該是市糸郎很寶貝的書吧。大概是李千子小姐告訴他，如果想逃離可怕的怪異，可以把自己心愛的東西扔向對方。只要事先裝進頭陀袋，一旦需要的時候就能派上用場。」

「對市糸郎來說，這個『一旦需要的時候』未免來得太早了。」

「聽說他七歲進行儀式時，直到最後都沒有用上李千子小姐給他的槍。」

「也就是說，這次發生了更恐怖的事。」

「可以這麼解釋，但也有可能是因為年幼無知才能撐到最後。進入青春期後，想像力變得更加豐富，駭人的東西也變得比過去更恐怖了。」

「無論如何，他都是因為害怕，才會忍不住把書扔出去的吧。」

過了碎石堆是一片坦途，但仍是九彎十八拐的蛇行山路。左右兩邊緊鄰著稻科植物叢，在它們背後是鬱鬱蒼蒼的茂密樹林。簡直就像是置身於深山幽谷之中，令人心驚膽寒。不是隻身一人，而是三人同行大概是唯一的救贖。

居然讓一個年僅七歲的孩子孤身走在這種地方……

言耶感到難以置信。就連大人都會覺得驚恐萬狀，年幼的孩子該有多麼害怕啊……想到這裡，言耶不禁有股難以忍受的氣苦。

剛走出森林，言耶原本悶悶不樂的心情頓時就一掃而空。

兩側濃厚的綠意在瞬間巧妙地消失了，土黃色的世界在眼前開展。如果只看到色彩的變化，毋寧說心情反而變得更沉鬱了，可是隨著視野豁然開朗，卻感到一股莫名的解放感。

「這裡是馬落前吧。」

言耶問道，中谷田無言頷首。

如同李千子的敘述，呈現和緩凹凸起伏的山路，看起來確實有幾分數頭馬的背部相連的感覺。左右兩側陡峭地往下陷落的鴉谷，恐怕也加強了那樣的聯想。

不過，現在的情況有點不太一樣。鴉谷的左手邊一如李千子的敘述，右手邊則是因為土石流一路逼近到馬落前，留下怵目驚心的破壞殘跡。大量砂土層層疊疊的結果，在馬落前右手邊的鴉谷製造出一片地面起伏激烈、寸草不生的荒原。

「順著這裡往前走——」

「就能走到綱巳山。」

換句話說，任何人都能不必經過件淙守著的三頭門，逕自前往淨穢瀑布。

「可是，這條路也太難走了。儀式的三天前還有颱風登陸，真的有辦法從這裡過去嗎……」

「我們也一併檢查過三頭門到淨穢瀑布的兩側。」

「有沒有發現疑似犯人出沒的痕跡？」

中谷田直接了當地對充滿期待的言耶搖了搖頭。

「與其說是沒有留下痕跡，不如說是無法確認。」

「這也是沒辦法的事啊。」

「話說，關於銀鏡和生的那件事——」

在中谷田的催促下，言耶轉述從少年口中聽來的話。

「角掉下來了……」

和生的證詞讓中谷田和野田都露出困惑的表情。

「那個角拿來當成凶器的話，好像可行呢。」

針對野田的意見，言耶回答：

「犯人恐怕是想模仿忌名儀式的傳說殺死市糸郎。」

「為了什麼？」

「……原因還不確定。」

面對無精打采的言耶，野田笑咪咪地安慰他。

「別氣餒，是我問得太早了。」

不料中谷田一臉意外地問道：

「你還無法做出任何推理嗎？」

「那、那是當然。」

言耶提出嚴正的抗議。

「再說了，我又不是偵探——」

「哦，我懂了。和生看到的角目確實存在，不過是由犯人裝扮——這種場合應該稱之為變裝——沒錯吧？」

「從一般角度來思考，正常人絕對不會冒著在外面被別人看到那種打扮的風險——目前還不知道犯人從那裡入侵——所以犯人應該是在三頭門到淨穢瀑布之間的某個地方換裝成角目的。」

「但是，你並不這麼認為嗎？」

「因為村子裡有不少人都看過角目。」

「他們說的話可以相信嗎……」

「關於這個部分就需要請警方協助調查了——」

「調查什麼？」

「調查這些目擊證詞是不是在和生的證詞傳出之後才開始出現的。」

「原來如此。你的意思是說，大人被小孩說的話給影響了嗎？」

「並不是沒有這種可能性。」

「我知道了。然後呢，角目是犯人假扮的嗎？」

「……我想應該是的。」

「他的目的是什麼？」

「這種情況下可以有三種解釋。第一，萬一不小心被人看到也能順利脫身。第二，為了嚇唬市糸郎。第三，基於某種和儀式有關的理由——」

「如果是第一種情況，確實出現了銀鏡和生這個目擊者。可是從三頭門到淨穢瀑布的過程中，只有馬落前這一段需要提防被其他人看見。而且，也只有剛好有人待在綱巳山的分家藏原址附近這種情況。」

「確實無法理解犯人預設會被人看見的心態呢。」

「正常來說不會擔心有人經過那種地方、看到自己吧。」

中谷田筆直地將視線投往綱巳山。

「預設會被人看見的解釋，只有一個。」

「哦，願聞其詳。」

「把尼耳家的市糸郎舉行忌名儀式的日期，還有從哪裡可以看到儀式等資訊告訴和生、穿著白色和服的那個人就是犯人。」

中谷田聽完言耶的解釋，沉默不語。一旁的野田則是倒抽了一口涼氣。

「假設這個解釋真有其事，犯人其實是刻意要讓和生看到角目的身影，沒錯吧。這裡還有一點無法判斷，就是角掉下來這件事。如果不是犯人為了彰顯角可以穿脫的事實，就是因為意外才讓角脫落的，兩者皆有可能。」

野田聽到這裡，以慎重的語氣說道：

「和生撇開視線，又再次望向馬落前時，剛好是角目離開這裡的時候，所以我認為是後者……」

「如果只是為了顯示角可以穿脫，大可拿在手裡揮舞之類的。但角目卻是一溜煙地從和生面前消失，可見角是因為不可抗力的因素才脫落的，因為沒有角的角目一點也不足為懼……這麼想，一切就說得通了。」

「可是啊——」

中谷田開口。

「如果是那樣的話，犯人嚇唬的就不是市糸郎，而是和生了。」

「我猜他肯定是故意利用和生的目擊證詞，讓同樣的恐懼在村子裡蔓延開來，只是不曉得這麼做有什麼目的。」

言耶搶在中谷田問他之前，就先爽快地承認。

「第三個解釋呢？」

「犯人基於某種與儀式有關的理由才扮成角目。我認為這是目前可能性最高的解釋——」

「那個關鍵的理由還未明朗嗎？」

「還不清楚。說不定第一個解釋和第二個解釋也是犯人有意為之，但最終的目的還是第三個解釋，其他的就只是真的實現的話，就會多出附加價值而已。」

「那個面具是犯人自己做的嗎？」

中谷田提出最根本的疑問，言耶告訴他自己曾從李千子口中得知銀鏡祇作過去製作了好幾個角目的面具四處亂丟，被村民撿起來燒掉了。但也有不肖之徒偷偷藏起來，用來嚇年輕女性。

「你是指犯人可能是利用銀鏡祇作做的面具犯案嗎？」

「這還真棘手啊。」

野田也跟著附和中谷田滿是煩惱的語調。

「討論暫時到此為止，繼續往前走吧。」

三人排成一行，繞過出現在途中的矮桌石，穿越宛如馬背般的馬落前，兩側再次出現綠意盎然的森林。路面呈U字形的坡道上到處都是大大小小的岩石，因此寸步難行。路中央有大岩石蟠踞的地方也需要繞道，迂迴曲折地往上爬，實在是一件非常累人的苦差事。

爬到這條刁鑽難行坡道的頂端，接下來的山路變成一片坦途。取而代之的是左右兩邊都是枝繁葉茂的草叢，大約蓋住了半條路，幾乎處於要撥開草叢才能前進的狀態。再加上或許因為進入森林了，明明還是上午，周圍卻莫名昏暗。暗得就算騙他們說走到這裡花了難以置信的漫長時間，已經到了迎接黃昏的時刻了……他們可能也會相信。

「話說回來，老師，或許跟這次的案子無關……」

野田從背後搭話，言耶略微轉身的同時、仍持續撥開草叢前進。

「那個叫首蟲的妖怪又是什麼？」

被問了一個很難回答的問題，言耶大惑不解地反問：

「先請教，您是從哪裡聽到首蟲的事的？」

「向村民們問案的時候，好幾個老人家都宣稱『這是首蟲幹的好事』。我問他們首蟲是什麼，他們只表示『是棲息在淨穢瀑布的怪物』。但與其說沒有人知道首蟲的真面目，不如說大家都諱莫如深。」

「您是指明明知道卻故意不說——不對，是不能說嗎。」

「或許是這樣吧。」

「李千子小姐的描述也只提到名字——不，她只說好像是首蟲在追她，並沒有真的看到……我也聽得一頭霧水。」

「你有什麼想法嗎……」

「有是有——」

這時，言耶聽見細微的聲響。

「等等，那是什麼聲音……」

「哦，是瀑布的水聲。」

走在前面的中谷田頭也不回地告訴他。

接下來一口氣穿過草叢後，眼前出現開闊的視野，草地的寬廣度儼然可以搭起好幾頂帳篷。再更前面則是一片岩盤，往下奔流的瀑布進入了他們的視野。

走向岩盤的途中，左手邊可以看到往下延伸的石階，但言耶逕自往前走。

「被害人就在這裡，斜斜地倒向岩盤邊緣處。」

聽完中谷田的說明，言耶加以確認。

「瀑布在正北方，岩盤的邊緣視為東西向，他就是處於頭朝西南的狀態。」

「約莫是西南西吧。」

「犯人是從背後喊他，再趁市糸郎回頭的瞬間，用錐子刺向他的右眼嗎？」

「因為岩盤跟被害人之間，怎麼看都沒有足夠讓犯人立足的空間。」

「或許犯人是站在市糸郎旁邊，對市糸郎說話，等他轉過頭來的時候，再用凶器刺他的眼睛？」

「兩者皆有可能呢。」

「如果是前者的話，市糸郎不認識犯人的可能性很高；但如果是後者的話，兩人可能就認識了，是這樣吧」

「單就現場的狀況來看，還無法做出判斷。」

「話說回來，在這裡受到攻擊，居然沒栽進下面的深潭裡。」

「如果犯人站在被害人的右手邊，受到眼睛遇刺的衝擊，應該會倒向斜後方。假如犯人是從被害人的後面靠近，讓他回頭後再刺傷右眼，被害人情急之下或許會逃向左邊。可是因為腳絆了一下，才會跌倒在地。」

言耶站在市糸郎倒下的地點，當場重複了好幾次模擬犯案的動作。

「如果是回頭的時候遇刺，就算絆倒，倒向深潭那邊也比倒向岩盤的可能性高出許多不是嗎？」

「先前我們也卡在這一點。也就是說，如果犯人當時站在被害人旁邊，幾乎就可以斷定是熟人所為——」

「有出現什麼和這種情況不同的線索嗎？」

言耶從中谷田的口吻聽出這個弦外之音。

「事實上，錐子的尖端塗了某種香菇的毒液。」

「難、難不成……」

「怎麼，你知道是什麼嗎？」

「不會是大傘茸吧。聽說碰到傷口要比吃下肚子更危險，而且還是會立刻發作的毒性。」

「真了不起，不愧是老師。」

野田在兩人身後頻頻表示佩服。

「我們認為被害人可能因為中毒，一時失去方向感，才會碰巧倒在岩盤上，而非落入深潭。考量到現場定位蒐證這一點，幸好是倒向這裡。萬一掉進深潭可就麻煩了。」

「犯人為何要在錐子尖端上塗毒？」

對於言耶彷彿自言自語的呢喃，中谷田回答：

「原因尚未釐清，但犯人確實瞄準了被害人的眼睛。不過想精準地命中一隻眼睛是很困難的吧。必須出其不意，而且只要目標稍微動一下就會失手，或許只能淺淺地劃傷臉的一部分。所以會擔心這麼一來，對方不僅死不了，可能還會逃之夭夭。為了滴水不漏，才會為凶器塗毒。」

「這麼說倒是很有道理。」

言耶也表示同意，順口提起阿武隈川烏告訴他的知識。

「聽說只有村民才知道該怎麼萃取這種毒液。」

「只有尼耳家的人辦得到——如果是這樣的話，我們也省事多了。」

中谷田吐露有如天方夜譚的心聲，接著詢問言耶。

「所以呢，犯人執著於一隻眼睛的動機是？」

「我想應該是跟忌名儀式有關沒錯。七歲進行那個儀式時，萬一有人喊自己的忌名也絕對不能回頭。如果對聲音產生反應、不小心回頭，眼睛就會被刺瞎。銀鏡祇作的角目面具就是『如果不遵守這個禁忌會有什麼下場』的反面教材。」

「相信老師也心知肚明，你好像說了很多，但其實什麼也沒有說清楚呢。」

中谷田一針見血的搶白，讓言耶只能摸摸鼻子說：

「犯人到底為什麼會對忌名儀式如此執著呢？」

第九章

忌名儀式殺人事件（承前）

忌名儀礼殺人事件（承前）

「關鍵的部分依舊成謎嗎。」

彷彿是為了替話鋒犀利的中谷田緩頰，野田笑容可掬地說：

「所以想請對忌名儀式知之甚詳的老師解開這些謎團。」

「不，我不是——」

「你無疑比警察更適合這項任務。」

中谷田說得不容置疑，言耶無言以對。

「要下去深潭那邊看看嗎？」

「啊，好的。」

從岩盤上稍微往回走，中谷田、言耶、野田依序順著狹窄又陡峭的石階往下走。一行人扶著右側乾燥的岩壁前進，走著走著，感覺岩壁開始帶著濕氣，定睛一看，原來是長了苔蘚。石階也一樣，愈靠近瀑布底下的深潭，苔蘚繁殖得愈旺盛。因此也很容易打滑，必須慎重地跨出每一步才行。

不一會兒，終於抵達石階下方比較寬闊的石板路，但寬度也只能讓三個人勉強並列。而且石板路濕漉漉的，隨便亂動的話可能就會跌進深潭。

『絕不能靠近瀑布底下的深潭。』

言耶此刻正顫巍巍地站在尼耳件淙對執行忌名儀式的李千子千叮嚀、萬交代要注意的地方。

「看起來好深啊。」

「村子的耆老都說：『一旦沉下去，就再也別想浮起來。』不只是因為這處深潭深不見底，也因為這裡是首蟲的棲息地。」

野田說出他向村民問案時得知的怪異傳說，中谷田則表現出極為實際的反應，兩人互為對照。

「幸好被害人沒有摔下來，否則我們可有的忙了。」

「犯人之所以沒有把遺體和凶器丟進深潭，是為了明確地顯示被害人單眼被錐子刺入的犯案狀況——應該沒錯吧。」

「就像剛才說過的，問題在於為什麼要這麼做。」

犯人為什麼要犯下忌名儀式殺人事件。

這是和阿武隈川烏討論時在最後的階段浮上檯面的謎題，而解開謎題的鑰匙是否就在這個淨穢瀑布呢？

就在他以由上往下的視線追逐奔騰而下的豐沛水流時，發現寬闊的瀑布流水左端和深潭恰好相接之處有個平坦的空間。看上去是個非常適合設置祠堂或祭壇的地方。

言耶想起李千子的體驗，望向空間的後方，確實看見了雕刻在岩壁上的圖案。

「二位知道那片岩壁上的圖案是什麼嗎？」

被言耶這麼一問，中谷田搖搖頭，而野田則是滿臉歉意。

「我問案的時候沒聽說過這方面的事。」

「李千子小姐說她從岩盤上看到那個圖案時，還以為是菩薩或如來、諸如此類的神佛雕刻，但還說同時又有別的感覺。」

「是什麼？」

「好像是某種非常令人毛骨悚然的東西。」

聽到言耶這麼說，中谷田和野田也定睛凝視著岩壁上的圖案。

「喂，那個該不會是……」

「啊，頭部的左上方對吧。」

兩人接連吐出這些話。

「沒錯。看過去的頭部左上方，看起來好像有一隻角。至於右邊是一開始就沒有、還是被瀑布沖刷掉了就不得而知了，但至少可以判斷左邊是有角的吧。」

「有長角的神佛嗎？」

言耶回答語氣滿是懷疑的中谷田。

「融合神道與佛教、神佛習合後的神明牛頭天王就是如此。祂作為京都八坂神社的祭神而遠近馳名。根據『祇園牛頭天王御緣起』所說，牛頭天王長了顆牛頭，頭上有紅色的角。因為這副模樣討不到老婆，鎮日藉酒澆愁。有一天——」

「老師的高見想必一定有什麼對本案有幫助的情報吧。」

「呃……我也不確定。」

「既然如此，牛頭天王的起源請之後再和我們分享，今天先打道回府吧。」

爬上石階，回到草地這邊的一路上，三人都默默無語。大概是因為他們都把注意力放在隨時可能會打滑的腳底。

「如同最初的說明，尼耳件淙與市糸郎兩人在案發當天下午的三點五十分左右抵達三頭門。」

中谷田率先打破沉默。

「比李千子小姐那時早了許多呢。」

「件淙好像是擔心天色太暗，市糸郎會害怕，所以提早開始儀式。」

「就算對方是自己的孫子，件淙也不像是這麼貼心的人……」

「或許是歲月磨平了稜角，又或者是考慮到市糸郎可能是最後一個繼承人人選了。」

「大概是後者吧。」

「我們實際走過一趟，從三頭門到碎石堆約六分鐘、碎石堆到馬落前約七分鐘、馬落前到淨穢瀑布約九分鐘，總計二十二分鐘。即使碎石堆或U字形的坡道那邊多花了點時間，只要有二十五分鐘就綽綽有餘了。」

「來回則是四十四到五十分鐘。」

「然而，直到四點四十分，市糸郎仍遲遲未歸。再加上之前下過雨，件淙急忙前往淨穢瀑布。在五點左右抵達瀑布，立刻就發現市糸郎倒在岩盤上的身影。順帶一提，雨在那之後又過了一會兒才停。」

「請等一下。」

言耶連忙打斷他。

「我還以為是村民在那之前先聽到銀鏡和生所說的話，才跑去找在三頭門前等候的件淙，向他告知和生看到角目的事──」

「不，沒有這回事。」

中谷田先行否認，再問言耶：

「關於這點，老師怎麼看？」

「無論如何都不想跟忌名儀式扯上關係……村民大概是這種想法吧。」

野田貌似要補充說明似地接著說：

「我在村子裡問案的時候也經常有這種感覺。」

「如果立刻向件淙報告和生看到的東西……市糸郎或許就不會遇害了。」

對於這個假設，中谷田和野田皆無言以對。

「件淙回尼耳家打電話向駐在所⑱報案。我們六點半趕到現場時，天色已經暗下來了。」

「死亡推定時間是？」

「四點半到五點半之間，但倘若件淙的證詞屬實，應該是四點半到五點。」

「知道和生大概是在幾點看到角目的嗎？」

「這就不清楚了——」

野田一臉滿懷歉意的樣子。

「從跟他交談的村民提供的證詞推測，可能是四點到四點十五分之間吧。」

「市糸郎經過馬落前的時間約為四點三分到五分左右。這麼一來，光憑和生的目擊證詞，還是無法判斷角目是在他的前方或後方。」

「無法確定犯人從哪裡入侵，即使掌握兩者案發前的相對位置也沒什麼太大的意義。」

「除了三頭門和綱巳山，還有別的地方可以過來這裡嗎？」

「只要能穿過森林和草叢，要從哪個方向過來都行。」

「可是那種情況下，無論如何都會留下痕跡吧。」

⑱ 設置於郊外或偏遠地區的警察機構，大多是山區、離島等地。和派出所具有相似的機能，但相對於輪班交替的派出所，駐在所多半是由少人數的員警與其家人常駐。

「我們也請村子裡的青年團幫忙，檢查過三頭門到瀑布這段路的兩側，是有找到一些疑似的痕跡，但也可能只是野獸的蹤跡。」

「無法斷定是人類經過的痕跡嗎？」

「確實不太可能。」

來到U字型的坡道，一行人繼續討論案情，小心翼翼地踏出每一步。

「被害人在七年前被尼耳家收養。原因很簡單，就是要把他當成家族繼承人來培養。」

「從李千子小姐那邊聽來的內容也差不多。」

「如今等於是繼承人遇害了，所以我們首先懷疑動機是否在於尼耳家的財產。也就是說，被害人是認識犯人的。」

「這個前提下的頭號嫌犯是？」

「三市郎和李千子這兩人。」

「可、可是——」

言耶還來不及抗議，中谷田已經搶先補充。

「李千子不僅有完美的不在場證明，也決定要嫁給發條福太了，所以找不到動機。倒不如說以她現在的立場來看，反而還更希望市糸郎能繼承尼耳家。」

「就是如此。」

言耶鬆了一口氣，但中谷田沒搭理他，繼續往下說。

「當著老師的面還真難以啟齒，不過三市郎是偵探小說的忠實讀者，或許對於殺人這種事情的抗拒感會比其他的嫌犯還更低。」

「這是對偵探小說讀者的偏、偏見。」

言耶表示強烈的抗議。

「反而是因為只敢享受紙上談兵的殺人劇情，對於發生在現實生活中的命案感到更加害怕的讀者還占了大多數。」

「不管怎樣，三市郎都有強烈的動機。」

中谷田以絲毫不退讓的口吻雲淡風輕地繼續說道。

「其次是從三市郎小時候就對他疼愛有加的祖母瑞子和母親狛子。就算她們心裡希望由自己的孫子和兒子繼承家業，而不是沒有血緣關係的市糸郎，也誠屬自然。」

「兩人的嫌疑一樣大嗎？」

「雖然同時點名這兩個人，但她們實際的動機或許不太一樣。」

「這話怎麼說？」

「相較之下，瑞子的出發點更偏向三市郎一點。因為她是真的擔心這個孫子。可是狛子的動機與其說是為了自己的兒子，無法忍受尼耳家的一切被丈夫和外面女人生的兒子搶走，這一點的可能性還更大。」

「我也想過這個可能性，可是像這樣重新提出來討論，不禁讓人懷疑看起來那麼老實溫順的狛子女士竟然會……」

言耶說到這裡，噤口不言，中谷田與野田不由得面面相覷。

「老師的家教果然很好呢。」

「截至目前解決過好幾起困難或離奇的事件，也看過人類為達目的不擇手段的醜態，居然還能這麼純真，這也是你完全沒有遭受過社會洗禮的證據。」

「什麼？」

兩人的評語令言耶摸不著頭腦。

「對公婆言聽計從，即使丈夫拈花惹草、在外面生了小孩，也只能忍氣吞聲。不僅如此，還得照顧丈夫在外面生的雙胞胎，最後就連尼耳家都要被人奪走……你不覺得女人被欺負成這樣，不可能永遠都不爆發嗎？」

「不，我也這麼想，可是——」

「可是看到本人，實在不覺得她會做出那麼可怕的事嗎？」

「……嗯。」

「這就錯了，愈是那種毫無自我、不管發生什麼都忍氣吞聲的人，一旦理智斷線，就會變得非常可怕。」

「狛子的血型是O型，所以會為了周圍的人扼殺自我，但是正如警部所說，那種人一旦爆發，破壞力非同小可。」

「野田先生最擅長的血型分析來了。」

中谷田難得露出笑容，野田本人則是一派正經。

「身為刑警，這種例子真的是看到不想再看了。」

被他們說到這個地步，言耶已經無力反擊了。

順利走到U字形坡道的下方，眼前就是馬落前。左邊靠近綱巳山的鴉谷受到土石流的摧殘，現在只剩下即使掉下去頂多也只會受點輕傷的高度。右邊的完全就是斷崖，光是往下看就覺得要被吸進去了，十分恐怖。

然而一行人仍繼續討論案情，對鴉谷的特徵並未多加留意。

「父親太市先生呢？」

「在沒有動機這一點上，和件淙、李千子相同……」

因為中谷田難得欲言又止，這讓言耶不明所以。

「有其他讓警部在意的點嗎？」

「跟狛子一樣，主要是性格的問題。」

「怎麼說？」

「太市從小在富裕的家庭裡養尊處優地長大，可是在父親件淙面前始終抬不起頭。父親從沒想過要讓他繼承家業，卻對自己的長男和次男充滿期待，直到兩人都戰死沙場，才把算盤打到三男三市郎頭上。但終究還是對三市郎不滿意，於是又考慮為長女李千子招贅。最後則是由自己的私生子市糸郎雀屏中選——以上是太市的心路歷程。」

「問題是太市先生真的在乎這些嗎？」

「天曉得。至少我們完全看不出有這方面的跡象。只是就跟狛子一樣，沒人知道他心裡在想什麼。太市愛玩女人的惡習或許也是為了逃離件淙絕對支配下的唯一方法。」

中谷田說到這裡，看了野田一眼。

「根據名刑警的血型分析，這似乎跟太市是AB型有關——」

「警部，你就饒了我吧。」

與無地自容的野田互為對照，言耶以忿忿不平的語氣應道：

「這麼自私的解釋只對太市先生本人行得通吧。妻子狛子女士、子女三市郎先生和李千子小姐都不適用這個藉口。」

中谷田對他投以充滿好奇的眼神。

「簡單地說，雖然與狛子不同，但太市內心也充滿對尼耳家日積月累下的複雜情緒。而且那男人從未說過市糸郎的母親是誰。」

「不是他在鎮上金屋藏嬌的小妾嗎？」

「他本人表示『是個酒家女，我們早就斷了，我幾乎都快忘了有這個人』。」

這時，中谷田不知怎地以意味深長的表情看了野田一眼，言耶覺得有點奇怪。彷彿兩人瞬間交換了什麼暗號。

只不過警部仍若無其事地說道：

「最後只剩下被害人的雙胞胎妹妹井津子。」

所以言耶也只好順著說下去。

「被害人是她血脈相連的親生哥哥喔。你認為儘管如此，她仍有動機嗎？」

「老師怎麼看？」

中谷田又用問題回答問題，言耶這時回想井津子在守靈宴上的樣子。

「……明明是血脈相連的親哥哥，她在守靈夜時看起來確實不怎麼悲傷的樣子。」

「哦，真是觀察入微。」

「這種情況可能會讓旁人認為她覬覦哥哥身為繼承人的立場吧。」

「個性活潑的井津子其實比文靜內向的市糸郎更適合繼承家業。件淙或許是看在這個份上，以一種備胎的概念收養她。」

「就像以前的李千子小姐嗎？」

「聽說那對兄妹其實是分別給不同人帶大的。太市付錢給已經退休的前遊女和遊女屋的退休遣手婆，請她們代替父母分別養育市糸郎和井津子。下斗米町以前也有遊廓。」

「如果是那樣的話，就算有血緣關係，兄妹之情或許也很疏離吧。不光是未來要繼承家業的哥哥，還特地收養妹妹，感覺就像警部說的，這是保險措施。」

「井津子聰慧地看穿了件淙打的算盤。」

「換句話說，她也有動機……」

說完後，言耶又連忙否定：

「可、可是啊，根據在守靈宴與她交談的感覺，實在看不出來她會為了財產殺死哥哥……」

「老師，這裡應該從狛子的邏輯來思考。」

野田以委婉的語氣教育他。

「雖然不能一概而論，但代替父母照顧他們的退休遊女和退休遣手婆比起來，前者可能比後者有錢。聽說只要有人肯為遊女贖身，遊女嫁進有錢人家後，會為家族鞠躬盡瘁。而且從事過遊女這行的女人想必很難生得了小孩，所以可能會過度溺愛市糸郎也說不定。相較於遊女，退休遣手婆能對孩子多好，我個人是持保留態度。更不用說要照顧的還是個女孩子，可能會讓遣手婆想起以前在遊廓對自己頤指氣使的遊女。如果我的假設沒錯，井津子可能也跟狛子或太市一樣，懷著別人無從得知的複雜心眼。不是應該這麼看嗎？」

野田的假設莫名地具有說服力，這也是長年擔任刑警累積的經驗使然嗎？

「……我明白了。總而言之，也把她加進嫌犯名單裡——還有嗎？」

「這幾個是目前嫌疑最大的人。再來就要看問案或打聽時還會有多少人浮上檯面。」

「既然如此，接下來就是這些人的不在場證明了。」

「件淙說他三點五十分到四點四十分左右都待在三頭門前。不過，這段時間沒有半個村民經過三頭門前。因此他大可跟在市糸郎後面殺死他，但是那個老爺爺完全沒有動機。」

「同一時間，李千子小姐在我東京的租屋處鴻池家的偏屋裡，正向我說明忌名儀式的體驗……這麼說來，這種偶然的一致性實在是令人不寒而慄。」

明明是自己的發言，言耶卻機伶伶地打了個冷顫。

「總之可以先排除這兩個人。」

但中谷田絲毫不為所動，自顧自地走過馬落前。再來是一段平坦但蜿蜒的山路。

「三市郎說他去散步，但是走到哪裡才回來這點說得不清不楚，非常可疑。」

「如果可以的話，要不要讓我問他看看？」

言耶回想三市郎在守靈宴上的樣子，便毛遂自薦。

「他愛看偵探小說，所以或許真的願意跟老師聊聊。」

「不過我不確定能不能幫得上忙……」

「別這麼說，請你務必協助。」

中谷田低頭請求，這也讓言耶深感惶恐。

「除了李千子以外，其他人都沒有不在場證明，所以問了也是白問也說不定。」

中谷田自相矛盾地說。

「說的也是。」

「瑞子說她一直待在家裡，佣人確實也看到她好幾次。」

「既然如此——」

「只不過，佣人並不能確定她一直都在家裡。雖說有點勉強，但也不是不能趕去淨穢瀑布後再趕回來。」

「具體來說要怎麼做？」

「尼耳家到十字路口約四分鐘、十字路口到三頭門約四分鐘、三頭門到淨穢瀑布約二十二分鐘，所以來回約一小時。根據佣人們的證詞，四點左右在家中的走廊上看到瑞子後，再來是五點左右才又看到她出現在廚房。被害人的死亡推定時間為四點半到五點間，所以也不是毫無行凶的可能性。」

「以老婦人的腳程嗎？」

「所以時間上很緊湊。」

「了解。」

「狛子出去了，但是去的地方有點微妙。」

「哪裡？」

「說是奧武原。」

中谷田向言耶說明漢字要怎麼寫。

「乍聽之下還以為是哪裡的古戰場，但她說是埋葬長子與次子的地方，我們還以為是尼耳家後面的墓地，她又說不是，搞得我們一頭霧水。」

「尼耳家是雙墓制嗎？」

「不愧是老師，一點就通。」

「就是把埋葬遺體的墓地、俗稱埋葬墓和用來祭拜死者的祭祀墓徹底分開。」

「又叫埋葬墓嗎？」

「也就是『埋葬死者的墓』的意涵。」

「還以為這一帶的人都有兩個墓地，後來才知道只有銀鏡家和尼耳家是這樣的。」

中谷田一邊補充、一邊用難以理解的神情說：

「但這不是很奇怪嗎？用來祭拜的墓碑底下既沒有遺體也沒有遺骨。」

「即使同樣是雙墓制，也分成等到埋在埋葬墓的遺體化為白骨、就會移到祭祀墓，以及繼續埋在埋葬墓等情況。前者是先將遺體下葬，待遺體腐朽、靈魂淨化後，再移到祭祀墓。另一方面，後者因為沒有做記號，遲早會分不出來埋在哪裡。又稱為放置葬，但也可以視為一種樹葬。」

「哎呀，老師的講座又開始了。」

「埋葬地又稱為『三昧』。三昧在佛教中指的是藉由冥想來集中精神的狀態。同時也引申為表示死亡的狀態，所以也是指稱墓地的詞彙。順帶一提，當火葬場燒掉千具以上的遺體，相傳死者的靈魂會聚集在一起，變成人形的妖怪，稱為『三昧太郎』。在野外進行火葬流程的人稱為『野之人』，有的地方也稱其為『三昧太郎』——」

「原來如此，我懂了。」

「警部以為是古戰場的奧武原，『奧武』兩字是顏色的『青』或淺色的『淺』的方言，也是意味埋葬地的古代語。正面是六道寺、背面是火葬場的青雨山，其中的『青』恐怕也是同樣的意思。話說回來，『青』這個顏色是介於黑色與白色之間的中間色，意指墓地或埋葬地。」

「嗯，埋葬地的話題可以到此——」

「賽河原的『賽』讀音近似『さえ』（sae），也就是『境』，意即境界，本來是埋葬地的意思。雖然寫成『河原』，但不一定在河川旁邊。如果在海岸或山上的場合，通常滿地都是岩石。也就是說，也可以把河原視為強羅。」

「老師，可以了──」

「至於在墓地連續焚燒一個禮拜、進行黃昏參拜的習俗──」

「喂，快想想辦法。」

中谷田失去耐性了，於是命野田處理。這位資深刑警努力地想讓言耶閉嘴，他的講座才終於告一段落。

「以後再也不敢隨便問你問題了。」

警部犯嘀咕歸犯嘀咕，但也沒有因此就突然給他臉色看，仍一如既往地討論案情。

「尼耳家有什麼儀式的時候，狛子好像都會去奧武原。」

「該不會是去向戰死沙場的市太郎先生和市次郎先生報告吧？」

「比起去尼耳家後面的墓地，去埋葬地祭拜能讓她覺得更靠近兩個兒子吧。」

「也就是說，兩人的遺骨都從戰場上送回來了……」

「不，倒也不見得。但也不好問。」

家屬收到據稱收納戰死者遺骨的白木盒，打開一看卻只有一顆石頭，這樣的例子在戰爭時期時有所聞。

「就算沒有遺骨，埋葬著代代祖先遺體的奧武原，或許對狛子女士來說才是真正的墓地吧。」

「算了，那是個人的自由，不予置評……」

「還有什麼問題嗎？」

「奧武原與淨穢瀑布的相對位置其實很近。」

「咦……」

「而且也不是沒留下疑似有人經過的痕跡。」

「可是並不能作為證據嗎？」

「畢竟與獸道無異嘛。」

「淨穢瀑布周圍的森林非常深邃。以女性的腳程來說，是不是有點太勉強了。」

「但也不是絕對不可能。」

「這麼一來，嫌疑就一口氣變大了。」

「沒錯，但也不是只有狛子的嫌疑變大了。」

言耶不明白他指的是什麼，靜待中谷田接著說下去。

「太市起初說他跟三市郎一起出去散步，可是禁不起我們的追問，講著講著就露出馬腳了。再深入逼問一下，他終於承認自己在河皎家。」

「河皎家和尼耳家雖然是鄰居，但關係有那麼親密嗎？」

「問題就出在這裡，根據我們事後向瑞子和狛子求證，兩家的關係並不親密。」

「太市先生有沒有解釋他在河皎家做什麼？」

「他的說詞是件淙和市糸郎離開後，他有點放心不下，也想跟去看看。然後經過河皎家前，縫衣子問他要不要進來喝杯茶。向河皎縫衣子求證後，縫衣子證明他說的是實話，因此可以視為太市有不在場證明。」

「李千子小姐舉行忌名儀式時，縫衣子女士也在河皎家前目不轉睛地盯著她看，所以這次她就算同樣目送市糸郎進行儀式，也沒什麼好不可思議的——」

「哦。」

「縫衣子為何會對尼耳家的忌名儀式那麼感興趣呢？」

「就是啊。對了，警部，為什麼警方會認為太市先生的不在場證明有問題？」

「野田先生對這一連串的狀況提出一個假設，老師知道是什麼假設嗎？」

中谷田對言耶的提問露出滿意的表情，隨即換上不懷好意的笑容。

「讓我想一下。」

言耶打斷他，轉頭望向野田。

「這個假設對老師而言或許有點生猛也說不定。」

「……真是感激不盡。」

言耶的反應令野田有些吃驚。

「為什麼道謝？」

「因為你剛才的這句話給了我靈感。」

「果然瞞不過老師的法眼。」

兩人相視微笑，中谷田緊迫盯人地追問：

「所以呢？」

這時，他們來到了碎石堆，所以先專心地一個挨著一個、默默地走下坡道。等到三個人全都站在平地上，言耶立刻展開自己的推理。

「莫非市糸郎和井津子是尼耳太市先生與河皎縫衣子女士的小孩。」

「佩服佩服，不愧是老師。」

野田表現出佩服得五體投地的模樣。

「這都要感謝野田刑警給了我重要的線索。」

「野田先生才分別與太市和縫衣子交談過一次，就立刻看穿他們的關係了。」

「警部，話是這麼說，可是還沒有掌握到證據——」

「這點無需擔心。太市那種人只要稍微逼問一下，馬上就會不打自招。」

中谷田勝券在握地說道。

「根據野田先生的血型分析，縫衣子是Ａ型，和狛子不同，是有點神經質的類型，太市可能覺得很新鮮——」

「警、警部，你就別再取笑我了……」

或許再也沒有比這對警部與刑警更完美的組合了——言耶深感佩服。

階級是中谷田比較高、年紀則是野田比較大，然而警部對於野田身為刑警的經驗給予很高的評價，而野田也很給身為警部的中谷田面子。這兩人絕妙的關係肯定能運用在事件偵查上。

即使言耶心裡仍在讚歎，但也意識到還有其他的線索。

「其實名字的部分也讓我有點介意。」

「被害人的名字嗎？」

「太市先生的長男和次男是『市場』的『市』與『太郎』、『次郎』的組合，三男如果也承襲這種命名規則，應該叫做『市三郎』，但是卻調換了順序，變成『三市郎』。雖然有時候調整順序並沒有任何不自然的地方。」

「三兄弟都是由件淙命名，所以取名為三市郎似乎也沒什麼特別的深意。」

言耶點頭附和野田的補充。

「將市糸郎的名字對照那三個人的命名規則，『糸郎』的發音『しろう』（shiro）雖然可以轉換成漢字和四男有關的『四郎』，但寫成漢字時並不是數字的『四』，而是『糸』字。不覺得刻意改成這樣，其實是有什麼特別的用意嗎？」

「有什麼用意？」

「或許件淙先生其實是以數字的『四』命名，但太市先生難得違抗父親，同時也要顧慮到縫衣子女士的心情，於是便從『縫衣』兩字聯想到『糸』這個字，來為兒子命名——」

「以件淙的立場來說，原本認為這孩子與尼耳家無關，所以對太市的改名也沒有意見，是這個意思嗎？」

「這點還要再確認。」

看樣子中谷田和野田都接受了言耶這個解釋。

「雖然不能當成證據——」

言耶醜話先說在前面後，便轉述了李千子在自己的守靈夜靈魂出竅時，看到縫衣子好像在尼耳家找人，而那個人或許就是太市。

「這個間接證據也兜了太大一圈。」

還以為對方會嗤之以鼻，沒想到中谷田邊說還邊苦笑。

「不過這麼一來，我總算明白警部剛才對太市先生的不在場證明始終存疑的原因了。」

「因為是縫衣子的證詞，總覺得少了一點可信度。」

「這我能理解。但這個新事實不也稀釋了太市先生的嫌疑嗎？」

「因為被害人是他們的兒子嗎……」

「怎麼也難以想像縫衣子女士這個親生母親，會協助太市先生殺害自己的孩子。」

「可是老師，縫衣子雖然是市糸郎的母親，卻沒有親自養育過他。」

「恐怕是件淙先生故意拆散他們母子……」

「真正的原因我們是不得而知，但是明明可以在河皎家養大孩子的，不是嗎？」

「這種鄉下地方，必須考慮到村民的目光——」

言耶說到這裡，猛然意識到一件事。

「不對，河皎家被處以村八分。就算縫衣子女士帶著父不詳的小孩，在這種情況下根本也不必向村民們交代什麼才對。」

「我們無法猜測她心裡到底在想什麼，但是幾乎感覺不到她對被害人有什麼情感上的波動，反而覺得她很冷淡。」

「那她為什麼會對忌名儀式感興趣呢？」

「會不會是進展夠順利的話，市糸郎或許能繼承尼耳家這樣的想法。」

「為了財產……」

這時，言耶想起昨晚的事。

「昨天晚上，我去河皎家借浴室，當時縫衣子女士似乎很在意市糸郎的葬禮細節。」

「她是覺得婉惜，還是非常悲痛呢？」

「……都不是。」

言耶確實完全接收不到那方面的情緒。

「可是——」

話雖如此，言耶仍對中谷田提出異議。

「即使太市先生與縫衣子女士一點也不愛市糸郎、即使他們對尼耳家和自己的孩子都充滿複雜的情緒是事實，我也不覺得他們會對被害人下毒手。換言之，現階段在這兩個人身上還看不到明確的動機。」

「說的也是。」

言耶做好會被駁回的心理準備，沒想到中谷田乾脆地接受他的假設。

「和其他嫌犯比起來，可疑的要素確實較低，但要完全排除在外又覺得哪裡怪怪的，大概是這種感覺吧。」

「話說回來，村民們居然沒有發現他們的關係。」

「對呀。雖然縫衣子家遭到村八分，但對方可是僅次於銀鏡家的資產家尼耳一族中、本來應該有機會當家作主的太市呢。」

「所以刻意跑去下斗米町幽會嗎……」

「那樣反而更引人注目吧。」

中谷田同意野田的意見。

「正因為掩人耳目的手法太過高明，反而讓人覺得不能小看這兩個人。」

三個人慢條斯理地走在兩旁都是灌木和草叢的山路上，這時已經能看到三頭門出現在前方。

「井津子的不在場證明也讓我們跌破眼鏡呢。」

「她在哪裡？」

「**這裡**。」

中谷田指著眼前的地面，言耶不由得大吃一驚。

「欸……」

「早在件淙與市糸郎穿過三頭門之前，她好像就已經到了。」

「來、來做什麼？」

「擔心哥哥的安危……肯定不是吧。」

「我想也不是。」

「我和野田先生都覺得她其實很嫉妒市糸郎。同樣被尼耳家收養，卻只有哥哥能成為繼承人。最好的證據就是只有市糸郎能進行忌名儀式。所以她想就近看看那是什麼樣的儀式。」

「也不是不能理解她的心情……」

即使是這樣，有沒有膽量埋伏在這裡觀察忌名儀式，則又是另一回事了。

「膽子好大的姑娘呀。」

「她一直尾隨著市糸郎嗎？」

「井津子躲在這一帶的灌木後面，勉強還能聽見件淙與市糸郎在三頭門前的對話。後來看到被害人獨自走在這條路上，她說自己原本保持了充分的距離，跟在哥哥後面……」

「被發現了嗎？」

「井津子不小心發出的聲音好像把市糸郎嚇了一大跳。她覺得市糸郎的反應很好笑，但也只有一開始笑得出來。」

「怎麼說？」

「因為井津子開始覺得除了自己以外，好像還有其他人跟在哥哥後面……」

言耶愣了一下。

「對市糸郎而言都是可疑的聲音，但是聽在井津子耳中，卻分成兩種。除了自己不小心發出的聲音之外，還有疑似別的東西散發出來的氣息……」

「結果她做了什麼？」

「雖然很害怕，但也很好奇，所以就繼續往前走。只不過，後來森林裡好像隱隱約約可以看見什麼白白的東西。」

「跟李千子小姐的體驗一樣。」

「然而，她在碎石堆和馬落前這種完全沒有藏身之處的地方等了半天，都等不到對方出現，於是漸漸感到害怕了。」

「那個白色的東西一直在森林裡遊盪……嗎？」

「雖然不是不可能，但想必不是一件容易的事吧。」

「若不是相當熟悉這種環境，就是那個根本不是人類，所以無所畏懼。」

中谷田對言耶的解釋不予置評，自顧自地說：

「井津子走到馬落前，決定放棄跟蹤市糸郎，然後回到這裡，再次躲在灌木後面。過了好久，看見件淙從眼前的路進去以後，就伺機從三頭門逃走了。」

「也可以把她看成是最靠近命案現場的人物嗎？」

「可以吧。」

中谷田點點頭，突然好像又想到了什麼事。

「我忘了說，被害人放在頭陀袋裡的那把玩具手槍啊，確實扣了扳機。」

「欸……」

「至於打中了什麼，當然沒有人知道。」

第十章

出殯

野辺送り

一行人鑽出三頭門時，中谷田問言耶：

「我們要回集會所，老師呢？」

言耶有些迷惘。

「已經中午了，我是不是也該回尼耳家了……」

「你還想去哪裡嗎？」

「可以的話，我想去奧武原仔仔細細地看一遍。」

聽到這句話，中谷田露出苦笑，一旁的野田立刻說道。

「考慮到老師是陪同發條家來的立場，現在還是先回尼耳家一趟比較好吧。等葬禮順利結束再去也不遲。」

非常合乎常識的建議。果然像是這個刑警會說的話。

從三頭門回到十字路口的途中，言耶向他們問清楚了通往奧武原的小路。正是那條先前走向三頭門時吸引了視線，往左手邊岔開、有如獸道般的羊腸小徑。

感覺那裡有東西在呼喚他……

現在已經知道埋葬地就在那裡了，如果還是硬要去的話，究竟會落得什麼下場呢……光是想像就覺得脖子涼颼颼的。

「你還是要去嗎？」

看到這樣的言耶，中谷田一臉被他打敗似地問道。

「不，我決定聽從野田刑警的建議，先回去一趟。」

言耶在十字路口與兩人道別後，便返回尼耳家。

可是送葬隊伍要到黃昏過後才會回來吧。

在那種時間還跑去奧武原，怎麼說都太瘋狂了。就算他是怪談蒐集家，這種行徑也未免太有勇無謀。

明天早上……

正想著明天早上再去的時候，剛好經過了河皎家。

縫衣子和太市……

之所以變成這種關係，恐怕與她被稱為「老姑婆」的過去有關。再往前回溯，想必與河皎家因為失火騷動，從此被村八分的辛酸過往脫不了關係。

惡性循環。

就是用來形容這種狀況吧，假使換成大都市，或許就不會變成這樣了。正因為這裡是還深受傳統習俗束縛的生名鳴地方，事情才會盤根錯節成這樣。

話說回來，村民們居然都沒有注意到。

要是兩人的關係曝光，應該早就傳得人盡皆知，警察問案時一定也會有人提起。畢竟在這種封閉的鄉下地區，就連私密的男女之情也不可能瞞得過眾人的眼睛。

掩人耳目的手法太高明了……

帶著佩服的心情，言耶回到了尼耳家，剛好趕上午餐時間。不過，用餐的地方不是吃早餐的那個房間，而且只有發條母子和他三個人用餐。另外再加上早餐時那個上了年紀、態度冷淡的女性負責供餐，除此之外都不見其他人影。

「刀城老弟，你瞧瞧……」

「看來我們似乎變成大家的眼中釘了。」

福太似乎也有相同的擔憂，言耶與他交頭接耳。

「是嘛，與我無關喔。」

「兩位上午都做了什麼？」

香月子忙著撇清，兩人只能苦笑。

言耶一問，香月子便回答。

「像這種時候，局外人只會礙事，如果還隨便幫倒忙，只會增加主人的困擾。但是如果真有心要幫忙的話，方法要多少有多少。」

看她昨晚在守靈宴的表現，言耶相信她所言不虛。可是福太應該很難跟母親一起幫忙吧。

「學長呢？」

「我只能走來走去，一點忙也幫不上。最後還是李千子看不下去了，要我幫忙照顧井津子，才解了我的圍。」

「她有說什麼關於命案的事嗎？」

「啊，有喔。」

福太突然拉高音量。

「你知道那天井津子其實在現場嗎？」

「知道，中谷田警部告訴我了。」

「那位小姑娘嗎……」

香月子彷彿受到很大的震撼，言耶簡單扼要地說明狀況。

「真有膽識啊。」

聽完則是佩服不已地對她讚不絕口。

「我也想問她一些細節，請學長幫忙——」

「中午要正式開始準備出殯了，不如等結束後再說。」

香月子語氣委婉地提醒他們。

「可是他們或許會再請學長照顧井津子——」

「或許吧，但也要等對方主動開口。」

「忘了是誰提過，下午就需要男人出力了，所以我和你可能都要幫忙。今晚再問井津子也不遲吧。」

就連福太也安撫起言耶，所以言耶也不好再強人所難。

不料，在三人吃過午飯後就完全處於吃飽閒著的狀態。「請在客房好好休息。」香月子主動說要幫忙也被婉拒了，當然也沒有人來找福太和言耶幫忙。

「會不會是媽媽妳上午管了太多閒事，導致他們提高警覺了。」

「都說『子女不知父母心』，這句話說得一點也沒錯。你以為我多管閒事是為了誰。」

「我當然知道是為了我和李千子，可是這種鄉下地方的家庭和村子有他們的風俗習慣，外人最好別多管閒事——」

「即便如此，禮貌上也要問一下有沒有什麼可以幫忙的地方吧。我們又不是客人，就現在的狀況及立場而言——」

「不不，問題就出在現在的狀況及立場——」

「我出去一下。」

不敢打擾母子倆的言語交鋒，言耶小聲地說。

「老師，你要上哪兒去？」

「咦，你要去哪裡？」

兩人幾乎在同個時間問他，令言耶忍不住露出微笑。

「我要去觀摩出殯的準備。」

語聲未落，母子倆又同聲同氣地提出完全相反的意見。

「不要一直問問題，打擾人家做事喔。」

「利用這個機會多問一點命案的線索回來。」

言耶還不知道該如何回答，發條母子又開始爭論起來，所以他就靜靜地走出客房。

觀察一下尼耳家的狀況，顯然沒有自己的立足之地。言耶迅速地領悟到這點，離開尼耳家，從十字路口往東走，目的地是「無常小屋」。今天早上和警部他們會合前，他先穿過整座村子前往銀鏡家。當時就看到位於青雨山山麓的小屋。

無常小屋主要是平常堆放出殯時使用的工具之處，類似於村子的共同財產。村內如果有人去世，任何人都能使用這間無常小屋。部分有權有勢的望族可能有自己的道具，但是考慮到日常的管理，對一般家庭來說是比較困難的。或許就因此產生了無常小屋這種共同存放器具的場所。

因為擁有這方面的知識，言耶直接朝著無常小屋走去，剛好碰上村民正從小屋裡抬出神轎台座之類的器物。

那是用來運送棺木，稱為『輿』的基座。前面跟後面各有兩根棒子伸出來，分別由四個男人用雙手扛著，將棺木從喪家抬到火葬場。

「這種輿是不是分成座棺用與寢棺用兩種？」

「咦……呃，沒有。」

站在小屋附近的青年突然被外地人搭話，似乎嚇了一大跳，但還是很有禮貌地回答。於是言耶又接著問：

「我想也是。這怎麼看都是座棺用的輿。也能用來搬運寢棺嗎？」

「倒也不是不行。但如果愈來愈多人改用寢棺的話，到時候也必須有專用的版本……」

「這次先用座棺的代替嗎？」

「嗯，對呀。」

感覺對方其實一點也不想搭理言耶，但言耶問得極其自然，所以青年也無法對他視若無睹。

「那間小屋還存放了什麼東西？」

「我想想……還有共用的農耕機具和木工道具……」

「只要是村子裡的人，誰都能拿來用嗎？」

「對了，來投靠銀鏡家的勇仁先生是個什麼樣的人？」

「呃，嗯……」

「哦，那個人啊。」

明明是跟無常小屋無關的問題，青年卻突然表現出要說悄悄話的態度。

「聽說在以前住的地方鬧出了一點問題……」

「什麼問題？」

「目前只知道跟女人有關……」

言耶聽了這句話，想起勇仁看李千子的眼神，感覺有點不太舒服。

「如果你之後知道了更詳細的內幕，可以告訴我嗎？」

「……可以啊。」

「再請教一件事，村子裡目擊到角目的人多嗎？」

這個問題也非常突然，但內容顯然有點不妥，這位隨和的青年終於發現言耶是誰了。

「你、你是？」

「失禮了，我是在尼耳家打擾的人。」

「……你是那個東京來的女婿嗎？」

「不是，那是我學長，我只是陪同者。」

「是嘛。」

「話說回來，看到角目的人多嗎？」

「……算、算是吧。」

「可以具體地說說嗎？」

「……太陽下山時，想說可以收工了，冷不防就看到角目站在田間小路盡頭的森林裡、盯著這邊看……或者是看到角目把臉貼在地上，陰森森地從路邊的祠堂後面凝視著這邊……啊，對了！我還聽說有人從無常小屋前面經過的時候，發現門開了一條縫，覺得很奇怪就往裡頭一看，結果一隻角就倏地從縫隙裡伸出來……」

「但角目其實是銀鏡家的祇作先生吧。」

言耶一語道破，這讓青年大吃一驚。

「啊，嗯……」

「可是祇作先生不是已經和分家藏一起被土石流掩埋了嗎？」

「那、那是因為……祇、祇作先生從地底活、活過來了……」

「換句話說，村民們懷疑死而復生的祇作先生就是殺死市糸郎的犯人嗎？」

「有一半的人這麼認為，另一半——」

青年說到這裡，臉上便露出「糟糕了」的表情。

如果是平常的言耶，一定會立刻追問：「另一半的人認為是有人故意陷害他吧？」但這次他沒有這麼做。

這時要是輕舉妄動的話，可能會讓這個青年噤若寒蟬。

言耶下意識地做出這個判斷。打聽消息時，臨機應變其實格外重要。所以他又把話題給拉了回來。

「話說回來，你也看過角目嗎？」

「……沒、沒有。」

青年搖搖頭。言耶在他的反應中看到猶豫，但也不覺得對方在撒謊。從剛才的對答就可以看出他是個老實人。

看到了卻又沒看見。

有什麼解釋可以說明這種矛盾呢……言耶思考著，最後想到一個可能性。

「最近沒看到，但小時候看過——是這麼回事嗎？」

「哇，你好厲害！」

青年一迭聲地表示佩服，言耶請他描述當時的體驗。

當日本完全陷入戰爭這個巨大泥沼中的那一年夏天，某日傍晚，他和朋友在夜禮花神社玩捉迷藏。森林深處平常是禁止進入的，但當鬼的人是他最害怕的孩子王，基於死都不想被找到的心情，終於忍不住闖了進去。

後來也因此沒有被鬼抓到，讓他獨自在心裡竊笑著。但只有一開始的時候笑得出來，因為他很快就發現一個理所當然的事實，那就是捉迷藏最有趣的地方，其實就是鬼就在身邊的感覺。明知道絕對不會被鬼找到的話，還有什麼好玩的，只會覺得等待的時間無比漫長不是嗎。他終於明白了如此單純的事實。

……趕緊回到神社境內，換個地方躲吧。

可是，萬一被知道自己跑進森林裡，肯定會讓孩子王揍一頓的，唯有這一點必須要避免。

必須神不知、鬼不覺地回去，絕對不能被發現。

他打定主意，正要從他藏身的那棵森林裡的大樹後走出來時。

……嗚嗚嗚嗚。

森林深處傳來奇妙的聲音。

……嗚嗚嗚。

聽起來像是悶悶的呻吟聲，而且似乎正在逐漸向他靠近。

……嗚嗚。

不一會兒就看見人影了。那個人戴著右眼長出角的面具，身上穿著髒兮兮的衣服。

……是、是角目。

他當然知道村子裡的傳說，但做夢也沒想到自己會親眼看到。那傢伙正撥開枝繁葉茂的草叢、穿過林立的樹木，逐漸靠近這邊。還一面發出毛骨悚然的呻吟聲，向他逼近。

……嗚。

然而，那個聲音變了，感覺像是從角目的後方傳來。換句話說，好像有什麼東西在跟著角目。角目該不會正受到那玩意兒的追趕吧？如果是這樣的話，那又是什麼東西？

光是角目就已經夠恐怖了，那個剛冒出來、不知何物的存在令他打從心底毛起來。

……快、快逃。

想是這麼想，但雙腿絲毫動彈不得。

……嗚。

而且他還注意到，角目的動作怪怪的。彷彿四肢不聽使喚、踩著凌亂的腳步。而且揮舞雙手的動作好像也有哪邊不太對勁。

……感覺好噁心。

不同於看見角目面具時感受到的恐懼，另一種不曉得該怎麼形容的不快感，正緊緊地攫住他。深陷在恐懼與厭惡的夾縫中，他靠著樹木，全身動彈不得。

……嗚嗚。

沒多久後，角目終於站到了他的面前。那個呻吟聲的主人似乎還緊跟在角目背後，繼續發出陰陽怪氣的聲音，卻完全不見蹤影。

……怎麼回事。

有如墜入五里霧中的恐懼，讓他差點就要尿出來了。然而，接下來才是真正的戰慄。

角目開始慢吞吞地轉身。結果轉了一百八十度後，露出了真正的樣貌。

原來角目是把面具戴在後腦勺，以後退的方式走來。驚心動魄的呻吟聲當然也是角目自己發出來的聲音。

發現莫名其妙舉止的真相，又看到了角目的真面目，他終於失禁了。然而也拜下半身尿濕所賜，六神得以歸位，趕緊頭也不回地逃走。

——青年以純樸的語氣把這段經歷告訴言耶。

「祇作先生真的沒有右眼嗎？」

青年點頭如搗蒜。

「說是這麼說，但我其實只有瞬間看到他的臉……」

「所以沒看到太多細節？」

「……可以這麼說。」

「當時還有其他人看到向後轉的角目嗎？」

「沒有。」

從青年搖頭的樣子可以感受到一絲無奈……為什麼只有自己這麼倒楣呢。

「那到底是什麼情況啊？」

「有一種說法，面向背後出現的東西多半是怪異的存在。」

「這、這樣啊。」

「可是角目的真身是銀鏡祇作先生。」

「嗯，這點我很確定。」

「我聽說祇作先生說過，首蟲一直在他腦子裡鳴叫。」

「啊，這我也聽說過。」

「或許是為了表現出那種顛狂的狀態，才會把角目面具戴在後腦勺，然後從跟面具相反的方向發出聲音。」

「……這是什麼邏輯？我實在難以理解耶。」

青年顯然丈二金剛摸不著頭腦，但言耶也沒有自信能說明得更加清楚。

「有機會再向你說明。然後，那個貌似白色人影的東西又是怎麼回事？」

「那是前幾天在那邊的道祖神附近看到的。」

青年指著馬喰村的方向，也就是言耶他們經過的那一帶。

「可是過去的儀式也穿過同樣的白裝束——」

「喂！吉松。」

這時有個上了年紀的人喊了青年。雖然對方只喊了他的名字，但不光是言耶，就連青年本人也察覺到對方的叫喚裡隱含著責難的語氣。

「我、我先走了……」

吉松滿臉歉意地從言耶身邊走開。喊他的那個長輩其實根本沒有事要找他，只是板著一張臉，嘮叨地教訓吉松一頓。

是因為隨便跟我說話的關係嗎？

言耶心知肚明，對青年有些過意不去，但另一方面也做出某種惡魔般的想像。

或許能從他口中問出更多村子裡的傳言。

如果祖父江偲也在，得知言耶的心思，一定會罵他：「老師這個惡鬼、惡魔、不是人。」

在那之後，任憑言耶再怎麼殷勤地搭話，也沒有人要理會他了。其中不乏今天上午在村子裡散步時打過照面，或是擦肩而過的村民。根據過去的經驗，在這種鄉下地方的村子裡，比起初次見面，見過第二次、第三次的人更容易撬開對方的嘴。但這個經驗在這裡顯然行不通。尤其是年紀愈大的人，更是對他視若無睹。年輕人比較不會拒人於千里之外，就像剛才的吉松那樣，但顯然都會顧慮周遭長輩的目光。

暫時還是先按兵不動，方為上策。

話說回來，要是祖父江偲在旁邊的話，大概又會挖苦他：「說什麼呀，老師，你早就問遍了所有人不是嗎？」

後來言耶就跟在前往尼耳家的村民們後面。一路上明明是最適合閒話家常的機會，但誰也不肯與言耶對上眼。只有一些上了年紀的人盯著他看。要是你敢繼續找人問東問西，就立刻給我滾出村子——眼神裡充滿了這樣的警告意味。

沒多久，輿抵達尼耳家，從後門進入後院、再進到屋子。他們小心翼翼地把寢棺放上去，由四個年輕村民扛著，靜靜地抬出尼耳家。為了配合輿的動線，還臨時在後院搭了一扇「暫門」。把竹子組成「冂」字形，由兩個守門人負責舉著，讓載著棺木的輿從下面通過，離開尼耳家。這個儀式稱為暫門，據說源自於古代天皇葬禮時臨時搭建的門，也可以代表墓地的入口。

接下來，離開尼耳家的輿在後院繞了三圈後，才終於離開尼耳家的腹地，從後門出去。有的地方會扛著輿先在後院繞三圈，再鑽過暫門。無論如何，離開喪家的腹地前，一定要先經過這道暫門。

為了不要影響儀式進行，言耶站在後院的角落，目不轉睛地看著這一連串的流程。他以前也觀摩過好幾次鄉下地方的葬禮，但這種機會可遇不可求，只能在停留當地的期間於偶然的情況下碰見。

言耶走到外面，出殯儀式已經準備好了，開始慢慢地拉開序幕，所以他也趕緊跟上。為了掌握全貌，言耶一下子走到隊伍前面、一下子移動到後面，忙得不可開交。假使祖父江偲也在這裡，肯定會無奈地說：「老師，你稍微冷靜一點啦。」

走在送葬隊伍的最前面的是「先松明」，擔任前導任務，又稱「先火」。頭上繫著白細繩頭巾、身上穿著經帷子、肩上扛著用稻草綑綁的柴薪，雙手握著火把，但是並沒有點燃。有的地方會真的點燃火把，但是會點火的地方還是比較少的。如果是神道式的葬禮，除了火把，還會帶上掃帚。掃帚的由來是承襲自《古事記》天若日子的出殯儀式。

接著是手持遺像和手持墓碑的人，但完全沒想到前者竟然是由李千子來擔任這個任務，本來應該是要由市糸郎的父親太市捧遺像。就算要換成別人，以李千子目前在尼耳家的立場，可以說是最不適合的人選。儘管如此卻還是由她出任，想必是件淙的指示吧。

為什麼呢？

言耶感到一絲不安。直到後來他才明白，那絲不安其實是某種預兆。

後者捧的墓碑是土葬時必須立在埋葬地的標的物，但這次是火葬，而且尼耳家還有自己的埋葬地奧武原，所以其實不需要墓碑的。等火葬完畢，進行撿拾遺骨的「撿骨」時，有的地方會搭起名為「六角佛」的塔婆[19]，不過目前還不確定尼耳家會採取什麼方法。

根據地域、家族、喪葬方法的不同，經常會出現諸如此類的細微差異，這些差異看在言耶眼中具有難以抗拒的吸引力。思考為什麼會出現這些差異的樂趣，也令他沉迷其中。然而，這次竟然會讓李千子來捧遺像，這個意外的發展讓他感到心情十分不平靜。

李千子的身後是稱為「四本幡」的四根白色旗幟，各自印有「諸行無常」、「是生滅法」、「生滅滅已」、「寂滅為樂」的無常偈。在釋迦還是童子、正在修行中的時候，聽聞帝釋天化身為羅剎、誦念讚美佛的功德的前半段詩，因而大受感動，於是下定決心要將自己的肉身獻給羅剎，以換得後半段詩。整段詩就是這十六字無常偈。

隨著送葬隊伍行進，四本幡隨風翻飛，看起來確實有幾分世事無常的味道。飄揚的旗幟在言耶看來簡直是毛骨悚然的代名詞。理應令人心存感激的偈文被風吹散，彷彿變成不詳的咒語。

然後是「四花」，意指切碎白紙、做成花的樣子，也可以寫成「紙花」、「死花」或「四華」。是插在墳墓的四個角落，用來憑弔的花。

接下來是僧侶的行列，原本依序應為敲響妙鉢的音樂僧、脇導師、撐著大紅傘的引導僧，但實際上只有六道寺的住持水天和貌似其弟子的年輕僧侶。想當然耳，言耶無從知曉這是蟲經村的風俗，還是只有尼耳家才這麼做。

僧侶後面是提著燈籠、照亮送葬隊伍的人，然後是拉著名為「善綱」的白木棉長繩、一身白衣的女性們慢條斯理地跟在後面。善綱繫著輿上的棺木，又稱為「緣綱」、「惜綱」或「名殘綱」，由往生者的女性近親負責牽引，所以除了狛子和井津子以外，其他人應該也都是尼耳家的親戚。

大概所有的親戚都住得很遠，平常與尼耳家的交情也不深，他們看起來比言耶一行人還更像客人，這點從昨天開始就令言耶耿耿於懷。或許是因為這樣，尼耳家的親戚們與村民的距離，要比尼耳家的人與村民的距離還更生疏遙遠。

⑲也稱「卒塔婆」、「板塔婆」，原本是佛教供養佛舍利的佛塔。在日本的佛教信仰中以長形木板組合來呈現、立於墓石後方。上頭會寫上梵字、佛號、經文等資訊，將功德迴向給故人。

放在輿上的棺木以被善綱牽引的感覺前進。但實際扛著輿前進的是一身白衣的太市與三市郎，然後是遠親的男性跟福太。遠親的男性跟福太是扛起輿前方兩根木棒的「前擔手」，太市與三市郎則是負責扛起後方兩根木棒的「後扛手」。

為什麼學長他……

無論是拉善綱、還是抬輿的人幾乎都是近親。既然如此，表示尼耳家已經承認福太是親戚的一員了嗎？言耶想到這個可能性，卻怎麼也無法釋懷。因為他還卡在李千子捧遺像的事。或許是香月子得知尼耳家男丁不夠，才要福太去幫忙抬輿也說不定。

輿上頭有俗稱「天蓋」的莊嚴葬儀道具，然後是「後提燈」，最後才是捧著牌位的喪主。喪主由件淙擔任，瑞子則是捧著供奉給往生者的食物跟在後面。供奉往生者的食物又稱「死者的午餐便當」，有的地方是由女童負責拿，但大部分的情況都是由喪主夫人負責，看樣子蟲經村也是遵循後者的方式。她已經拿掉遮住眼睛的眼罩了，但右眼皮看起來還是有點腫。

再後面就是一般的參列者，但是除了像銀鏡家那種家世顯赫的人以外，其他人都穿著作業服等平時的衣服。這在任何地方都是極為正常的對應。儘管如此，言耶仍不自覺地從走在送葬隊伍最後的參列者身上，感受到某種坐立難安的強烈氛圍。

不想參加這場出殯儀式。

四周圍充滿這種氣氛，令人滿腹狐疑。是因為往生者是在進行忌名儀式時過世的關係嗎？還是因為死者是以單眼被刺的方式慘遭殺害的？又或者犯人就是角目的謠言甚囂塵上呢？所以才會打從心底不想扯上任何關係，任由那種避之唯恐不及的心態表現在態度上嗎？

彷彿為了證明言耶的猜測，有很多村民都只在家門口進行「門送」，也就是不從喪家出發，而是中途才加入隊伍。不僅如此，村民中也不乏只在主要的十字路口目送的人，更加深了他的懷疑。

以尼耳家的家世地位來說，這種參列者的狀態是不是不太尋常……

而且不止這樣。不知為何，大部分在家門口或十字路口目送的人都不約而同地看了李千子一眼。

起初言耶還以為「大概是因為她很久沒回來了」，可是她明明上個月才回過尼耳家。於是又想到「或許是聽說李千子要結婚了」，問題是他們看李千子的眼神還是很古怪。

……怎麼看都不懷好意。

為什麼會這麼想呢？李千子這四年來都不在尼耳家，一旦嫁給福太，幾乎就與娘家一刀兩斷了。對於站在那種立場的她，村民們的反應未免也太奇怪了。

言耶感到一頭霧水，同時也湧起一股不祥的預感。總覺得有什麼山雨欲來的氣息擋在福太和李千子的面前，干擾他們的未來。

言耶內心的忐忑後來不幸成真。而且是從做夢也想不到的方向襲來，令他大為震驚……

而且，尼耳家的出殯儀式令言耶覺得可疑的地方還不止如此。

他當然也包括在一般的參列者裡。但是以刀城言耶的作風，當送葬隊伍離開尼耳家、經過村子裡、在銀鏡家前回頭，最後抵達青雨山火葬場的整段過程中，言耶一刻也不停歇地在隊伍的前段到尾段間來回遊走。整個人完全靜不下來，受到好奇心的驅使、到處走來走去。

走著走著，突然就被詭異的感覺給束縛住。他望向送葬隊伍，想知道是什麼感覺，但終究還是搞不清楚。

……哪裡不太對勁？

總覺得這裡有種只能如此形容的感覺。不是在家門口目送的村民模樣或在十字路口目送的村民態度這種已經察覺到的問題，而是長長的隊伍本身瀰漫著一股有別於這些問題的異樣情緒。

然而，放眼望去，整個送葬隊伍並沒有任何不自然的地方。仔細地從頭觀察到尾，也完全看不出有任何異樣之處。

順帶一提，走在參列者後面，亦即送葬隊伍最尾端的人稱為「殿」。顧名思義，是負責殿後的老人，又稱「供押」。這是由村子裡最博學多聞的老人、而非有血緣關係的親戚擔任的角色。這次負責為送葬隊伍押後的是夜禮花神社的瑞穗宮司。

殿要負責把出殯路途中立在各個十字路口的「道蠟燭」、「道燈籠」或稱為「六道」的照明一一拔起，再用以菰草編成的草蓆包起來。道燈籠是把青竹剖成細竹，再把樹葉或切成圓片的蘿蓋放在上面再插上蠟燭，當成燭台使用。這是為了不讓死者在六道的岔路迷失方向，事先設置的指標。而這些都是由殿負責回收的。

言耶對送葬隊伍充滿異樣的感覺，那麼看在村民們眼中，自己又是什麼德性呢？起初或許會對他投以好奇的眼光、覺得「這個外地人怎麼鬼鬼祟祟的」，但立刻就決定對他視而不見。這種行為與其說是排外，更像是大家都發現他才是宛如纏著送葬隊伍不放的魔物，所以忙不迭地移開視線。實在讓人感覺如坐針氈，言耶之所以能撐下去，大概是因為在各地進行民俗田野調查的時候，就已經領教過無數次類似的待遇了。

送葬隊伍抵達青雨山的火葬場後，棺木從輿上頭移到「野之人」事先準備好、用柴薪架設的井桁上，這又稱作「野普請」。另外，在野外火化的行為則稱為「山仕舞」。

如果是土葬的場合，會稱為「野拵」或「野普請」。早上先挖好墓穴，等待送葬隊伍抵達。這時會供應「掘穴酒」及料理，所有的飲食都必須當場食用完畢。換句話說，就算硬撐也要吃完，絕對不能留下。

不過，大多都是返回喪家後，坐在比來賓地位更高的上座用餐。因為這次是火葬，所以不用事先挖好墓穴，因此也沒有提供酒或料理。

此外，土葬會先把棺木從輿移到「蓮華台」上。蓮華台指的是雕刻出蓮花圖案的石製台座。前面是「石台」，用來擺放花及供品、香爐。這些台座統稱為「野機」。

進行土葬的話，這時會舉行名為「野葬禮」的引導儀式。但如果是火葬，則會在架設成井桁的柴薪周圍設置四道門，家屬以順時鐘的方向繞行三圈，進行「四門行道」。東為發心門、南為修行門、西為菩提門、北為涅槃門，只要以順時鐘的方向鑽過這四道門，就能往生極樂，起源自禪宗的「四門火葬儀式」。但這個村子會不會承襲相同的儀式，目前還不得而知。

過程中，或許是用來代替野葬禮吧，由六道寺的住持水天負責誦念經文，但怎麼看都只是徒具形式。香月子在守靈宴上的比喻「感覺不太好應付」或許沒錯。如果是言耶，肯定會批評他是「酒肉和尚」吧。

繞著四道門誦經的流程結束後，會將打濕的草蓆蓋在棺木上，由家屬點燃柴火。順帶一提，有些地區進行野外火葬時還有稱為「抱芋」的習俗。把山藥放進柴火裡烤來吃的話，相傳可以治療腦病。考慮到為往生者入殮前會用以菰草編成的草蓆包起來埋葬、稱之為「埋芋」的事實，這種所謂的「抱芋」習俗或許也不能等閒視之。

同樣是吃的行為，聽說有的地方會吃遺體的腦髓，這恐怕是出自能讓不治之症痊癒的思維。啃食遺骨的「咬骨」不是什麼特別的奇風異俗。這點從葬禮後提供的酒菜被稱為「咬骨」或「吸骨髓」可以略知一二。順帶一提，與骨頭有關的字眼還有「振骨」或「披骨」，都是用來指在葬禮上幫忙的意思。

不管怎麼說，在野外進行火葬時，必須以老道的經驗進行野普請的前置作業。光是用柴薪搭起井桁就需要工夫，萬一搭建得不好，遺體就無法完全燃燒殆盡。尤其是內臟，可能會沒燒乾淨、就這樣留下來。將打濕的草蓆蓋在棺木上也是為了讓往生者能均勻受熱火化。經由長時間低溫悶燒，遺骨會留下漂亮的形狀。這大概是在野外火葬必備的工夫吧。

接下來是「野歸」。尼耳家會準備好裝滿水的臉盆讓大家洗腳。本來出殯時通常會準備「死人草鞋」讓大家穿去送葬，但現在好像已經廢除這個傳統了。

然後是用來交替守靈宴的「野歸膳」，但是開始用餐以前，李千子和井津子、福太和言耶先在三市郎的房間集合。因為三市郎等人想向言耶打聽警方的動靜。

「我們實際從三頭門走到淨穢瀑布，過程中我向中谷田警部請教了案情。」

言耶掐頭去尾地加以說明，一字一句都講得非常小心。因為聽眾中的三市郎和井津子都是警部眼中的嫌疑犯。

「銀鏡家的和生小弟看到的真的是角目嗎？」

簡單扼要地報告完來龍去脈後，李千子率先開口提問。

還以為是三市郎會先以偵探小說的角度提出刁鑽的問題——因為他房裡的書架收藏了上百本海內外的偵探小說和怪奇小說——所以言耶不免有些意外，但也隨即就理解了。

對照自己的體驗，或許李千子怎麼也沉不住氣吧。

她在七歲和十四歲的忌名儀式時，曾與角目的真身銀鏡祇作在馬落前對峙。二十一歲的時候，又感覺到角目彷彿正從地底窺探她，讓人非常非常不舒服。

和生竟然在同一個地方看到角目，李千子再怎麼樣都無法保持沉默了。

「他的視力不太好，所以現在什麼都還說不準，我本來也以為是不是眼花還是錯覺，或者是小孩的胡說八道……」

「這次似乎有什麼難以一笑置之的原因呢。」

福太替李千子一針見血地直指問題核心。

「沒錯，確實是這樣。」

「到底是什麼？」

「角目的角好像脫落了。」

這個回答讓所有人都陷入了困惑的沉默，整個空間突然安靜下來。

「這是什麼意思？」

果然還是李千子最先打破沉默。

「因為我覺得角脫落的現象有其真實性。有人會因為眼花或錯覺看到角脫落的現象嗎？如果是胡說八道好了，又有必要加上這種無謂的謊言嗎？」

「正因為是天馬行空的目擊證詞，所以你認為反而更有可信度嗎？」

福太顯然被說服了。

「關於角為何會脫落，你的推理是？」

光是被說服還不夠，福太立刻要求言耶說明。

「現階段可以想到的可能性只有一個。」

「別這麼說，一個就夠了。」

這句話要是讓深知刀城言耶的惡習——每次到了破案階段，總會不是這個、也不是那個地把真相顛來倒去——的警界相關人員聽到了，無疑會露出苦笑吧。但是想也知道，現在沒有人會推翻福太的意見。

「聽到你這麼說，真令我鬆了一口氣。」

「所以呢，你的推理是什麼？」

「銀鏡家的祇作先生在舉行二十一歲的儀式時，聽見有人喊他的忌名，不慎回頭，結果右眼就瞎了……當時流傳著這樣的傳言。」

李千子無言頷首。三市郎的表情似是在心中估算、接著說：

「……那是十六年前的事了。」

「當時角目就已經誕生了，但不知為何，祇作先生做了好幾個相同的面具，棄置於村子裡的各個角落。大部分都被村民們回收燒毀，但是也有一些心懷不軌的人撿起來偷偷留著，用來捉弄女性。說不定犯人這次就是利用其中一個面具來犯案。」

「為了嚇唬市糸郎嗎？」

「或者是擔心萬一被別人撞見，可以用來隱藏自己的身分。」

「原來是這樣。」

「實際上，犯人經過馬落前時，綱巳山就有銀鏡和生這個目擊者。犯人想必很驚慌吧，但是因為臉上戴著面具，心想應該不要緊。只不過，如果角在這個時候脫落了……」

「為什麼會掉下來？」

「畢竟是十六年前由外行人做的面具，恐怕是自然脫落吧。」

「於是犯人連忙從和生的面前消失嗎？」

「不愧是名偵探，真、真不是蓋的。」

三市郎感動的角度跟大家不太一樣。

「可是，這麼一來，那個就……」

三市郎說到這裡，突然噤口不言，反而勾起言耶的好奇心。

「怎麼了？」

「沒、沒什麼……」

「難不成你也看到什麼了……」

言耶問道，三市郎悚然心驚地抖了一下。

「還是告訴老師好了。」

還以為他不肯說，沒想到三市郎坦承自己當天四點過後也在綱巳山上。言耶不禁探出身子問道：

「當時你有看到銀鏡家的和生小弟嗎？」

「那個時候他還沒來。」

「你走到綱巳山的哪一帶？」

「我先爬到以前分家藏的所在位置。整個倉庫都被土石流沖走了，所以山上只留下殘跡，我就站在那上頭。」

「那不是很危險嗎。」

「……我覺得還好。不過面向馬落前的那一側確實變成近乎垂直往下陷落的斷崖，下面還有地裂般的細長裂縫，萬一掉下去，可能再也爬不上來。」

完全就是相當危險的環境啊。但言耶並未深究。

「你從那座山上眺望馬落前嗎？」

「對。我看見有個貌似白色人影的東西，正從斷崖下方往上爬……」

「你現在說的斷崖是靠近綱巳山的這一側嗎？」

另一邊可是壁立千仞，所以這也是理所當然的想法。但是為了謹慎起見，言耶還是多問一句。

「沒錯，是靠近綱巳山這裡、被稱為鴉谷的其中一處斷崖。可是因為土石流的摧殘，這邊的鴉谷現在已經徒具其名了。不過，那傢伙是從非常角落的地方攀爬……而且本來已經快爬上來了，卻又突然後退，然後就消失了……」

「也就是說，那個東西出現在馬落前靠近淨穢瀑布那邊的角落。」

「是的。我不知道那是什麼，所以一時半刻不敢輕舉妄動。這時感覺有人從山下上來，所以我連忙躲進另一邊的凹洞裡，結果發現是那孩子。」

「和生的樣子如何？」

「我不想被他發現，所以幾乎沒看他。」

「也沒看見他目擊到角目的瞬間嗎？」

「沒錯。不過，我確實聽見短促的驚叫聲，然後是離開的氣息，所以我探出頭來，只看見那孩子貌似落荒而逃的背影。」

「當時和生看到了角目。既然如此，三市郎先生看到的又是什麼？」

被福太這麼一問，言耶側著頭說：

「假設和生看到的是假扮成角目的犯人，那麼三市郎先生看到的莫非是一身白衣的市糸郎……是有這個可能性，但他不可能從馬落前的鴉谷爬上來。」

「……該不會是掉下去了吧。」

「不能否定這個可能性——」

言耶邊說邊在腦海中描繪自己走在馬落前的樣子。

「除非是當場受到什麼驚嚇之類的外界影響，否則應該不會這麼輕易就掉下去吧。」

「我也這麼認為。」

有經驗的李千子支持言耶的意見。

「而且萬一是掉下去的市糸郎，往上爬一爬，之後又退回去不是很奇怪嗎？」

「會不會是因為看到角目來了……」

福太指出的可能性，令言耶倒抽一口氣。

「三市郎先生看到什麼白色的東西後，和生就看到角目了，這個可能性倒是不小。」

「所以他看到的其實不是我哥，而是那個徘徊在森林裡的白色東西嗎？」

井津子提出自己的目擊經歷。

「妳是指妳比市糸郎先通過三頭門，等他進來再尾隨在身後的途中，在森林裡看到的那個白色東西嗎？」

即使被苦笑的言耶指出這一點，但她完全沒有心虛的樣子。

「是的。」

井津子斬釘截鐵地回答，又轉頭問李千子：

「李千子姊姊舉行儀式的時候也看過同樣的東西吧。」

「……沒錯。」

李千子點頭稱是，語氣卻帶著迷茫，或許是因為根本還不確定那是什麼。

「也就是說，那是棲息在那裡的一種魔物嗎？」

「我認為還不用急著下定論。」

言耶這麼回應福太的想法。

「怎麼說呢？」

「因為不只正在舉行忌名儀式的李千子小姐和實際去到現場的井津子，像三市郎先生這種不在現場的人也在完全不同的地方看到了。」

「可以確定嗎？」

「和生的目擊證詞也可以從同樣的角度來解釋。」

接下來，言耶試圖釐清當時市糸郎、白色魔物與角目的相對位置。三市郎記不清楚確切的時間，所以窒礙難行，但總算建立起「或許是這樣」的假設。

「三市郎先生看到白色魔物時，市糸郎剛經過馬落前，角目反而還沒有出現──或許應該這樣看。」

「也就是說，角目和白色魔物這兩個令人忌憚的存在，案發當時都在現場嗎？假如角目是犯人假扮的話，那麼白色魔物是……」

「大概是真的。」

「喂喂，偵探可以承認魔物的存在嗎？」

「所以就說了，我並不是偵探。既然不得不接受，就不能否定怪異的存在……」

「說是這麼說，但你未免也太輕易接受了吧。」

「因為我一直提醒自己不要太主觀。」

對於強烈主張這一點的言耶，福太看他的眼神充滿信賴。

「言歸正傳，忌名儀式本來應該是為了保護本人免於災厄才舉行的儀式吧。儘管如此，以前卻差點害李千子死於非命，這次連市糸郎都被殺了……根本就不是什麼好東西嘛。」

「學長，你的說詞……」

言耶是擔心在當事人三市郎和李千子的面前說這種話是否妥當。

「也因為這樣，現在除了我們家和銀鏡家以外，幾乎都不重視這個儀式了。」

三市郎本人反而贊成福太的意見。李千子什麼也沒說，但她肯定也知道福太明白自己的心情。

「再怎麼受到庇佑，還是有點……」

當著當事人的面，福太確實也有些自悔失言的樣子。見他變得支吾其詞，言耶慢條斯理地問他：

「學長，你聽過御靈信仰[20]嗎？」

「我想想……像是菅原道真嗎？」

「對，菅原道真或許是最有名的御靈信仰。也就是反過來祭拜原本會作祟的神，藉此讓祂們站在人們這一邊。」

「真是獨特的想法啊。」

「可是也因為這樣，過程一定要非常小心謹慎。因為必須把原本被詛咒的狀況完全倒轉過來，變成相反的狀況才行。換句話說，即使只搞錯一個祭祀的方法、因此稍微得罪對方，難以收拾的災禍就會從天而降……」

「忌名儀式也是相同的道理嗎？」

「因為信仰所獲得的實質利益愈多，其反作用力也愈大。這應該是天經地義的法則吧。」

「真要說的話，那種儀式也是一種信仰。」

「我聽黑兄說過——」

「喂，你跟**那個**阿武隈川烏還有聯絡啊？」

光是提到名字，就換來這麼嫌棄的反應，真不愧是黑兄……言耶從與眾不同的角度感到佩服。

「學生時代因為有千絲萬縷的關係糾葛、不得不跟那傢伙往來就算了，畢業後還繼續保持聯繫，怎麼想都是自殺行為，你也太想不開了。」

「倒、倒也不必……」

說成這樣吧——言耶心想。但是這世上再也沒有比幫阿武隈川烏辯護更無謂、更愚蠢的行為了……想到這裡，他就沒有再繼續反駁了。

「我來這裡之前聽黑兄說過——」

「肯定沒好事。」

「生名鳴地方的七七夜村，有個姓鍛治本的有權有勢家族——」

「想也知道他又在吹牛了。」

「關於他們家在戰前舉行的忌名儀式——」

「你不要被騙了。」

「那個，學長……」

福太難得緊咬著一個話題不放，於是言耶憂心忡忡地問他：

---

⑳古時候的日本人認為天災或疫病的發生是來自於懷抱怨恨或冤屈而死之人化成的怨靈作祟，因此將其視為御靈祭祀以求消災解難。像是九州的太宰府祭祀的是菅原道真、東京的將門塚祭祀的是平將門，兩者都是日本歷史上赫赫有名、最後在怨恨中離世的代表性人物。

「你和黑兄在學生時代有什麼過節嗎？」

「有人沒吃過那傢伙的虧嗎？」

福太面紅耳赤地破口大罵。

「果然還是跟食物有關吧。」

「這還用說嗎？」

細節太可怕了，言耶可不敢問。但即使否定阿武隈川烏這個人的人格，也無法抹滅他對民俗學的見識與知識——言耶盡可能用最周詳的詞彙說明這件事，總算說服福太至少聽一下生名鳴地方七七夜村那個鍛治本家的事。

真受不了，每次與黑兄扯上關係，都要花好多時間解釋。

言耶一邊在心裡大發牢騷、一邊轉述從阿武隈川烏口中聽來、那個全家幾乎死絕的傳聞。

「……好可怕啊。」

福太似乎由衷感到畏懼，勉強從喉嚨擠出聲音。

「妳聽過這件事嗎？」

他問了李千子，但後者只是搖搖頭。

「三市郎先生呢？」

言耶也馬上詢問三市郎，但是他同樣搖了搖頭。

「件淙先生也不敢告訴他們這種負面消息吧。」

「這也有道理。」

福太表示理解，但也對李千子不得不聽到鍛治本家的慘劇而感到心疼。

「害二位留下不好的回憶了。」

言耶誠懇地向李千子和三市郎道歉。

「別這麼說，老師完全不需要放在心上。」

「因為那個儀式本身的內容就很震撼了……」

兩人異口同聲地說道。

在所有的人都顯露些許疲態的時候，話題轉移到三市郎蒐集的鏡片。如同李千子之前所說，不只書櫃旁邊的架子上陳列著各式各樣的鏡片，還有投影機和幻燈機等收藏，真是讓言耶大開眼界。

「現在換我代替李千子姊姊負責修理囉。」

井津子略顯得意地向福太炫耀。

「妳手指的 OK 繃該不會就是因為修理才留下的傷吧？」

「啊，被發現了。」

她露出了害羞的表情。

「我還沒有李千子姊姊那麼厲害，所以經常弄傷手指……」

「可是井津子的手藝已經足以與李千子匹敵了。」

三市郎掛保證，這讓井津子喜滋滋地笑了起來。

「這樣啊，那以後就來我們公司工作吧。」

「好啊，我要去。」

福太太概是半開玩笑地邀請，但井津子樂得都要飛上天了。這景象看得周圍的人也不禁嶄露微笑。

「亂步老師喜歡蒐集鏡片的嗜好很有名，但三市郎先生也毫不遜色呢。」言耶也表示讚歎。

「有、有嗎。」

三市郎笑得臉都皺了，接著開始眉飛色舞地準備投影機和幻燈機。

「哥，現在先不要……」

李千子點了他一下，但他完全充耳不聞。

播放的影像幾乎都是怪奇幻想的黑白海外作品。其中也有在頭上披著白色床單、像是西洋幽靈的東西，萬一現在件淙突然跑進來，可能會憤怒地喝斥：「太沒規矩了！」所以言耶也是邊看邊捏了把冷汗。

結果還真的有人來了，頓時所有人都嚇得有如驚弓之鳥，簡直像是播放色情小電影的非法集會被人逮個正著。

幸好來人是狛子。原來是晚飯準備好了，來喊他們吃飯。場地跟守靈宴是同一個房間，其他人差不多都就座了。

言耶等人也趕緊過去，坐在各自的餐點前。彷彿就在等待酒過三旬，香月子又出動了。她先是為村裡有頭有臉的人士倒酒，但今晚也積極地向村民們勸酒。

過了好一會兒，她才回到自己的座位，立刻抓住一旁的言耶開始耳語。

「聽說出殯的時候發生了非常詭異的事。」

第十一章

六道寺與集會所

六道寺と寄り合い所

出殯的隔天早上，吃完早餐再稍事歇息後，尼耳家的人便前往青雨山的火葬場，準備為往生者撿骨。

發條香月子和福太這次著實不敢亂跟，但言耶不必多說、還是跟去了。

「你一定要知所進退，千萬別給人家添麻煩喔。」

福太再三叮囑，看樣子他也很擔心言耶動不動就失控的壞毛病會不看時間、場合就發作。

然而，稱為「墓積」或「灰堆」的撿骨儀式很快就完成了。再來只要將骨灰罈放進尼耳家後面的墓園，然後由六道寺的水天住持以誦經畫下句點，一切就圓滿了。比起守靈到出殯的大陣仗，現在的流程簡單到令人意外。

雖然沒有因果關係，但吃完午飯後，言耶就聽聞件淙終於要找發條母子和李千子見面了。

「我會在心中幫各位祈求，祝你們一切順利。」

要是跟他們一起列席，言耶的立場會有些尷尬。所以如果問言耶提親的時候想不想在場，他倒是一點也不想。因此言耶為福太加油打氣後，就又出門去了。

第一個目的地是青雨山的六道寺。

根據香月子對眾人的評價，水天住持不太好應付、夜禮花神社的瑞穗神主則是比較容易親近。不過後者雖然很健談，若問到逼近核心的關鍵問題，可能什麼也套不出來。相較之下，只要能巧妙地撬開前者的嘴，或許能得到大有斬獲的線索。根據過去的經驗，言耶知道事情多半會朝這個方向發展。

言耶離開尼耳家後稍微走了一段路，就跟又出現在河皎家小巧前院裡的縫衣子四目相交。市糸郎不在了，她應該已經沒有必要再留意出入於尼耳家的人。儘管如此，她仍然出現在前院，這個事實令言耶有些於心不忍。

「謝謝您先前借我浴室。」

言耶向她道謝，卻見她露出恍然大悟的表情。看樣子直到言耶出聲叫她前，她都沒認出言耶。

……沒事吧。

言耶有點擔心，但即使拋出縫衣子此時此刻理應最在意的撿骨和納骨的話題，她也幾乎不為所動。

這個反應好像不太妙。

言耶擔心她是不是完全被市糸郎的死擊垮了。但老實說，他並不清楚縫衣子是否真心愛過市糸郎這個兒子，甚至懷疑她是否根本不曾對市糸郎敞開心房。

倘若她失魂落魄的原因並不是因為兒子的死，而是擔心從此斷了與尼耳家的關係……

腦中掠過這種不快的想像，言耶隨即陷入自我嫌惡的漩渦。

他想立刻就轉身離去，隨即又想到，這或許是可以詢問案發當天狀況的天賜良機。原本是不應該質問一個剛失去兒子的母親，但她或許可以當成例外。

「方便請教您幾個問題嗎──」

言耶主動出擊，對方看了他一眼，並非毫無反應，於是言耶又接著說：

「案發當天，尼耳家的件淙先生與市糸郎舉行忌名儀式時，聽說您也跟現在一樣待在前院。請問您有看到那兩個人從這裡經過嗎？」

「……有。」

「那兩位的前後有其他的人經過嗎？」

「他們之前是井津子……」

如中谷田所說，井津子趕在他們前面先出發。

「依序是井津子、件淙先生和市糸郎嗎？」

縫衣子沒有回答，只是緩緩地頷首。

「然後是三市郎……接著是狛子夫人……」

前者是去綱巳山、後者則往奧武原去了。

「除此之外……」

說到這裡，縫衣子突然就此打住。

「太市先生也經過這裡嗎？」

言耶緊迫盯人地詢問，只見她慢條斯理地點頭。

「還有其他人嗎？」

「……沒有了。」

「您有看到瑞子女士嗎？」

縫衣子再次無言頷首。

話雖如此，也不能說瑞子的不在場證明就成立了。只要從尼耳家的後院穿過河皎家的後方，就很有可能在不被縫衣子發現的情況下前往十字路口。不從十字路口前去三頭門，而是取道通往奧武原那條羊腸小徑的中間區段，應該可以穿過灌木和草叢，銜接會有夜雀出沒的那條路。

「您看到的那些尼耳家的人之中，有沒有誰拿著東西？」

縫衣子略一沉吟，似乎在回想當天的狀況。

「……帶著傘。」

「所有人嗎？」

「不是，市糸郎只背著頭陀袋……」

「他的傘是件淙先生幫他拿嗎？」

「有兩把傘嗎……」

「無法確定嗎？」

縫衣子點頭。

「除此之外呢？」

「狛子夫人提著小手提包……」

「除了市糸郎的頭陀袋和狛子女士的手提包，其他人都只拿著傘嗎？」

縫衣子又點頭。但即使是這樣，凶器只是把錐子而已，想藏在哪裡都可以——言耶心裡這麼想著。

「您應該沒有看到那些人回尼耳家吧。」

「……看到了。」

沒想到會得到肯定的回答，言耶有些訝異。

「太市先生不是來找您嗎？」

「就算是這樣，我也能看到外面。」

無從得知當時是什麼狀況，但總覺得再繼續追問下去，她就會閉上嘴巴。眼下的重點在於取得她的證詞。

「最早回來的是誰？」

「是狛子夫人。」

「然後呢？」

「井津子。」

考慮到狛子前往奧武原、井津子人在三頭門到馬落前之間的事實，感覺回程的順序好像反過來了。但是在件淙從三頭門前往淨穢瀑布之前，井津子應該無法離開那裡，所以這個順序或許也沒錯。

「第三個人是？」

「三市郎先生，比前兩個人稍微晚一點。」

「這三個人回來的時候大概是什麼時間？」

「……我不清楚。」

「第四個呢？」

「是件淙老爺，比那三個人再晚一點……」

「太市先生一直待在府上嗎？」

縫衣子點頭。然而就算有她背書，但如果她一直看著外面，太市也不是沒可能偷偷溜出去。

「除此之外還有注意到什麼事情嗎？」

她正要搖頭，突然就露出想到什麼的表情。

「什麼都可以，再小的細節也沒關係。」

「……狛子夫人回來的時候沒看見她的手提包。」

「雙手都沒有拿著手提包嗎？」

「……至少我沒看見。」

掉在奧武原忘了帶回來嗎？

但這又是為什麼……

「還有，夫人的腳很髒。」

可能是因為穿過森林，去了淨穢瀑布又回來，才會搞得髒兮兮吧。

言耶有些興奮，謝過顯然已經無話可說的縫衣子，離開了河皎家。

走到十字路口，他沒有立刻轉身走向蟲絰村，而是盯著通往馬喰村的坡道看了好一會兒。因為村子裡的人都是在道祖神附近目擊到那個貌似白色人影的東西。

沒辦法恰巧這麼幸運地讓我看到嗎。

言耶繼續往前走，腦海中回想起昨晚出殯回來用餐時，從香月子口中聽到的那個毛骨悚然的現象。

送葬隊伍裡有個穿著一身白裝束、頭戴忌中笠的人……

所謂的「忌中笠」，是喪家等近親在儀式過程中戴的深編笠。可是昨天包括件淙在內，都沒有人戴這種斗笠。

『有沒有人看清楚那個人的長相？』

言耶詢問，但香月子有些不寒而慄地說道：

『忌中笠這種東西，又稱為深編笠，顧名思義幾乎蓋到眼睛一帶，所以看不清楚長相……』

『不是尼耳家的親戚嗎？』

『好像不是。所以尼耳家的人都以為是村子裡的人……而村子裡的人則以為是尼耳家的人……』

『簡直就是蝙蝠啊。』

『咦，什麼意思？』

『您看過伊索寓言嗎？』

『那個童話故事嗎？』

『對。《伊索寓言》裡有篇故事是這樣的——很久很久以前，獸族與鳥族爆發了戰爭，當前者佔優勢的時候，蝙蝠就說：「我身上有毛，所以我是獸族。」結果當局面對後者有利的時候，蝙蝠又說：「我長了翅膀，所以我是鳥族。」總之每次都要站在贏家那邊。可是當獸族與鳥族和解後，大家都很討厭牆頭草、風吹兩面倒的蝙蝠，於是就把牠趕到山洞裡。』

『現實生活中也有這樣的人呢。』

言耶感覺這句話從香月子口中說出來特別有分量，但現在不是佩服的時候。

『那個戴著忌中笠的人，不就像是蝙蝠嗎。』

『那個真面目不明的人物就混在送葬隊伍裡，慢慢地跟著移動。』

這就是自己在出殯時感覺到的不對勁嗎……

言耶是這麼想的。在送葬隊伍中看見忌中笠這件事本身一點也不稀奇。只不過，假使那個東西能在送葬隊伍中緩慢移動而不被他察覺，因而在無意識之間捕捉到其中的不自然，也並非什麼不可思議之事。

『所以呢，那傢伙到底是誰？』

香月子以充滿好奇心的語調問道，可是這個答案言耶當然也不知道。

『……現在還不清楚。說不定是李千子小姐以前看過、三市郎先生這次又看到的那個白色人影。村子裡也有其他人目擊到。』

『是那個世界的東西嗎……』

香月子得出自己的一套結論後，就再也不想討論這個話題了。顯然她一點也不想跟那種不知是人是鬼的東西扯上關係。

此時此刻，言耶遠眺左右兩邊的農田與它們後方的山巒，邊走邊頻頻四下張望，想當然耳是在尋找那個白色人影。然而，根據過去的經驗，他本身能目睹怪異現象的紀錄，說來遺憾、實在是少之又少。

不知不覺，他已經走到綱巳山前了。雖然想看一下銀鏡家的分家藏遺跡，但還是決定回程的時候再繞過去一趟。繼續往前走一小段路，蓋在青雨山山麓的無常小屋映入眼簾。小屋的門緊閉著，想必那些喪葬用品都已經收拾好了。

沿著石階拾級而上，穿過了六道寺的山門，通過境內往僧侶的居室前進，請人幫忙帶路時，有個年輕僧侶出來接待。言耶自報家門，說自己是在尼耳家叨擾的人，名叫刀城言耶，想和水天住持見個面。

目送年輕僧侶返回屋內，言耶已經做好可能會吃閉門羹的心理準備，沒想到最後居然順利地進去了。

只不過，言耶高興得太早了。因為水天只是自顧自地向言耶打聽尼耳家的種種——特別是李千子的婚事。對言耶的問題，他則是毫不掩飾地表現出興趣缺缺的態度。

真是個自我中心的人啊。

雖說跟想像中差不多，但他的應對還是讓言耶目瞪口呆。幸好言耶也算是見過大風大浪的人，自有一套專門對付這種場合的心得。

「話說回來，關於忌名儀式殺人事件的犯人，村民們好像都認定是從地底復活的銀鏡祇作先生，也就是角目所為。」

村民們早已深深地陷入實際上不可能發生的思維裡——經驗告訴言耶，只要給出這樣的暗示，自詡為村中知識份子的人一定會跳出來反對的，所以才故意使出這種激將法。

「嗯，那種人大概占了一半吧。」

沒想到水天的反應竟是如此，這可把他給搞迷糊了。

「……那麼另一半的人又是怎麼想的呢？」

「哎呀，一半什麼的，不過就是一種敘述嘛。」

「這樣啊。」

「一半」明明是你自己說的——言耶在心中不以為然，表面上仍謙恭有禮地回答。

「那麼，那些不認為是出自角目、亦即銀鏡祇作先生之手的人，又認為犯人會是什麼人呢？」

「這個嘛——」

水天把回答斷在令人浮想聯翩的地方，盯著言耶看了好一會兒，臉上浮現出討人厭的冷笑，然後說出了匪夷所思的答案。

「當然是尼耳家的李千子啊。」

「什麼……」

「想也知道，是為了趕在尼耳家被市糸郎一舉奪下之前除掉他。」

「這、這實在不太可能。」

「怎麼說？」

「住持也知道吧，她早就離開這裡，去東京工作了。」

水天高傲地點頭。

「案發當天，李千子小姐人在東京。而且市糸郎遇害的時刻，她的人就在我面前，所以

——」

「誰說是她本人下手的。」

「咦？」

「當然不可能是本人幹的啊。」

等一下，明明是你斬釘截鐵地說是「尼耳家的李千子」啊——言耶差點就要大聲抗議，但還是硬生生地在最後一刻吞回去。

「難不成……您認為是李千子的忌名代替她殺人的？」

言耶問是這麼問，但心想怎麼可能會有這麼荒唐的事，然而看到水天不可一世的表情，看樣子還真的給他猜對了。

……原來是這樣啊。

這時言耶終於反應過來，出殯時為何村民們會對李千子投以古怪的視線。但知道原因是一回事，能不能接受這個原因又是另外一回事。

「關鍵就在於，不管她本人在哪裡都能辦到。」

「不，不是這個問題……」

「因為是留在這裡的忌名幹的好事嘛。」

「如果她的忌名有嫌疑，不是也應該懷疑三市郎先生的忌名嗎？」

言耶還以為自己的想法再自然不過，但水天始終老神在在。

「那對兄妹，可是雲泥之差啊。」

「什麼意思？」

「李千子曾經在忌名儀式中死過一次，最後是在出殯的途中活過來。怎麼想都是被特別的忌名給上身了。」

「確實也可以這麼解釋……」

言耶不知所措，感覺事情變得好棘手，此時反而是水天出乎意料地問道：

「聽說你好像是專門處理怪異事件的偵探？」

看來是香月子在野歸膳的席間這樣介紹言耶。他很想否認，但這麼一來只會讓事情變得更加複雜，所以言耶只好又忍下來。

「既然如此，你應該能理解吧。」

「呃……您真的這麼想嗎？」

如果是部分村民被這種迷信影響就算了，言耶實在無法想像水天也是那樣的人，因此忍不住再確認一次。

「這個世界上啊，多的是光靠人類的頭腦無法理解的事喔。」

完全被對方牽著鼻子走。香月子的判斷沒錯，這個男人真的不好應付。此刻言耶好想仰天長嘆。

「住持您知道憑物嗎？」

但言耶也不是因為這點挫折就會乖乖認輸的人。

「你是指狐狸什麼的依附在人類身上的那個嗎？以前聽過犬神或管狐之類的故事。簡而言之就是動物變的把戲吧。」

犬神和管狐都不是實際存在的動物，但現在如果要說明的話會變得很麻煩，所以言耶姑且按下不表。

話說回來——

他不禁在內心苦笑起來。原本這方面的解說可是刀城言耶最拿手的好戲，也是他最喜歡的部分，但是在這個水天面前，他完全沒有興致多費唇舌，這點也挺奇妙的。

「這些憑物之中，有一種被稱為牛蒡種的東西。」

「哦。」

「牛蒡種的神奇之處在於當那戶人家的人看到鄰居的田地，如果稱讚『稻穗長得真結實啊』，稻子就會立刻枯萎；看到鄰居生的小孩，如果稱讚『好可愛的孩子啊』，孩子不一會兒就會死掉……具有非常可怕的『效果』。」

「這也太……」

「換言之，牛蒡種是一種非常恐怖的附身之物，會擅自揣測其寄宿之人講出來的話語背後隱藏的真意。當然人們在稱讚別人的時候，有時候是打從心底讚美，不過就算微乎其微，也往往夾雜著嫉妒與羨慕。即使本人毫無自覺，誰也無法保證自己的內心深處完全沒有這種負面情緒。」

「於是牛蒡種就代替主人給對方好看嗎。」

水天用一副甚是佩服的態度說道：

「李千子的忌名一定也是相同的道理。」

他的反應完全在言耶的意料之中，所以言耶也立刻提出反對意見。

「但是照她的情況，我可以斬釘截鐵地說出『絕無可能』。」

「……這又是為什麼？」

或許是無法接受自己的意見被如此不容置疑地否決，水天嗔怒之餘，情緒中也帶有許多的困惑。

「因為李千子小姐絲毫沒有最關鍵的動機。」

言耶在此重現與中谷田走在 U 字形坡道時的對話。

「所以說，肯定是因為尼耳家的財產……」

水天提出最實際的動機。

「這麼說或許有點不太恰當，但是她的結婚對象發條家還遠比尼耳家富裕，這點應該是可以確定的。」

「哦，原來是這樣啊。」

因為水天直率地表示同意，這下反倒是讓言耶有些詫異了，但也判斷應該要趁這個時候打鐵趁熱地說服他。

「也就是說，她對市糸郎沒有任何負面的情緒。因此就算是牛蒡種，應該也不會有任何反應。當然，換成忌名也會是相同的道理。」

「原來是這麼回事啊。」

「所以我想請住持您幫個忙，化解村民們對李千子小姐無謂的懷疑。」

明知一旦嫁給福太，李千子幾乎就變成與故鄉一刀兩斷的狀態，但此時此刻，言耶依舊無法不去同情被村民們投以異樣眼光的李千子。

「哎呀，真是了不起，你真是個悲天憫人的偵探。」

但水天的好奇心顯然是擺在言耶本人。言耶不得不再提一次相同的請求。

看在他鍥而不捨的份上，水天終於答應了。至此，言耶終於稍微鬆了一口氣。只要這位住持出面說明，村民們肯定也能理解的吧。

言耶離開六道寺，接著前往夜禮花神社。他已經想好要跟神主瑞穗說什麼了。雖然不知道對方願意搭理自己到什麼程度，但既然找不到其他比瑞穗更適合的人，言耶現在也只能賭上一把。

邊走邊眺望左右兩邊一望無際的農田，最後來到村子的中心區。一路上和不少村民擦身而過，而言耶始終表現出親和有禮的態度，但所有人的反應都一樣，也就是對他視而不見。

不過，只有一個人例外。那就是在無常小屋前和自己聊過天的那個姓吉松的青年。

「你好，昨天非常感謝你告訴我那麼多事情。」

見他迎面而來，言耶便向他打招呼。

「啊，你、你好。」

青年雖然回禮，但身體微微動了一下，立刻四下張望，然後頭也不回地走開了。

大概是不想被人看到他在跟我說話吧。

只能想到這個可能性了。而且可能不是「某個人」，而是「所有的村民」，因此言耶也不好再窮追不捨。

倘若能在四下無人的地方遇到那個青年……

說不定就能跟他說上話了。他心裡這麼想著，正要穿過村子的中心時，視線不經意地停留在集會所上。

先去向中谷田警部報告目前蒐集到的線索吧。

他當然沒有這個義務，但這時最好互通有無、相互合作。畢竟很多問題只有警方才能調查，為了得到對方的協助，言耶也必須表現出相對的誠意才行。

集會所玄關旁的牆壁上貼著用毛筆寫下「尼耳市糸郎殺人事件臨時搜查本部」的紙張。雖然寫著「臨時」二字，但這裡無疑就是實質上的本部。

言耶推開軌道卡卡的玻璃門，朝屋子裡打了聲招呼。野田刑警立刻朝他招手，於是言耶走進鋪著榻榻米的大房間裡。中谷田警部和年輕的島田刑警都在裡面，三個人似乎正在討論事情。

「有什麼收穫嗎？」

中谷田跳過所有的寒暄問候，劈頭就問。

「說得好像我一直在查案似地……」

「我有說錯嗎？」

中谷田一臉狐疑地問他，言耶除了苦笑承認，別無他法。

「嗯，啊，是沒錯啦。」

「所以呢，有什麼新的線索嗎？」

言耶毫無保留地說出從村內青年吉松口中聽到的角目傳言與白色人影的傳聞、三市郎爬上綱巳山看到的白色人影、香月子打聽到在出殯時出沒的詭異忌中笠、縫衣子看到尼耳家一行人的行動、六道寺的水天告知的村民們對李千子的疑惑……

「那個叫縫衣子的女人，對這件事一個字都沒提呢。」

島田聞言，氣急敗壞地說。

「因為我們問的是太市先生的行動嘛。」

即使野田好聲好氣地安撫，年輕刑警仍氣得跳腳。言耶問出警察問不出來的事實，顯然讓他覺得面子非常掛不住。

但中谷田一臉雲淡風輕地說：

「三市郎老實地承認他在綱巳山上啦。」

見他說得輕描淡寫，言耶不禁反問：

「您似乎早就預料到了？」

「因為只剩那座山可以通往案發現場。」

「可是，為什麼……」

「我應該說過，考慮到尼耳家的財產，三市郎和李千子是頭號嫌疑犯。扣掉李千子，剩下的三市郎自然嫌疑最大，這不是明擺著的事嗎。」

「既然知道，警方卻沒怎麼嚴加審訊對散步去向交代得不清不楚的三市郎，究竟是為什麼呢？」

「一方面是為了讓他放鬆警戒、另一方面是為了從外圍包圍中央。」

也就是說，警方藉由向村民們問案，已經掌握命案發生時，三市郎人在綱巳山上的事實。

「可、可是……」

聽到這裡，言耶急著想為三市郎辯護。

「他在綱巳山上看到銀鏡家的和生，所以也可以視為他有不在場證明——」

「銀鏡和生的事早在村子裡傳得街知巷聞，三市郎或許只是利用這個說法。最重要的是，如果他是四點過後在綱巳山上，就有可能犯案。」

警部說到這裡，靜靜地瞥了野田一眼。

「從綱巳山上那處銀鏡家分家藏的遺跡到馬落前，因為過去那場土石流連結了起來，那條路雖然不好走，但也不是完全不能走。」

資深刑警開始說明，言耶提出他的質疑：

「根據三市郎先生的說法，分家藏原址前面變成斷崖，下方有條深深的龜裂鴻溝。」

「這句話說的沒錯，但也可以避開那裡。話說回來，因為綱巳山的土石流，那一段真的很難走。」

「您實際走過嗎？」

「誰叫警察必須踏遍每一個現場呢。」

野田露出溫和的笑容，然後突然蹙起眉峰。

「因為案發三天前颱風帶來的集中型豪雨，原本已經趨於穩固的土石流堆積處有好幾個地方又開始鬆動，必須避開那些地方前進。」

「既然如此，如果犯人經過那裡，不是會留下腳印嗎？」

言耶有些激動，但野田一臉遺憾地搖搖頭。

「當天從四點四十分前到五點過後，這裡下了一場雷陣雨。雨勢一度非常大，所以幾乎沒留下腳印。」

「難怪大家都帶著傘。」

「大概是根據廣播的氣象預報，事先得知會下雨吧。而且當天黃昏時分的天色看起來也有點要下雨的樣子。」

「從綱巳山的分家藏遺跡走到馬落前要花多少時間？」

「只要別走錯路，大概只要八分鐘左右。不過考慮到兩者之間的距離，說是花了過多時間也不為過。」

「從馬落前到淨穢瀑布約九分鐘，加起來共十七分鐘。假設和生從分家藏遺跡跑走是在四點十分到十五分之間，三市郎先生應該是在四點二十七分到三十二分抵達淨穢瀑布。」

「死亡推定時間為四點半到五點半，件淙先生在五點左右找到被害人，所以據研判犯案時間為四點半到五點之間，三市郎先生有充分的時間可以犯案。」

「就算從分家藏的遺跡移動到馬落前花了較多的時間，可能也對大局沒有影響。」

「由此可見，三市郎也沒有不在場證明。」

以上是中谷田的結論。

「回到剛才的話題……」

野田先丟出這樣的開場白，向言耶確認。

「離開尼耳家的人依序是井津子、件淙先生和市糸郎、三市郎先生、狛子女士、太市先生。而回來的順序則是狛子女士、井津子、三市郎先生、件淙先生。」

「結合各自去的地方和當地的狀況，我覺得沒什麼不自然，您認為呢？」

言耶問野田，野田以肯定的態度回答：

「案發當天傍晚，三市郎先生爬上綱巳山似乎真有其事，畢竟有村民看到了。」

不過中谷田輕易地否定了這個可能性。

「每個人的時間都不是很確定，所以沒什麼參考價值。」

「……是我辦事不力。」

「老師不需要道歉。」

看到言耶垂頭喪氣的樣子，野田露出溫和的笑容。

「而且你還問出狛子女士帶了手提包和腳很髒等資訊，真是厲害。」

「啊，您果然也注意到這一點。」

得到中谷田的肯定，讓言耶有些欣喜。

「不過還沒有向本人確認吧？」

可是中谷田隨即又語帶質疑地問他，使得言耶狼狽不已。

「……因、因為我既不是刑警、也不是偵探。」

「這些頭銜在這種時候根本不重要。」

中谷田毫不留情地推翻他的藉口。

「照我說，你應該馬上回去尼耳家，找狛子問個清楚。」

「……好、好的。」

為什麼是我要挨罵啊？言耶雖然不太服氣，但仍不由自主地答應了。

「角目和白色人影會是同一個人嗎？」

野田的疑問或許是為了幫言耶解危，但言耶卻對這個問題產生強烈的反應。

「我也一度這麼認為，但是聽到三市郎先生與和生的目擊證詞以後，我覺得應該不是同一個人。」

「那種情況下，假如角目是犯人，白色人影又是怎麼回事？」

中谷田提出跟福太一模一樣的疑問。

「……我也不知道。」

「這樣啊。」

警部並沒有特別失望，淡然地接受言耶的回答。

「向村民們問案時也出現了這兩個話題。」

「那警方怎麼看……」

「當然不會照單全收，不過有件令人深感好奇的事情。」

「是什麼？」

「相較於目擊到角目的人在命案後增加，而且目前還在繼續增加，白色人影的傳聞則是集中在案發前後。」

「只有角目還留在村子裡，白色人影已經離開了……類似這種感覺嗎。」

「差不多吧。」

「可是，如果那個在出殯儀式中出沒、頭戴忌中笠的人物就是白色人影，不就又回來了嗎？」

「這到底意味著什麼呢。」

在這裡左思右想也想不出個所以然來，於是言耶將話題轉到從六道寺的水天口中聽來、村民們對李千子的懷疑。

「這方面警察也無能為力。」

中谷田近乎無情地回答。

「可是警部，警方對她沒有絲毫懷疑——」

「確實可以這麼說，但警方也不能主動發表這個觀點。」

「是、是沒錯啦……」

雖然已經拜託水天導正村民們的誤會，但言耶還是感到不安，很擔心再這樣下去的話，會有意想不到的災禍降臨在李千子身上。直覺一直在他耳邊呢喃，總覺得那是連忌名儀式也無法消除的天大災禍。

「好了，今天就到此為止吧。」

然而在中谷田的一聲令下，討論暫時告一段落。

言耶離開集會所，通過村子的中心地帶後，農田再次出現在道路兩旁。就在鳥居從右前方進入視野內時。

……那個是？

不經意地看見兩個並肩同行的人影正爬上通往銀鏡家的平緩坡道。

是件淙先生和……李千子小姐？

因為只看到背影，所以無法確定，但言耶認為就是這兩個人沒錯。要去銀鏡家拜訪嗎？

可是單從李千子的描述聽來，兩家人並沒有太多的交集。硬要說的話，用敬而遠之來形容彼此的關係還比較貼切。而且比起「敬」，「遠」的感覺還更多。

儘管如此，兩人很明顯就是要去銀鏡家。如果只有件淙還能理解，但是連李千子也隨行，這就令人費解了。更重要的是，既然讓她願意與祖父同行，表示真的是非常重要的事情。

不對，再怎麼說都太奇怪了。

更何況尼耳家正在辦喪事。在這種時候去別人家拜訪實在不妥，只會給對方添麻煩而已，所以怎麼想都不太尋常。

……有種不祥的預感。

言耶望著兩人漸行漸遠的背影，內心掀起一陣騷動。

第十二章

夜禮花神社與尼耳家的祕密

夜 礼 花 神 社 と 尼 耳 家 の 秘 密

香月子和福太應該也知道李千子與件淙兩人去銀鏡家拜訪的事，所以言耶也只能默默地靜觀其變，沒有資格發表任何意見……

懷抱難以釋懷的心情，言耶鑽過鳥居，走在參道上。

六道寺蓋在青雨山的半山腰，夜禮花神社則鎮座在有如丘陵般隆起的小山山腳下。

瀏覽過寫在神社境內告示木板上的神社緣起後，言耶表示想見神主。

神主瑞穗如言耶所料，盛情地招待他，還仔細地回答每個跟命案相關的問題。經由香月子在野歸膳的餐會上大肆宣揚，他似乎認為言耶是個業餘偵探。但是果然一如言耶所料，他說的都是一些無關痛癢的事。而且雖然不像水天那樣開門見山地問，但他對李千子的婚事顯然充滿興趣。因此言耶一五一十地說出自己知道的全部事實。

「話說回來——」

眼見話題告一段落，言耶慢條斯理地說明來意。

「村子裡的人對尼耳家的——該說是態度嗎——總之他們的樣子令我耿耿於懷。起初還以為是因為市糸郎的死，守靈夜和葬禮上才會出現奇妙的反應……」

言耶意味深長地點到為止。

「你現在有別的想法嗎？」

瑞穗接住他的話頭，臉上浮現出要他把話說完的表情。

「是的，沒錯。我猜村民們的反應絕非暫時性的反應，可能會一直持續下去。」

「沒想到你年紀輕輕，還挺有一套的。」

「您過獎了。」

「所以，你是怎麼判斷的？等等，在那之前先告訴我，你認為關鍵在哪裡？」

瑞穗明顯是覺得這樣很有趣，但不像水天給人那種綿裡藏針的感覺。看上去只是純粹對言耶有什麼想法而感到好奇。

「我思前想後的結果，最後把目光放在忌名儀式上。而且不是忌名講談本身，而是後面將神符投入瀑布的儀式。」

「儘管一般人都認為忌名講談比較重要嗎？」

「我起初也這麼想。可是如果忌名講談比較重要，有必要在講完忌名講談之後，還大老遠地跑去淨穢瀑布放流神符嗎——這是我的疑惑。」

「聽起來頗有道理。」

「於是我想起聽李千子小姐提到她的體驗時，有個明明一直覺得不太對勁，後來卻忘得一乾二淨的場景。」

「哦。」

「李千子小姐爬上碎石堆前，曾經心想『以前為了儀式好像都要經過這個斜坡』。但是她並沒有說明最關鍵的儀式內容，想必件淙先生也只是簡單地告訴李千子小姐。不過可能也是件淙先生叮囑過她不准隨便告訴村外人。我是這麼想的。」

「結果在描述自己的體驗時，不小心說溜嘴嗎。」

「正因為如此，所以她什麼也沒解釋。」

「嗯哼。」

「當腦海中冒出『儀式』這個詞彙時，我的解釋一口氣大有進展——她提到的那些名稱或許都隱藏著弦外之音。」

「請務必說給我聽聽。」

「首先是三頭門，乍看之下的感覺很像鳥居。」

「可是卻沒有島木及笠木，說穿了其實只有貫木。」

顧名思義，貫木指的是貫穿左右兩根支柱的水平木頭，位於鳥居的最底下。上面還有一根木頭稱為島木，與貫木平行。有些鳥居沒有島木，只有貫木。至於笠木則位於貫木與島木的上方，相當於鳥居的頂端。

「既沒有貫木上方的額束和楔子，也沒有柱頭部分的台輪。繼續拆解的話，連柱子底下的龜腹和根卷也沒看見。換句話說，很明顯不是一般的鳥居。」

「如果是這樣的話，那是什麼？」

「有個鳥居沒有、三頭門有的東西。那就是相當於貫木的橫棒，看起來像是從中心與左右兩邊長出來、宛如鬼角般的突起物。李千子小姐覺得好像可以用來掛東西，而且過去的用途真的是這麼做的……這是我的推測，您覺得呢？」

「你認為掛了什麼？」

「牛的頭。」

「……」

瑞穗沒有特別的反應，可是沒有反應反而坐實了言耶的假設，於是他接著說：

「不過我猜應該不是血淋淋的牛頭，而是牛的頭蓋骨。總共有三個，分別掛在像是角的橫棒上，所以才會稱之為三頭門。」

「為什麼是牛的頭……」

「我稍後會統一說明。」

瑞穗似乎能理解，便不再追問。

「無論是濾聞出現夜雀和白色人影的灌木、草叢，還是發出詭異聲響的碎石堆都沒有特定的名稱，隨後提到平坦但蜿蜒蛇行的山路也一樣。」

「那麼接下來就是馬落前了。」

「沒錯。從『馬掉落下去』這樣的表現方式可以立刻聯想到『落馬』，但漢字的順序卻反過來。『落馬』是指人從馬背上摔下來，可是這裡如果是在表示馬掉進鴉谷……」

「馬落前兩側過去都是壁立千仞的斷崖，就算馬突然受到驚嚇，失足墜落也沒什麼好奇怪的。」

「以這種地形來說，或許確實發生過那樣的意外也說不定。但全國各地其實還有很多並不險峻、甚至根本不是會驅趕牛馬經過的道路也被取了牛落、馬轉、犬落之類的地名。再說了，如果那裡真的接二連三地發生馬失足墜崖的意外，應該會安奉馬頭觀音[21]來消除災厄才對。可是在馬落前那裡卻什麼也沒有。」

「關於這部分的考據也之後再說，對吧。」

「還請您見諒。」

言耶低頭致歉。

「先是牛，後是馬啊。」

瑞穗顯然並不在意，樣子看起來反而樂在其中。

「因為一般都用『牛馬』概括稱之，所以這裡就算又出現牛也不足為奇。」

「說的也是。」

「後來的U字形坡道、要撥開草叢才能前進的平坦山路也都沒有特定名稱，所以跳過，終於來到淨穢瀑布了。」

「之前都有些驚心動魄的感覺，瀑布的名稱倒是挺喜慶的。」

「光看漢字確實如您所說。可是如果把焦點放在瀑布名稱的『はふり』這個發音，不禁讓我聯想到『下葬』這個詞。㉒」

言耶說文解字後又接著表示：

「這時，我又從發音聯想到在《日本書紀》裡登場、名為『祝部』的指導者。」

「哇，真是了不起的想像力。」

「既然聯想到這裡，要接近真相就很簡單了。為什麼取名為尼耳家？為什麼叫做蟲経村？為什麼蟲経村的兩邊各是馬喰村和七七夜村？為什麼兩村交界的道祖神是河童像？蟲経村的寺社分別是六道寺與夜禮花神社，是否有什麼特別的用意？」

言耶說到這裡，喘了一口氣。

「先前我一直沒有注意到，後來好不容易才領悟其實線索就藏在這個地方的各種地名裡。」

「那麼，其中的真相是？」

「蟲経村原本是『牛経村』。換句話說，是從『牛』（ushi）的發音轉變為『蟲』（mushi）

㉑真言宗體系信仰的六觀音之一，被視為觀音菩薩的一種化身，同時也擁有眾多化身中罕見的憤怒相。因為其名和冠上的馬頭，在日本也被視為馬匹的守護神。

㉒原文為「祝り」（hafuri），和下葬的日文「葬り」（haburi）讀音相近。

而來。至於尼耳二字原本是意味執掌下雨的『雨神㉓』，過去尼耳家代代都是施行祈雨儀式的家族。為何會使用『尼耳』這兩個漢字我並不清楚，但我幾乎可以確定原本應該是雨神家沒有錯。」

「嗯，真有一套。如今大概已經沒有人知道尼耳這兩個漢字的意義了。」

「真是遺憾。」

「不過，如果是你，說不定——」

「不不不，您可別太看得起我了。」

言耶感到無地自容，忙不迭地否認。

「祈雨的方法大致可以分成兩種。不是一味地向神明——這個神明眾說紛紜，可能是龍神或相應的池塘之主㉔，類型各式各樣——低頭祈求『請下雨吧』、就是反過來激怒對方，讓神明的怒氣——也就是懲罰——化成雨水落下。」

看到瑞穗好像聽得入迷了，言耶手足無措地說道：

「啊……在、在您面前獻醜了。」

「你太謙虛了，沒這回事。所以呢，尼耳家的情況該怎麼說？」

「我想神主您也知道，尼耳家屬於後者。因為《日本書紀》中的祝部是負責掌管殺牛宰馬等祭祀儀式的聚落指導者。」

言耶說到這裡，臉上浮現出有些懊惱的表情。

「當我聽到蟲經村這個名稱的時候，就應該馬上進行推理了。村名的第二個字是也可以用來指稱中國喪服『衰經』的『経』字，這明顯有勒緊脖子、也就是『縊』的意思。重點是経和縊都可讀成『くびり』（kubiri），因此村名的意涵其實就是『勒住蟲頸子的村落』。套用到剛才解釋的個別名稱，可以推測不是蟲、而是牛，也就是勒住牛頸子的村落。」

「那馬喰村和七七夜村呢？」

「前者是買賣牛馬的仲介商人，所以主要與殺牛祭祀有關。大概是以前鄰村有精於判別牛馬好壞的人㉕。後者我猜是經常能在各地的祈雨儀式中看到、為期七天七夜的儀式時間。」

「道祖神之所以是河童，則是與水有關嗎？」

「正是。兩個村子都有很多水塘，想必是受到以前水資源不足的影響。」

「六道寺和我們夜禮花神社又怎麼說？」

「首先，聽到六道寺，不是會想起京都的六道珍皇寺嗎。那裡有一座很有名的水井，相傳是小野篁㉖往來冥界的通道。」

㉓本作中「尼耳」這個姓氏的讀音為「あまがみ」（amagami），可轉換為漢字「雨神」。

㉔這裡所謂的池塘之主並非意指池塘的持有者，而是棲息在湖、河川、池塘等水域、神祕且強大的存在，被認為有執掌降雨的能力。通常是和水有所關聯的龍、蛇等傳說生物或現實生物的特化型。

㉕馬喰（ばくろう，bakuro）原意為擅長分辨牛馬優劣的人，此外也有治療牛馬疾病的人以及從事牛馬買賣的仲介等意涵。

㉖平安時代的公卿、文人。在許多傳說記載中，他白天在朝為官、夜晚則是到冥府協助閻魔大王審案。

「說到水井，確實與水有關呢。」

「至於夜禮花這個名稱，神社的告示木板也寫到這指的是出現在《古事記》裡的深淵之水夜禮花神。明確指出這位神明也跟水有淵源，真是幫了我一個大忙。」

「很榮幸能幫上你的忙。」

「至於祈雨儀式要怎麼舉行。」

瑞穗身為夜禮花神社的神主應該很清楚吧——言耶心想，但還是娓娓道來自己的推理。

「抵達三頭門前，我確實不曉得要在什麼地方進行什麼樣的儀式。以為是因為綱巳山以前發生過土石流，所以才幫山取了這個名字㉗——事實上，銀鏡家的分家藏確實就被土石流掩埋了——所以極有可能是在那座山上祈禱。」

「嗯嗯。」

「只不過，在以綱巳山為名的山上舉行祈雨儀式可以說是兩面刃，至於實際上是不是這樣……」

瑞穗既不肯定也不否定。

言耶試著套他話，但神主始終不為所動，所以言耶只好接著說下去。

「這點先跳過吧。假設在山上或廣場等地點燃護摩火㉘，總之是在舉行儀式後，以尼耳家為主的一行人再牽著活生生的牛前往三頭門。」

「活生生的牛嗎。」

還以為瑞穗終於要開尊口了，但他只是喃喃自語。

「要先穿過三頭門，通過有夜雀及白色人影出沒的灌木及草叢，再爬上迴盪著怪異聲響的碎石堆。但是因為牽著牛，所以肯定寸步難行吧。可以理解李千子小姐為什麼會認為以前『想必非常吃力吧』。然後再經過平坦但宛如蛇行的山路，這才總算抵達馬落前。」

「即便如此也要牽著牛去嗎。」

「因為必須在那個矮桌石上把牛頭砍下來。」

言耶說到這裡，故意停頓一拍。

「……」

瑞穗依然默不作聲，就這麼凝視著言耶。

「然後，把牛的遺體推下左右任一邊的鴉谷。我猜馬落前的名稱就是這樣來的。之所以不是牛而是馬，或許是因為更久遠以前要砍的是馬頭。無論如何，可以將牛馬一概而論，因此這個地方就被稱為馬落前。」

「所以鴉谷是——」

㉗ 土石流的日文又稱「山津波」（yamatsunami），後兩字的讀音和「綱巳」相同。

㉘ 密教體系宗教的修法儀式。在護摩壇點火，投入供品和護摩木祈禱，進行增益息災、祈願除厄等儀式。

「沒錯，大概是因為烏鴉會聚集在被推落山谷的牛隻遺體上。」

「這麼一來就只剩下牛的頭了。」

「一行人帶著牛頭在U字形坡道和必需撥開草叢的平坦山路上前進，走向淨穢瀑布。順著那裡的石階往下走，再游過瀑布底下的深潭，最後將牛頭放在瀑布左邊的平坦空間。那個地方應該就是祭壇。」

「是那裡啊。」

「當然，這一切都是尼耳家的任務。尤其是要抵達瀑布底下的深潭之後，才算是真正完成祈雨儀式。」

「那裡雕刻著奇妙的雕像。」

「目前還不確定那個雕刻在祭壇後面的岩壁上、看似長角菩薩的雕像是什麼，但至少可以確定與祈雨儀式有關。」

「因為神道與佛教都沒有看過這種法相，或許是很久以前的民間信仰吧。」

「我也這麼想。」

「可是用牛的頭當祭品——」

「這並不是什麼稀奇的事。大正十三年，在廣島的矢淵瀑布發現兩顆垂掛的小牛頭。昭和九年還是十年，在山梨的四尾連湖也留有將牛頭投入湖中的紀錄。另外，昭和十四年也有人將牛頭丟進兵庫的惣川上游。無論是哪個例子，全部都是用於祈雨的儀式。」

「了不起，你懂得還真多。」

瑞穗毫不掩飾地對言耶投以充滿興趣的眼神。

「我在大學時是學習民俗學的。」

「是喔。」

神主似乎對他的回答感到莫名欽佩。

「市糸郎遇害的現場為何在淨穢瀑布？為何死於正在舉行忌名儀式的時候？為了解開這些謎團，我認為必須釐清放流神符的現場，亦即從三頭門到淨穢瀑布之間那條路的真面目。」

「原來如此。」

瑞穗表示同意，慢條斯理地反問：

「所以呢，你釐清那裡跟命案的關係了嗎？」

「還沒有。姑且可以認為那是用來祈雨的路線，至於和市糸郎命案有何關聯，這個關鍵的疑點還不清楚。說不定與過去進行的祈雨儀式其實根本沒有關係。」

言耶雖然搖頭，但想也知道不會就此打住。

「我的推測如何？說對了嗎？」

他直言不諱地詢問瑞穗自己的推理是否正確。

「哎呀，真是精采。」

神主如此回答，還以為他會接著坦承自己知道的尼耳家祕密，但他完全沒有要透露什麼的跡象。而且還擺出無辜的臉，害人想恨都恨不起來。

真正難應付的才不是水天住持，而是這個瑞穗神主也說不定。

言耶看著眼前的老人，重新意識到這一點，而本人依舊用高深莫測的態度說道：

「那種儀式曾幾何時也已經廢除了。」

「然而，對尼耳家的畏怖意識依然殘留在村民的心中——我是這麼看的。」

「可是距離日本戰敗已經過了十年以上，那麼久以前的風俗習慣還會執拗地留在村民的記憶中嗎？」

「換作一般的情況，大概早就消失了吧。可是這個蟲経村裡有個持續到今天的重要因素。」

「忌名儀式嗎。」

「是的。但不清楚是先有獻上牛頭的祈雨儀式、還是先有忌名儀式——」

言耶說到這裡，再度試探性地停頓一拍，不過瑞穗還是什麼也沒說，言耶只好接著開口：

「曾幾何時，兩者產生了連結。銜接的時間點可能是在祈雨儀式廢除後。但不管怎樣，忌名儀式的神符——這麼說可能不太恰當——都必須處理掉。像七七夜村是要爬上村外的位牌山，將神符綁在半山腰那間祠堂旁邊的柿子樹上。蟲経村則是將神符投入淨穢瀑布。」

「你的意思是說，村民的內心深處因此始終殘留著對尼耳家的複雜情緒嗎？」

「祈雨儀式對村子來說是必要的，因此村民們應該都很感激肩負起這個重責大任的尼耳一族。」

這時，言耶簡單地提了一下以前發生在波美地方、圍繞著水魑大人儀式所引發的神男連續殺人事件。

「話雖如此，但是在感謝執掌這些儀式的家族同時，也產生了畏懼的念頭。而且尼耳家的立場，還是僅次於村裡首席地主銀鏡家的資產家族。」

他接著又掐頭去尾地介紹自己今年春天剛碰上、位於蒼龍鄉神神櫛村的案山子大人連續殺人事件。

「那個神神櫛村也被村子裡最有錢的資產家神櫛家和次席的谺呀治家之間的對立搞得天翻地覆。附身信仰固然在其中扮演了很重要的角色，但絕非僅僅是因為這個理由，也因為谺呀治家被譏為『暴發戶』的發跡方法。換句話說，兩家競爭的背後其實夾雜著村民們強烈的嫉妒。大概還蘊含著想站在自古以來就是第一把交椅家族那邊的心理。另一方面，應該也有人想支持白手起家的第二把交椅家族。」

「鄉下地方，很多事情都很麻煩啊。」

瑞穗說得事不關己，但言耶可以斷定，這位神主肯定什麼都知道。

「我感覺在蟲經村的銀鏡家與尼耳家身上也看到了神神櫛村那兩個家族的影子。谺呀治家擁有附身的血統，讓他們和神櫛家的對立變得更複雜。而尼耳家的祕密則是過去曾經舉行過祈雨儀式。雖然沒有附身血統那麼嚴重，依然有充分的可能性成為村民們心生畏怖的對象。想必那段記憶至今仍根深蒂固地一路承繼了下來。」

「還得多花一點歲月才能忘記嗎。」

「在這樣的情況下，被視為尼耳家繼承人的市糸郎在忌名儀式進行的過程中慘遭殺害。這時，村民們恐怕都會回想起李千子小姐死而復活的事件。」

言耶補了一句「六道寺的水天住持也說過同樣的話」，才又接著說：

「所以案發當天，她明明不在村子裡，卻還是遭到懷疑。與此同時，村民或許也想起以前扮成角目的銀鏡祇作先生，所以也懷疑是他下的毒手。」

「即使李千子當時人在千里外、祇作則是身在更遠的地方呢。」

「更遠的地方是指另一個世界嗎？」

瑞穗大方地點了點頭後，問道：

「所以，你希望老夫做什麼？」

這個人果然什麼都知道，言耶十分佩服地說：

「希望您能告訴村民，不合邏輯的想法只會讓案情陷入迷宮。我也向六道寺的住持提出相同的請求。」

「我說，那個酒肉和尚會這麼好心接受你的請求嗎。」

神主與言耶英雄所見略同，害言耶差點笑出聲來，連忙忍住。

「不，住持確實接受我的請求了。」

「你要是輕易相信他的話，可能會吃大虧喔。」

「要是有這方面的疑慮，那就更需要神主您向村民們解釋清楚了。」

「我明白了。可是，如果要向村民們解釋清楚，就必須提出更有嫌疑的人，這樣村子裡的人才可能接受吧。」

「誰的嫌疑比她更大——是這個意思嗎？」

瑞穗的要求很合理，但這時要是輕易地說出人名，這次就輪到「那個人就是犯人」的流言在村子裡甚囂塵上了。而且耳語的矛頭終究還是會指向尼耳家的人。

就在言耶小心翼翼地揀選字句、表達自己的擔憂後。

「你可以告訴我嗎？我保證不會告訴村子裡的人。」

「……您想知道什麼？」

「警方眼中嫌疑最大的人。」

「好像是三市郎先生。」

「那你怎麼看？」

「老實說，我還不清楚……」

「但你心中其實也在懷疑某個人吧。」

「……不瞞您說，我是真的還不清楚。因為我的壞習慣是一面回溯自己的思考脈絡、一面分析整件事——然而，目前還沒有足夠的線索讓我展開這種推理模式……但我同時也有預感，一旦開始推理，真兇可能是某個令人跌破眼鏡的人物，不免感到有些害怕。」

言耶彷彿被什麼給附身了，滔滔不絕地說著。而瑞穗則是目不轉睛地直視著他。

「好，我明白了。剛好今晚有個聚會。因為集會所借給警方用了，村民只好在六道寺的正殿集合，到時候我再跟大家說。」

「感激不盡。」

關於晚上聚會的事，住持什麼也沒說。言耶一時心頭火起，但仍向瑞穗道謝。

「不過——」

瑞穗似乎想到什麼，側了側頭說道：

「村民們既然有那種不合邏輯的懷疑，為什麼沒有懷疑到首蟲妖頭上？」

「大概是首蟲的傳說只有尼耳家深信不疑，在村子裡倒是沒有流傳得太廣。接受警方偵訊時，很多人都提及角目或白色人影，但提到首蟲的幾乎只有老年人……」

「嗯，或許是這樣沒錯。」

瑞穗接受言耶的說法，隨即又一頭霧水地提出最基本的問題：

「話說回來，首蟲到底是什麼妖怪？」

言耶可以清楚地感覺到，他凝視自己的眼神充滿期待。

「目前還沒有足夠的線索判斷它的真面目……」

「雖然這麼說，不過你應該有一些想法？」

「啊，嗯，可以這麼說……」

「請務必說來聽聽。」

坦白說言耶其實有點不知所措，但又想到這個村子能跟他討論這種事的就只有瑞穗了。

「所謂的首蟲，正確來說其實是首牛。」

「原來如此。可是不是牛首，而是首牛嗎？」

言耶點頭。

「畢竟是用於祈雨儀式的祭品，活生生地砍下牛頭，積年累月地祭拜下來，在這之間發生任何異變都不奇怪。」

「恩，說的也是。」

「還有，我認為掛在三頭門的牛頭蓋骨，可能是把供奉在淨穢瀑布祭壇上、隨著時間化為白骨的牛頭帶回來，掛在門上做為看守之用……然後再隨時間汰舊換新，以確保頭蓋骨的新鮮度。」

「原來是這麼一回事。」

「這或許也是尼耳家的守靈夜改用牛角來代替出鞘的小刀或鐮刀、放在死者胸口上的原因。我猜是從三頭門上掛的牛頭蓋骨中，選擇即使舊化但是也沒脫落的角。」

「嗯嗯。那首牛呢？」

「最早出現的怪異存在或許就是牛首妖怪。」

「這是你的猜測吧。」

「是的。怪異原本應該是單純明快的東西。一旦變得複雜，背後肯定是有人為的因素存在。」

「也就是說，尼耳家的人把牛首妖怪改為首牛妖怪……是這樣嗎？」

「是的。」

「尼耳家為何要這麼做？」

「我猜是不是跟守靈夜及葬禮中的顛倒咒術存在相同的意涵呢？無論是跟生前就寢的方向相反、倒吊的掃帚還是逆屏風，都是為了混淆魔物的裝置。所以將牛首倒過來稱為首牛，也是為了封印妖怪。」

「喔喔。」

瑞穗似乎也很佩服他的推論。

「然而，經過漫長的歲月推移，關鍵的咒術意涵並沒有傳承下來，不知道斷在什麼地方。這麼一來，就只剩下首牛這個陰陽怪氣的名稱而已。這個名稱又激起異常恐懼的心理，結果開始廣為流傳。再加上不曉得從哪裡開始以訛傳訛，牛變成蟲，變得更加莫名其妙。導致參加忌名儀式的人陷入對未知的首蟲妖所感受到的深沉恐懼之中。」

「哎呀，跟你聊天真是太有意思了。」

瑞穗邀他共進晚餐，想留言耶多聊一會兒，只可惜以言耶現在的立場來說可不能這麼隨心所欲。

「非常感謝您的邀請，但我必須回尼耳家了。」

「因為你是尼耳家的客人嘛，這也沒辦法。」

「啊，最後還有一件事。」

「什麼事？」

「您知道尼耳家比較後面的地方，有個掛滿幽靈畫的房間嗎？」

「不，我不知道。」

瑞穗否認的同時也產生了強烈的好奇心。

「那是件淙先生的興趣嗎？」

「感覺上比起興趣，更像是不得不為之。」

「有什麼意義嗎？」

「有的地方會用幽靈畫祈雨，是主要常見於東北地方的風俗習慣。」

「哦，這麼說……」

「尼耳家的祖先可能也採納了其他地區的咒術，並且沿用至今。」

言耶認為那個房間裡，放在壁龕上的石頭大概是稱為「鮓答」或「pedra bezoar」的東西。那是在牛馬胃腸中生成的結石，過去在某些時代及地區曾經被視為珍貴的寶物，也被一些人當成祈雨的道具。

然而，要是繼續這個話題，可以想見瑞穗更不會放自己走了。

最後在瑞穗依依不捨的目送下，言耶告別了夜禮花神社。返回參道的途中，內心一直迴盪著同一句話。

這個神主在隱瞞些什麼——

他同意言耶提出的一切解釋，卻從未主動透露任何訊息，始終扮演傾聽者的角色。因此就算有言耶沒注意到的問題，對方也不打算告訴他。言耶不由得這麼認為。

鑽過從前方映入眼簾的鳥居時，言耶的腦海中瞬間浮現出一句話。

尼耳家和蟲經村藏有某種祕密……

離開東京的前一天晚上，為了躲避祖父江偲而去拜訪阿武隈川烏的時候，阿武隈川意味深長地對言耶說過這句話。

尼耳家的祕密解開了。

可是還剩下蟲經村的祕密……

到底是什麼祕密？跟過去的祈雨儀式和持續到現代的忌名儀式有關嗎？還有，跟命案也有關聯嗎？

村民們還是老樣子，依舊對他投以異樣的眼光，但言耶沉浸在思緒裡，幾乎無動於衷，不知不覺已經穿過村子中心，回到了十字路口。往右轉是通往三頭門，在過去門那邊的途中如果朝著向左邊偏移就會走向奧武原。選擇直走會經過兩村的交界，進入馬喰村。轉向左手邊前進則會通往尼耳家。

太陽就快下山了，夕陽的光輝從坡道上的兩村交界照射過來。頂著刺眼又炎熱的殘照，感覺白色人影隨時都會變成黑壓壓的影子突然出現。言耶在原地佇立了好一會兒，但任憑他等了又等，卻什麼也沒出現。

等的同時，他也想到萬一有人看到自己站在這裡，沐浴在耀眼的夕陽餘暉下，肯定會以為自己是什麼怪物，於是他立刻轉身離去，此時——

冷不防陷入想看一眼奧武原再走的強烈念頭。昨天上午和中谷田等人在十字路口分開後，原本就想去奧武原一趟，結果被野田曉以大義地阻止，最後還是先返回尼耳家。

在那之後就忘得一乾二淨了。

言耶心想現在或許正是好機會，便轉入右邊那條通往三頭門的路，再踏進途中出現在左手邊、有如獸道的小徑。這時他再次注意到天色開始變暗，暮色逐漸籠罩大地。剛剛在十字路口的時候還覺得西曬炎熱，如今已經沒什麼感覺了，反而感到些許涼意。

為何偏要選在再過不久太陽就要沉入地平線之際，闖入吸血鬼蟠踞的城堡打倒它們呢？明明很清楚太陽才是吸血鬼的弱點卻還這麼做，未免也太魯莽了。

他跟阿武隈川烏聊過好幾次這方面的笑話。當然是因為這種設定能讓小說或電影「更加恐怖」。但是另一方面，也必須同時準備好主角們不得不在黃昏時分前往城堡的理由才行，否則就只是為了嚇唬觀眾的合理主義。

我有現在非去不可的理由嗎……

當然沒有。明天早上再去也無所謂。可是言耶卻無法停下腳步，到底是吃錯什麼藥了。

……有人在呼喚我。

這種感覺猛然襲上心頭。仔細想想，確實在十字路口時，右手邊那條路看起來似乎能感應到什麼。其實並不是通往三頭門的路，而是這條獸道帶給他的感覺嗎？

好像……不太妙。

儘管內心提高警覺，步伐卻絲毫沒有減速。只是默默地往前走，就好像受到什麼的召喚……

沙、沙。

只有撥開腳邊鬱鬱蒼蒼的雜草時發出的聲響，迴盪在冷冷清清的周遭環境中。聽著那個聲音，逐漸陷入陰沉的情緒。肯定是兩側濃密深邃的森林加深了那種感覺。說不上來的矛盾心情，讓他想就此前往天涯海角，不再回去尼耳家。

說不定人類其實很容易就會像這樣被神隱呢。

言耶尚未做好要揭穿怪異真相的心理準備，眼前的視野突然就開闊起來。

那是一片二十疊左右的平地，因為只長滿低矮的雜草，看起來什麼都沒有。背後是樹林，樹林後面是更深邃的森林。加上這塊只長了草的平地，眼前就是一片純粹的大自然景象。

這裡就是奧武原嗎……

想到這裡，再重新眺望眼前的風景，不禁感覺每一寸角落都充滿厚重又潮濕的空氣，令人心情黯淡。彷彿有什麼肉眼看不見的陰霾，經年累月地沉澱在這裡。

不，倒也不是真的什麼都沒有。草地起始的區域，右手邊有片低矮的樹叢，那裡有類似石像的東西，大概是神像或佛像吧。從不只一座，而是排成一排來判斷，可能是六地藏。只是上頭爬滿了雜草，再加上表面均已風化，因此無法清楚分辨。

人類死後，會根據生前的行為墜入地獄、餓鬼、畜生、修羅、人、天等六道之一。為了拯救蒼生，便出現了檀陀、寶珠、寶印、持地、除蓋障、日光等六位地藏菩薩。這六位地藏菩薩稱為「六地藏」，經常被安奉在墓地的出入口。眼前的石像應該也是六地藏沒錯。

可是，總覺得不太對勁……

走在鄉下地方的山路上，看到路旁長滿苔蘚的地藏時，言耶都會鬆一口氣。就算再累、就算無法按照預定計畫前進、就算迷路，也能感到心情平靜。

地藏菩薩正看著自己。

或許是因為這種想法帶來的安全感，然而這次看到奧武原的六地藏卻完全沒有受到照看的感覺。

因為看起來太過荒煙蔓草了嗎……

埋葬地這種地方，除了為往生者下葬之外，平常確實不會有人來。因此基本上都是雜草叢生，給人冷清又陰森感覺的場所。因為不是任何人的墓地，幾乎沒有人管理。然而，雖然只是一時的棲身之所，也是實際用來埋葬往生者的地方。

既是墓地，又不是墓地……只能說是這種異樣的氣氛營造出曖昧不明的扭曲感受。

說到扭曲……

言耶突然發現，長在眼前草地上的花草顏色，在不同的地方呈現出細微的差異。還以為是植物依種類在不同的地方生長，但任憑他再怎麼仔細觀察，眼前就只是一片隨處可見的茂密雜草。

儘管如此，卻像是由不同的雜草拼接而成，這到底是怎麼回事？

彷彿有什麼區隔……

這樣的聯想，瞬間令他悚然一驚。

……埋葬往生者的痕跡。

想當然耳，埋葬前必須先挖開草地，把往生者埋進去，再把土蓋回去。等化成白骨後再挖出來，然後又把土蓋回去。如此一來，自然每次都要剷除那個地方的花草。但不消數日，花草又會再長出來，而且轉眼之間就長得很茂盛，只是會跟周圍略有不同。

原來是這個原因。

等一下……言耶恍然大悟的同時，卻在內心喊了暫停。

因為剛挖起來又填回去而顯得略有不同的狀況，可能會持續個幾天沒錯，可是繁殖力極強的雜草很快就會到處蔓延。正常情況下，其中的區別應該很快就會消失，不是嗎？但現在卻像這樣留下了微妙的差異，果然很不尋常吧。

莫非尼耳家在市糸郎之前，還有其他人過世嗎？

言耶正要展開合理的推測，但又立刻推翻這個觀點。如果有過這樣的事實，李千子應該會告訴他的。換句話說，打從她在十四歲陷入假死狀態、差點被火葬以來，市糸郎應該是尼耳家第一個進行喪葬儀式的人。

然而……

奧武原的草色卻在不同的地方出現些許的差異。這是因為長眠地下的往生者的某個部分對土壤產生作用，導致草色發生變化嗎？

某個部分又是哪裡……

饒是言耶也不知道，但是感覺絕對不是什麼好東西。如同西洋的怪奇小說或電影那樣，冷不防從地底下伸出一隻手，往生之人慢慢地爬出土壤……雖然不至於深陷在這樣的妄想中，但也不想再往前跨出一步。直覺大聲地警告言耶，要他別離開六地藏的身邊。

回去吧。

太陽就快下山了。在這種地方迎接夜晚的到來實在太恐怖了。要是沒有星光，周圍大概轉眼間就會陷入一片漆黑吧。

言耶正要轉身離去的時候，視野中隱約閃過某個東西。

那是……

埋葬地的右後方區域，確實有個顯而易見的某物存在，像是被埋在無數的雜草底下。

那是什麼？

一旦產生這樣的好奇心，連他也控制不住自己。即使不想繼續深入埋葬地的排斥感依然強烈，但又拿自己沒辦法。結果只能筆直地走向停留在視線範圍內的那個東西。

……啊。

那是個黑色的手提包，想必是狛子掉的。問題是，她的手提包怎麼會掉在這裡。而且就算有什麼原因導致她不慎遺落手提包，會沒發現就逕自離去嗎？

咦……

言耶豎起耳朵，聽見轟隆隆……的微弱聲響。

……是淨穢瀑布嗎。

中谷田說過，淨穢瀑布和奧武原意外地靠近。狛子的手提包掉在埋葬地的深處，這一切究竟意味著什麼？

雖然望向瀑布水聲傳來的方向，但森林中已經一片漆黑了。言耶幾乎就要產生有個白色的東西輕飄飄地出現，以飛快的速度咻地穿過樹林間，然後猝不及防地衝向這裡的幻覺。他連忙將視線從森林移開。

撿起手提包，趕快回去吧。

就在言耶這麼想著、正要蹲下去撿的時候，突然感覺有什麼東西無聲無息地站在他背後。

欸……

想當然耳，現在這裡只有言耶一個人。如果還有其他人，應該會聽見踩踏雜草的腳步聲。而且照理來說應該會叫他吧。不太可能保持沉默，也不發出任何聲音。儘管如此，卻覺得有什麼莫名其妙的東西站在他的正後方。

那個似乎正從背後監視著言耶悄悄地把右手伸向手提包、準備撿起的動作。感覺**那個**隨時都會從他身後探出頭來，嚇得言耶魂飛魄散。

即使置身於如此恐怖的狀況，言耶內心仍充滿想回頭看清楚對方是誰的衝動。當然不可能不害怕，他都快嚇死了，要是回頭的話，可能會後悔莫及。然而，這次如果逃走了，事後可能也同樣會後悔莫及。既然如此，是不是該鼓起勇氣面對比較好？

獵奇者。

腦海中浮現這個用來形容自己的字眼同時，言耶轉身回頭了。

……什麼也沒有。

太陽已經不知道在什麼時候下山了。四周圍只剩下伸手不見五指的黑暗。

言耶鬆了一口氣，撿起手提包。從上衣的內側口袋掏出「怪奇小說家的七大偵探道具」中的鋼筆型手電筒。正打算點亮時，他倏地停止動作。

……有東西。

感覺有什麼東西正動也不動地佇立在黑暗中。而且不只一個，好像有好幾個。那些東西正在埋葬地的各個角落輕輕晃動……腦海中突然浮現出這種驚心動魄的畫面。

那些到底是什麼？

從地點來思考，想必是幽靈之類的存在吧。奧武原就算出現幽靈也不奇怪。

……不、不對，還是不太對勁。

這裡確實埋著遺體，但並非墓地。等到時間到了，就會把遺骨挖出來，埋回尼耳家後面的正式墓園裡。換言之，奧武原只不過是暫時的埋骨之所。

此時此刻，這裡應該還沒有任何遺體。這麼一來還會出現幽靈之類的東西嗎？就算有忘記遷葬的遺骨，數量應該也沒有這麼多。再怎麼樣都太詭異了。

為了戰勝恐懼，言耶拚命轉動腦筋，結果只是將自己更加逼入絕境。

可是……

即使目前沒有，這裡過去無疑也埋葬過幾十具的遺體吧。因此言耶最初才會推測雜草就是因為這樣而變色。既然如此，除了草色變化這種物理上的影響之外，如果認為還有什麼幽靈之類的業障沉積在這裡，不也是很合理的猜測嗎？

別再想這些有的沒有的……

言耶後悔不已，但已經太遲了。拜胡思亂想所賜，恐懼感更加膨脹，現在他只想趕快逃離奧武原。

然而，周圍已是一片廣漠的漆黑。言耶下意識地仰望夜空，奈何幾乎連一點星光也沒有。埋葬地籠罩在貨真價實的黑暗裡。不對，比起廣漠、籠罩、包覆這些字眼，黑暗更像是蟠踞在這片土地上。不只是單純的氣氛，這裡還瀰漫著一股有如帶著黏性的黝黑氣體般的東西，非常緊密地蠢蠢欲動，意味著絕不讓太陽下山以後才踏進這片土地的人類逃走……

不能點亮手電筒。

這麼做就等於反過來告訴對方自己的所在地。不過，剛才站在背後的東西或許早就知道他躲在哪裡了。那個去了哪裡？是不是應該趁那個不在的時候趕快逃走呢？

六地藏菩薩……

言耶知道大概的方向，所以摸索著往前走。沙、沙……的腳步聲令他六神無主，再加上沉重的空氣彷彿也在阻止他前進，全身都感受到一股莫名的阻力。尤其是皮膚裸露在外的臉部更是有一種濕濕黏黏，不知道究竟是什麼的觸感，總之讓人非常不舒服。

說時遲、那時快，緊貼在左手邊的黑暗蠢動了一下。

……眼。

彷彿聽見竊竊私語的聲音。

聽起來好像在說「眼」什麼的。可是「眼」是指什麼？「眼」是什麼意思？為什麼是「眼」？說出「眼」有什麼原因嗎？

言耶的腦筋轉得飛快，可是並不是為了得到答案，而是藉由沉浸在思緒裡，讓自己的意識得以擺脫周圍奇奇怪怪的現象，接下來只要專心地往六地藏那邊前進即可。思考不過是一種逃避的手段。

一旦認知到怪異，為了不被怪異牽著鼻子走，最好反過來利用怪異本身。

這是只有刀城言耶才辦得到的衝擊療法，最後也因此得以平安無事地回到六地藏前面。

當他踏上通往六地藏右手邊的獸道，終於吐出一口大氣。之後稍微思考了半晌，他又提心弔膽地回頭張望。

那些就在自己的正後方。

以萬頭攢動的群聚狀態，輕飄飄地晃動著。

言耶拚命地忍住不要尖叫出來，一步一步地後退。幸好那些東西沒有追上來。大概是不能離開奧武原吧。

日落時分，就不該前往魔域。

言耶一邊嚴厲地教訓自己、一邊點亮鋼筆型手電筒，慌不擇路地逃回尼耳家。當他回到尼耳家時，才發現這裡早就已經亂成一團了。

前腳剛踏進客房，福太宛如久候多時般、立刻迎上來。

「喂，不好了。祖父說他不答應我們的婚事。」

第十三章

尼耳件淙的錯亂

尼耳件淙の乱心

今天尼耳家吃完午飯後，件淙把發條母子與李千子叫到言耶他們沒待過的另一個房間裡。

『我不答應你和李千子的婚事。』

三人屁股下的座墊都還沒坐熱，件淙就唐突地開口。饒是香月子也一時半刻反應不過來。

「您、您怎麼回答？」

言耶問道，只見她火冒三丈地說：

「我還能怎麼回答，當然是問他為什麼反對啦。」

「結果他怎麼說？」

「他說因為繼承人市糸郎死了，所以為李千子小姐招贅的事情要再拿出來討論。」

「真是亂來啊。」

不消說，福太也氣得半死。

「哦，原來是這樣啊。」

言耶輕聲喊了出來，嚇了發條母子一跳。

「什麼事？」

「怎麼了？」

兩人不約而同地發問，言耶便提起李千子出殯時手捧遺像的事。

「原來那是李千子小姐在尼耳家又重拾地位的意思。」

聽到他的說明，發條母子兩人無不瞠目結舌。

「真是太亂來了。」

福太重複著同一句話。言耶思索著，接著說道：

「件淙先生是不是在暗示學長，希望你入贅、繼承尼耳家。」

「其實我也在想會不會是這樣。」

「我也是。」

母子倆異口同聲地說。

「我當然不想入贅，但如果是這樣的話，似乎還有轉圜的餘地。」

「只要他不反對這門親事，我也覺得還可以再努力一下。」

兩人各自表述，聽得言耶一頭霧水。

「他不是這個意思嗎？」

「嗯啊，不是。因為他說關於李千子的對象，他心裡已經有人選了。」

「是、是誰？」

言耶非常訝異，沒想到接下來的答案更令他感到震驚。

「就是銀鏡家那個叫勇仁的男人。」

「那個人就是……」

「我記得國待先生說過，他是守靈宴的前一天才由遠房親戚託付給銀鏡家的人。」

香月子這麼一說，言耶也立刻想起來了。

「李千子小姐應該也不知情吧。」

「那當然。」

福太臉上盡是完全不能理解的表情。

「祖父提出勇仁的名字時，李千子也滿臉疑惑，根本不知道對方是誰。得知那傢伙是銀鏡家的遠房親戚後，大驚失色地拚命搖頭。」

「件淙先生怎麼說？」

「別說我和家母的意見了，他連李千子的抗議也聽不進去，只是一味地堅持這件事已成定局了。」

「可是李千子小姐完全不知情……」

言耶說到這裡，突然閉上嘴巴。腦海中歷歷在目地浮現出件淙與李千子走向銀鏡家的背影。

「怎麼了？」

「其實是——」

言耶一五一十地告訴他們自己看到的畫面，福太表情陰鬱地說：

「她完全不敢反對，只是唯唯諾諾地聽從祖父命令的樣子，真的讓我大受打擊……」

「你這孩子，還在說這種話。要相信她呀！」

香月子似乎不認同兒子的想法。

「可是……」

「別發出那種沒出息的聲音。」

「可是……」

「你給我振作一點。」

「請問……」

言耶小心翼翼地插進兩人之間。

「李千子小姐沒對二位說什麼嗎？即使當場不好說些什麼，事後也——」

「說到這個我就有氣，件淙先生自顧自地說完自己想說的話後，就一直跟在李千子小姐身邊。直到出發去銀鏡家前，我們根本沒機會跟她說上半句話。」

「就連李千子換衣服的時候，他也守在房門口。」

「只不過——」

香月子的語氣意有所指。

「我們在玄關目送他們祖孫二人出門的時候，李千子確實定定地看著我和福太。」

「學長怎麼解讀她的眼神？」

「想必是沒臉面對我們吧。」

「唉，真拿你沒辦法。」

香月子突然大大地嘆了一口氣。

「你從小就是這樣，一旦失去自信就會淨往壞處想，這毛病即使長大以後也沒改過來呢。」

「現、現在提這個做什麼啦。」

「想也知道李千子小姐的眼神一定是在表示『為了給祖父面子，我去銀鏡家一趟，不過你什麼都不用擔心』。」

「妳憑什麼說得這麼篤定——」

「雖然你是我兒子，但你真的很窩囊耶。」

這句話是說給言耶聽的。言耶既不能肯定、也不敢否定，感到左右為難。

「後來李千子的祖母和母親把我們找去客廳，大家稍微聊了一下。」

「瑞子女士和狛子女士嗎？」

對於言耶的確認，香月子點頭說道：

「瑞子女士低頭致歉：『給二位添麻煩了，真不好意思。』又表示件淙先生『因為繼承人突然沒了，一時方寸大亂，給他點時間，遲早會恢復正常』。」

「既然件淙先生的夫人都這麼說了，我想是有其根據的啦。」

言耶想安慰福太，但福太始終一臉失魂落魄的神情。

「不僅如此，瑞子夫人還苦笑著說：『就算那個人腦筋不清楚，對方也不會當真的。』那笑容有些淒涼。」

「突然上門提親，銀鏡家肯定也不會接受吧。」

「李千子小姐想必也這麼認為，所以才氣定神閒地——」

「既然如此，為何要跟祖父一起去銀鏡家？」

香月子又嘆了一口大氣。

「你這孩子，真的很笨耶。」

「會不會是考慮到件淙先生的性格，認為反對也沒用。」

這時，言耶提醒福太回想李千子在東京收到電報的事。

「現在回想起來，那封電報的目的或許不是為了報告市糸郎的死訊，而是要李千子小姐回尼耳家。」

「真是老奸巨猾的祖父。」

「李千子小姐的內心深處或許也察覺到這一點。另一方面，如同瑞子女士的判斷，她恐怕也知道銀鏡家絕對不會當真的。李千子小姐認為尼耳家的人再怎麼反對，件淙先生也聽不進去。但只要銀鏡國待先生斬釘截鐵地拒絕，件淙先生應該就會看清事實，恢復正常了。」

「喂，你有聽見老師說的話嗎？」

香月子一臉正色地逼問福太。

「你應該比任何人都更相信李千子小姐吧。」

「但她是基於自己的意志，跟祖父一起去銀鏡家的。」

「受不了，這孩子根本什麼都沒聽進去嘛。」

為了阻止母子倆繼續爭執下去，言耶問道：

「話說回來，他們人呢？」

「還沒回來。」

「咦！」

言耶聞言也愣住了。

「已經入夜了，他們還在銀鏡家嗎？」

「所以說，我才放心不下嘛。」

聽見兒子的嘟囔，香月子立刻發難：

「就算是這樣，你也要相信李千子——」

「媽，妳太小看她祖父了。無論她再怎麼抵抗——」

「如果是戰前就算了，如今本人的意願——」

「所以說，她那個祖父——」

眼看母子倆又要開始僵持不下，言耶早早就放棄打圓場，悄悄地溜出客房。他打算把手提包拿去還給狛子，順便問她去奧武原做什麼。

走進客廳一看，幸好瑞子剛好不在，只剩狛子一個人在這裡翻閱雜誌。

「不好意思，打擾您了。」

言耶出聲打招呼，狛子趕緊端正坐姿。雖然原本就沒有坐得多隨意，但現在更是鄭重地正襟危坐。

「好的，請問有什麼事嗎？」

「這個是不是您掉的？」

言耶遞出手提包後，狛子「啊！」地一聲、發出不成聲音的細微驚叫。

「您、您在哪裡找到的？」

「奧武原。」

只見她倒抽一口涼氣。

「……您去了奧武原啊。」

「真是抱歉，擅自進入府上的埋葬地。」

「不打緊，這倒無妨……」

聽她的語氣，好像問題出在別處，可是任憑言耶等了又等，狛子依舊悄然無聲，沒有把話接著說下去。

「您是在市糸郎的忌名儀式時遺落了手提包吧？」

「……是的。」

「我自知無權過問這件事，但您為何會去奧武原呢？」

狛子的臉上明擺著困擾，但又表現出鬆了一口氣的反應。

「說穿了，那場儀式其實是為了讓市糸郎正式成為這個家的繼承人的儀式。想到這裡，我實在無法不想起市太郎和市次郎，感到坐立難安——啊，市太郎和市次郎是我們家的長子和次子，兩人都為國捐軀了。」

「我聽李千子小姐提過。」

「他們的墓地就在尼耳家後面，但我總覺得曾經埋葬過遺物的地方才是他們的長眠之地。」

也就是說，他們的遺體並沒有回來，只送回遺物。即便如此，光是有具體的物品，或許也比裝在白木盒裡的一顆石頭、或告知陣亡的一張紙片要來得強多了。

「但凡能有一個人活著回來，應該都會成為優秀的繼承人。雖然還有三市郎，但那孩子承擔不了這個重責大任……」

「來這裡之前，李千子小姐也曾告訴過我府上想為她招贅的事。」

狛子無地自容地說：

「想必您也聽說了，那件事又被拿出來舊話重提了。可是，不用擔心。」

「這個我也聽香月子女士說了。」

「真是的，讓您見笑了……」

「不，我能理解件淙先生的心情。」

理解歸理解，但言耶無疑還是站在福太和李千子那邊。

「話說回來——」

言耶不曉得該怎麼開口，於是決定單刀直入地發問。

「您當時怎麼會把手提包遺落在奧武原？」

「因為我一時有點驚慌……」

「請問是什麼原因呢？」

狛子一時無語，然後才以戰戰兢兢的語氣說道：

「好像有什麼東西正從森林裡看著我……」

「您有看到對方嗎？」

「……沒有。」

「只感受到氣息嗎？」

「……」

她欲言又止了好一會兒，才終於下定了決心。

「好像有看到一點點……」

「看到什麼？」

「某個白白的東西。」

又是白色人影嗎——言耶繃緊了神經。

截至目前已經出現了好幾個目擊證人，所以流言大概已經傳遍整個村子。換句話說，即使實際上有什麼別的原因，也都已經變成是白色人影搞的鬼。

話雖如此，也沒有證據能證明狛子說謊，而且只懷疑她也不太對。只不過，相較於其他人只是單純目擊，她卻把手提包掉在奧武原，理由肯定出在那個白色的東西身上。

假如她刻意顧左右而言他……

或許是歷歷在目地想起在埋葬地的體驗，狛子臉色鐵青，怎麼看都不像是演出來的。

……是我想太多了嗎。

確定再也問不出任何與那個白色的東西有關的線索後，言耶向她道謝，離開了客廳。

回到客房，福太正處於近似「左擁右抱」的狀態。李千子坐在他的前面、井津子坐在他的右邊，兩人都面向他。香月子像是在看笑話似地看著兒子，但當事人的表情十分嚴肅。

「你來得正好。」

看到言耶，香月子笑開了花。

「李千子小姐剛回來，井津子則是和老師一前一後進來的。」

後半句儼然是在對井津子道謝，香月子的臉上還掛著少女般的微笑。

「因為我看他好像很沒精神的樣子……」

井津子指的當然是福太。

「謝謝妳啊。」

回禮的卻是香月子，福太惴惴不安地注視著眼前的李千子。

「來，老師也請坐——」

香月子要言耶坐下後，轉頭對李千子說道：

「由妳來告訴我這個笨兒子，你們在銀鏡家發生了什麼事吧。」

「……好的。」

李千子應了聲好，隨即慌張地說：

「啊，不是啦，我從來不認為福太是笨兒子——」

「我說的是事實，妳不用緊張。」

香月子笑著為李千子解危。

「……我覺得銀鏡家一定不會讓我們進門，所以我沒有忤逆祖父的意思，乖乖地隨他去了。」

「因為妳判斷如果隨便反抗，只會拉長戰線對吧。」

「對。與其讓戰火延燒，不如快刀斬亂麻。」

「真是聰明的姑娘。」

相較之下，我這個兒子——香月子的語氣帶有這樣的弦外之音，不過誰也沒說破。而李千子則是含羞帶怯地低下頭去。

「沒想到對方可能是因為太吃驚了，居然想都沒多想、就這樣讓我們進去了……我也嚇了一大跳。」

「想像得出來。」

「不過，即使讓我們進屋，也只是把我們晾在客廳裡……」

「或許是一時反應不過來才讓你們進屋，但對方其實也不曉得該怎麼面對這種局面吧。」

「祖父端坐著一動也不動，可是我漸漸感覺如有芒刺在背……」

「這也難怪啊。」

「而且還覺得好像有人在某個地方看著我……」

「哇，好可怕。」

「接著就有個應該是和生小弟的男孩子，無聲無息地探出臉來。」

原本眉頭深鎖的香月子聽到李千子這句話，不由得鬆開了眉頭，但李千子又接著說：

「不，我猜那令人如坐針氈的視線應該不是和生。而是更……該怎麼說呢……更不尋常的氣氛……」

這段話嚇得香月子不由得向言耶求助：

「老師，那個視線究竟是怎麼回事？」

「大概是勇仁發現二位到訪，偷偷地觀察李千子小姐吧。」

「他為什麼要這麼做？」

福太的疑問再理所當然不過了，因此言耶便把勇仁在守靈宴上的舉止告訴大家。

「喂，你當時怎麼不吭聲？」

不料這卻惹惱了學長，李千子則是羞澀地低著頭。

「結果妳跟和生說話了嗎？」

言耶提出關鍵的問題，李千子抬起頭回答：

「我認為他化解了我的尷尬。祖父還是紋風不動，所以我向他自我介紹後，就與和生在房間裡玩起遊戲。後來提到老師，我便告訴他我從福太口中聽到的、那些關於老師的活躍事蹟——」

李千子說到這裡，嚥了一口口水才又接著說：

「然後他向我坦承，關於角目，他想起了一件非常重要的事。」

「什、什麼事？」

言耶急不可待地追問，李千子有些不好意思似地回答：

「我問過他了，但是他只肯告訴老師……」

「老師還真是深受信賴呀。」

香月子臉上掛著調侃的微笑，但言耶眼下無暇理會。

「和生有稍微透露一下他想到什麼嗎？」

「我保證我會一字不漏地轉告老師——但他還是守口如瓶。」

李千子搖搖頭，臉上寫滿了歉意。香月子了然於心地說道：

「小孩子嘛，肯定是想親口告訴偵探老師。」

「那我現在就去銀鏡家——」

香月子急忙按住就要站起來的言耶。

「今天已經太晚了——」

李千子見狀也趕緊補上一句。

「請原諒我自作主張，我已經跟和生約好，明天下午三點碰個面。」

「……啊，非常感謝妳。」

言耶差點就要抓住李千子的雙手歡呼。一旁的香月子卻冷靜地問道：

「和生不用上學嗎？」

「那個時間好像已經放學了。」

「所以是要老師明天下午三點到銀鏡家拜訪嗎？」

「……倒也不是。」

因為李千子的表情突然蒙上一層陰影，於是言耶幫忙緩頰：

「我貿然找上門去，大概只會落得吃閉門羹的下場，所以約在別的地方確實比較恰當，你們約在哪裡？」

「約在網巳山。」

「咦……」

聽聞此言，言耶和香月子，以及始終默不作聲的福太和井津子無不感受到一股無以名狀的不安。

「為什麼要選在那種地方——」

「不、不是我，是和生選的。」

「和生選的……」

「我也覺得為何偏偏選在那種地方，所以建議改在夜禮花神社，但他怎麼都聽不進去……」

「他大概是想在看到角目的地方告訴我新的事實。」

即使能理解和生的心態，言耶還是感到坐立不安，內心千頭萬緒、奔騰不已。

「和生的事先就此打住吧。」

福太嘀咕著要李千子把話說清楚。

「我拚命想說服他把跟老師碰面的場所換成其他地方時，國待先生出現了，不由分說地把和生給打發走了。所以直到我和祖父告辭時，都沒有機會再與和生說上話。」

「原來如此。不過光是能和他約好就足夠了。」

待言耶向李千子表達完謝意，香月子接著追問：

「國待先生起初是怎麼說的？」

「先是敷衍了事地為自己讓我們久候的無禮之舉道歉，然後很不客氣地說：『居然跑來我家，你們有沒有常識啊。』」

「因為府上正在辦喪事嘛。」

言耶順著她的話說下去，香月子也點點頭。

「可是祖父權充馬耳東風，劈頭就提出我的婚事……」

「……國待先生怎麼說？」

「想也知道，完全愣住了。」

除了李千子以外，客房裡的四個人幾乎都是相同的反應。

「祖父自顧自地說完之後，平常總是冷靜自持的國待先生……有些膽怯地說：『我說你啊，是不是瘋了』……」

「然後件涼先生是怎麼回應的？」

「完全沒有要動怒的感覺，只說……如果是銀鏡家的遠房親戚勇仁先生，入贅尼耳家應該不會有什麼問題的……」

「我可以請教一個失禮的問題嗎——」

言耶先取得李千子的諒解。

「尼耳家與銀鏡家從以前就有齟齬嗎？」

李千子緩緩點頭。

「因為彼此是蟲經村的兩大勢力，一直處於對立的狀態嗎？」

「……我想應該是這樣，但到底是不是，我也不清楚。」

言耶遲疑了半晌，說出他對夜禮花神社的瑞穗神主所說的那段關於尼耳家祕密的解釋。

香月子「是嘛」連聲、聽得津津有味，而福太只是「哦」了一聲，沒太大的反應。李千子則是「啊！」地輕聲驚呼，可見她果然知道那些事情。井津子似乎也很驚訝，但畢竟是過去的事，所以看起來不怎麼感興趣的樣子。

「李千子小姐也知道這件事吧。」

「七歲的忌名儀式前，祖父曾對我提過……抱歉，我無意隱瞞……」

「別誤會，我絕對沒有要責怪妳的意思。」

見她滿懷歉意地低下頭，言耶不免有些慌張。

「真不愧是歷史悠久的家族。」

幸好香月子一再地表示讚歎，李千子才又笑逐顏開。這等於是解了言耶的危。

「祈雨的費用當然是由村民們共同負擔，但我猜出得最多的還是銀鏡家。」

「想必是這樣沒錯。」

香月子表示贊同，同時也察覺到言耶想表達什麼。

「也就是說，銀鏡家認為尼耳家之所以能成為村子裡的第二把交椅，都是托了自家的福。老師的意思是這樣吧。」

「您的洞察力真是太敏銳了。」

「我也有當偵探的才能嗎？」

「別說了，我媽一下子就會得意忘形的，你可千萬別搧風點火。」

「你說誰得意忘形。」

「難道不是嗎？」

眼看發條母子又要開始拌嘴。

「在李千子小姐面前吵這些不太好吧。」

言耶小聲嘟囔，兩人頓時沉默下來。

「銀鏡家顯然瞧不起尼耳家。儘管如此，即使是遠親，尼耳家居然想招銀鏡家的人為贅婿。而且還是在自家正在辦喪事的情況下提出。考慮到以上的狀況，國待先生會口不擇言也就不難理解了。」

儘管也覺得這句話對李千子而言太殘酷了，言耶還是如實說出自己的推測。

「件淙先生應該也知道自家和銀鏡家是一山不容二虎的關係，既然如此，為什麼還要去銀鏡家為李千子小姐提親呢？」

「或許國待先生說的沒錯，祖父他……」

「神智不太正常嗎？」

這時，井津子以不當一回事的口吻說道：

「有人說他從出殯的時候就怪怪的。」

「誰、誰說的？」

「瑞子奶奶和狛子後媽。」

「所以件淙先生說要去銀鏡家的時候，她們才會那麼鎮定啊。」

「你是說她們已經預料到了？」

香月子問道，言耶回答：

「我當然不清楚他在出殯的時候做了什麼。但是看在與件淙先生相處了這麼多年的那二位眼中，或許看得出他做了什麼不尋常的舉動——所以早就有心理準備了也說不定。」

「畢竟是那個人的夫人和媳婦嘛。」

「李千子小姐沒有注意到件淙先生在出殯時的異狀嗎？」

「……沒有，完全沒發現。」

「我倒是覺得有點不太對勁……」

聽到井津子這麼回應，言耶便問她：

「怎麼說呢？」

「雖然頭也不回地面向前方，卻好像什麼也沒在看……的感覺。」

「心不在焉嗎……」

「肯定是在思考尼耳家的未來吧。」

香月子試圖從善意的方向解讀，但福太立刻用挑釁的語氣回道：

「他考慮的結果就是要為李千子招贅，妳覺得這樣合理嗎？」

「當然不合理啊。」

「既然如此——」

「可是啊，這是別人家的繼承人問題喔，而且跟李千子小姐嫁來我們家有很大的關係，即使是我們這邊，也必須一起去考慮——」

「跟我們一點關係也沒有。」

「你這孩子又來了——」

言耶連忙將話題拉回正軌：

「李千子小姐，你們在銀鏡家的狀況後來又是如何？」

「國待先生起初很生氣，但隨即發現祖父的樣子不太正常，所以也想方設法要安撫他。」

「成功了嗎？」

李千子有氣無力地搖搖頭。

「就連國待先生也拿祖父沒辦法……最後是他建議祖父『要不要跟夜禮花神社的瑞穗神主還有六道寺的水天住持商量一下』，這才終於說服了祖父。」

「你們之所以這麼晚回來，是因為離開銀鏡家後，又去了夜禮花神社和六道寺嗎？」

「是的。神主耐心地聽完祖父的話，苦口婆心地向祖父解釋這是一個多麼不切實際的想法；住持則是一聽到開頭、丟下一句『這絕對不可能』，然後就頭也不回地進屋去了……」

「我倒是可以理解他們為什麼會有不同的反應。」

香月子對言耶微微頷首，表示她也有同感。

「結果呢，祖父怎麼說？接受了嗎？」

在福太的質問下，李千子沒什麼信心地說道：

「因為神主先生和住持先生都這麼說了，他大概也覺得這件事應該沒什麼指望了……」

「這樣啊。」

只有福太一臉放下心中大石的樣子，但言耶一看就知道，不光是香月子、李千子，就連井津子都對件淙今後的動態感到不安。

「件淙先生現在的狀況呢？」

「回家後，我也向他表明我絕對不會和銀鏡勇仁先生結婚。祖父原本完全不想聽我說，但或許是因為神主先生和住持先生也都這麼告訴他了，所以姑且聽了進去……」

「很好，那就沒什麼好擔心的了。」

還以為香月子會對福太那樂不可支的語調潑點冷水，不料香月子卻迅速地做出極為實際的判斷。

「看樣子，現在或許是促成兩人婚事的最好機會。」

接著還以討教的眼神望向言耶。

「咦，呃……」

此舉有點趁火打劫的味道，但既然對手是非常難纏的件淙，這或許是不得已的下下策。考慮到這次拜訪的目的和自己扮演的角色，言耶也不好在這時反對。

「就這麼決定了——」

見言耶窮於回答，香月子一鼓作氣地拍板定案。

「老師，大事不好了！」

然而就在這個時候，三市郎衝了進來。他的身後還跟著野田刑警，言耶心中下意識地閃過不祥的預感。

「銀鏡家的和生不見了。」

第十四章

神隱

神隠し

根據野田的說明，事情發生如下。

當天晚上六點半左右，銀鏡家正準備要吃晚飯，這時和生的母親發現他不見了。而且既不在屋子裡、也不在他平常玩耍的圍牆附近。

『到了傍晚，角目就會跑出來……』

明明命案發生後還特地千叮萬囑，提醒他一定要趕在太陽下山前回家，但是到了這個時間卻還不見人影，真的非常奇怪。於是母親開始緊張起來，趕緊請佣人們從銀鏡家一路找到村子中心——包括和生經常去的夜禮花神社——始終遍尋不得。

『肯定是被神隱了。』

轉眼間，和生失蹤的消息就在村子裡傳開了，也開始有人如此竊竊私語。其中也不乏信口開河地說『該不會是被角目抓走了吧』的村民。

眼見騷動如雪球般愈滾愈大，駐在所員警趕緊向集會所的臨時搜查本部報告。鑑於和生同時也是角目的目擊者，中谷田警部向村長提議組成搜索隊，於是在村子的青年團協助下，目前正以聲勢浩大的陣仗到處尋找和生的下落。

「我、我們也去——」

急著站起身來的言耶，同時將視線轉向福太。

「說的也是。」

福太應聲，也準備跟著站起來。

「請等一下。」

這時野田出聲阻止，讓他們兩人站也不是、坐也不是。

「怎麼了？」

「人手當然是愈多愈好，但是如果讓老師你們加入搜索行動，事情可能會變得很複雜。」

「因為我們是外地人嗎？」

「與其說是外地人——」

野田一臉難以啟齒的樣子，言耶立刻就察覺了他的難言之隱。

「因為我們是尼耳家的客人，而尼耳家正在辦喪事嗎？」

「現在是計較這個的時候嗎！」

香月子表示抗議，於是野田連忙打圓場：

「這是和村長及銀鏡國待先生等人討論時，警部答應他們的條件。最重要的原因是如果讓各位加入搜索，恐怕會造成村民們的不安，所以……」

「原來如此。」

「喂，你竟然能接受啊！」

聽見言耶附和，福太氣沖沖地發難。

「既然如此，我們就遵從各位的判斷了。」

香月子也爽快地同意了。

「……啊！」

就在這個時候，李千子發出一聲微弱的驚呼。於是言耶便問她：

「怎麼了嗎？」

「和生該不會是去了綱巳山……」

「可是妳和他約的不是明天下午嗎？」

「其實我和祖父回家的時候，好像有看到感覺是小孩的背影往山上去了……」

「是和生嗎？」

「當時我並沒有想到是他。而且太陽差不多要下山了，村子裡的孩子不太可能出現在那種地方，所以還以為是眼花看錯了……但是現在回想起來……」

「你們在說什麼？」

聽見兩人的對話，野田的臉色變得相當凝重。

「實不相瞞——」

於是言耶立刻向野田報告他跟和生約好、要在明天下午三點在綱巳山見面的事。

「綱巳山當然也在搜索的範圍內，但還是得讓警部知道這件事。」

「那我也去——」

「不用了，老師，請你乖乖地待在這裡。」

野田朝大家行了一禮，大步流星地離開。

「既然如此，我們能做的事就只有祈禱和生平安回來了。」

香月子這句話或許是在場所有人的心聲。不過，刀城言耶可不是會乖乖聽話的人。

「和生下落不明會不會是犯人幹的好事。」

言耶並不是在跟任何人確認，就只是自言自語。

「……是有這個可能性。」

福太率先回答他的問題，三市郎也接著說：

「村民中有很多人都說他們看見角目了，其中可信度最高的還是和生的證詞，從這個角度來看……」

言下之意是雖然不敢打包票，但是犯人帶走和生的可能性相當大。

「竟然連孩子也不放過。」

香月子說道，李千子和井津子也沉痛地點頭。

「不，正因為和生還是孩子，才會在事後想起當時不覺得重要的事。所以才會想跟我碰面，告訴我他想起了什麼。」

言耶提到他跟和生的約定時，李千子和井津子都露出了疑懼的表情。

「只不過……」

因為言耶突然陷入沉思，福太便一臉詫異地問他：

「怎麼了？」

「犯人怎麼知道我跟和生約好要見面？」

那一瞬間，在場的五人都露出了滿是疑惑的表情。隨後有四個人「啊！」地叫了一聲，而另一個人則是立刻垂下頭去。那個人就是李千子。

「知道我們約好要見面的，只有件淙先生和李千子小姐兩個人。」

「你、你想說什麼！」

福太氣憤歸氣憤，但這時仍將視線瞥向了李千子。

「還有誰知道這件事嗎？」

「……沒有。我想應該沒有。」

但她只是低垂臻首、氣若游絲地搖著頭。

「怎、怎麼可能。」

見福太開始六神無主，言耶以充滿歉意的語氣說：

「不，我並沒有因為這樣就懷疑二位。」

「這還用說嗎！」

福太鬆了口氣，但臉上隨即又換成驚訝的表情。

「等等，什麼意思？」

「我三點半左右，在鳥居前面看到件淙先生和李千子小姐走向銀鏡家的背影。」

言耶說到這裡，將頭轉向李千子。

「和生是幾點出現在銀鏡家裡的？」

「……我不知道。」

李千子不知所措地搖搖頭。

「他在你們等候國待先生的房間裡待了多久呢？」

「……十分鐘左右吧。」

「妳和他玩了多久？」

「……大概二十分鐘。」

「從國待先生進屋到二位離開銀鏡家，大概過了多久？」

「……印象中還滿久的。」

「四、五十分鐘左右？」

「可能再多一點……」

「一小時左右？」

李千子沒什麼自信地點點頭。

「可是，我沒有看時鐘……而且因為我如坐針氈，體感時間可能要比實際上還久也說不定。」

「也有道理。」

「妳和件淙先生一起離開銀鏡家是幾點呢？」

這個問題讓李千子稍微想了一下。

「不到五點吧。」

「然後你們去了夜禮花神社，離開那裡的時間是？」

「我猜約莫是六點過後。」

「接下來再去六道寺，離開那裡的時間是？」

「當時我看了時鐘，所以知道是六點三十八分。」

「離開六道寺之後呢？」

「祖父繞去無常小屋，檢查用於出殯的喪葬道具是否全部收好了。我自己先回來，但祖父在十字路口那邊趕上我，所以我們最後還是一起到家。」

「為什麼要檢查無常小屋？」

「我猜是因為如果沒把東西收好，事後會被村民們抱怨吧。」

「原來如此。」

言耶附和後，又接著說下去。

「根據以上的說明整理下來，和生恐怕是在四點過後到六點半之間從銀鏡家消失。李千子小姐和件淙先生在五點前離開銀鏡家時，並沒有看到和生在圍牆附近玩，因此可以判斷和生是在四點過後到五點之間不見的。不管怎樣，二位都有不在場證明。」

「……嚇死我了。」

福太如釋重負，臉上浮現出鬆了一口大氣的表情。

「我明白了。」

三市郎有些激動地對言耶說：

「和生跟平常一樣，在銀鏡家的圍牆那邊玩耍時，被犯人帶走了……」

「這確實是我最先想到的狀況。」

「銀鏡家位於村子的東郊，平常大概沒什麼人會經過，但犯人也太大膽了。」

「而且不管他把和生帶去哪裡，都很容易被人看到。」

「說不定和生不是在家門口，而是在夜禮花神社裡玩。」

「也有可能是犯人不經意地看見他經過鳥居的身影，心想機不可失，立刻採取行動。」

「啊，一定是這樣。」

能跟言耶一起討論案情，三市郎高興得不得了。其他四個人都一臉凝重，就只有他顯得眉飛色舞。

「是不是也該考慮一下其他的可能性。」

「什麼可能性？」

「犯人早在今天傍晚以前就已經與和生接觸過了，而且約好今晚在某個地方碰面的可能性。」

「……有道理。從李千子的話聽下來，會以為犯人還沒跟和生說過話就直接把他帶走，可是如果真的像老師所說的，犯人根本不知道件事、而是早就跟和生約好了，那麼他帶走和生就單純只是剛好發生在李千子與和生交談之後。」

「分析得很好。」

得到言耶的讚美，三市郎臉上堆滿不合時宜的笑容。

「既然如此，李千子看到的小孩背影應該就是和生了。因為他事先和犯人約好了，所以才會前往綱巳山。」

「只是……」

言耶這時發出意味深長的呢喃，逕自陷入沉思。

「還有什麼不對勁的地方嗎？」

福太試著讓他把話說下去。

「同樣的狀況，和生重複了兩遍。」

「嗯？你是說想起新的證詞嗎。」

言耶還在思考，自顧自地點頭如搗蒜。

「他告訴村民自己從綱巳山上看向馬落前，目擊到角目後下山，這是第一次。當時和生並沒有說角目的角脫落了。可能是看到角目後驚魂未定，不小心忘記了。後來接受警方的偵訊時又很緊張，所以也沒想到這件事。」

「而你是在銀鏡家前面碰到和生，換言之那是和生熟悉的環境。而且你還讓對方相信你是個偵探。」

「……怎麼把我說得跟壞人一樣。」

「事實上，這一切都在你的預料之內吧。」

福太微微一笑。

「可是你賭對了。你讓和生強烈地認為如果有什麼新的線索，第一時間就只想告訴偵探。所以他才會告訴你自己想起了角的事。」

「然而，和生當時還是有些事忘了說。可能是那件事跟角目的角脫落這個狀況相比，只能算是雞毛蒜皮的小事。」

「回想截至目前的經過，確實是這樣沒錯。」

彷彿也想聽聽其他人的意見，福太慢慢地朝周圍張望了一圈。

「我同意老師的想法。」

三市郎第一個回答。

「起初因為看到角目而感受到衝擊，等到稍微冷靜下來，才想起角脫落的事。告訴老師後，為了想幫名偵探更多的忙，他肯定會拚命地在記憶裡翻箱倒櫃的。」

李千子聽完三市郎的見解，若有所思地說：

「於是想起比角脫落更細微的訊息……是這麼回事嗎？」

「是的。我本來也是這麼想——」

「還有什麼不對勁的地方嗎？」

看樣子不是只有福太露出不可思議的表情，其他四個人也一頭霧水地注視著言耶。

「關鍵在於，為何事到如今，犯人才覺得和生會是個威脅。」

「那是因為——」

福太話到嘴邊又吞回去，或許是想起言耶剛才說過的話。

「沒錯。和生想起新的事實，然後請李千子小姐傳話，約好跟我見面，這些犯人都無從得知。即使是這樣，他還是被抓走了，這表示犯人一直在擔心他是不是會提出什麼新的證詞。」

「……為什麼？」

福太問道，三市郎代為回答：

「和生雖然還沒告訴任何人，但犯人知道那孩子握有對自己不利的目擊證詞……是不是這樣？」

後半句是對著言耶說的。

「這裡就出現一個問題，明明是比角脫落更微不足道的小事，犯人為什麼要這麼在意？」

「有道理。」

福太彷彿把一切兜起來了。

「如果犯人覺得和生是個威脅，為何不趁和生在銀鏡家門前告訴你角脫落的事以前就先解決——欸、不不，我是說採取什麼對策。」

「可能是和生想起關於角的事以後，犯人才覺得大事不妙，連忙想擺平這件事。李千子小姐只是剛好在那之後與和生交談了——應該可以這樣解釋吧。但我跟和生對話是昨天上午的事。犯人究竟是在什麼時候得知談話內容的？」

「不管你或李千子有沒有跟和生談過，當他做出目擊證詞的時候，就已經被犯人盯上了——這是現階段最合理的解釋吧。」

「是的。只不過，如果是這樣的話，到今天晚上才約和生見面怎麼說都太遲了。還有，也不清楚犯人到底是在忌憚什麼。」

客房裡一時靜默無聲。

「請問……」

李千子語帶保留地開口。

「請說。」

言耶溫和地請她說下去。

「我自己也覺得這個想法非常荒謬——」

「無論什麼事情都可以，願聞其詳。」

「角目有沒有可能不只是角掉下來了，就連面具都掉了？」

她的解釋讓有人都倒抽了一口氣。

「可、可是——」

三市郎率先開口。

「如果真是這樣的話，和生為什麼不指認犯人？」

「我聽說那孩子的視力非常差。」李千子問言耶。

「好像是這樣。」言耶回答。

「既然如此，就算看到犯人的臉，可能也不敢百分之百確定吧。」

「就算是這樣——」

三市郎以難以接受的口吻說道：

「至少也會說出好像是看到誰吧。」

「倘若對那孩子而言，犯人的臉看起來非常恐怖呢……」

「所以到底是誰？」

李千子露出惴惴不安的表情，心有餘悸地猛搖頭。

「……我也不知道。」

在那之後，關於銀鏡和生下落不明的討論始終沒有進一步的發展，因此言耶逐一確認所有的相關人員今天傍晚人都在什麼地方。但無論是瑞子、狛子、太市、三市郎還是井津子，沒有一個人有明確的不在場證明。

言耶拜託狛子準備飯糰。倒不是想吃消夜，而是當成明天的早餐。既然今晚還沒接到找到和生的消息，想必明天一早就會再次展開搜索。既然如此，他想盡辦法也要加入搜索陣容。

他只對香月子與福太坦言自己的決定。兩人都表示不贊成，但也沒阻止他。

「老師看起來是這麼穩重的一個人，本性其實很頑固呢。」

而福太竟然也乾脆地認同了香月子對刀城言耶的評價。

第二天早上，言耶迅速地吃完早餐，然後匆匆地離開尼耳家。他決定無論如何就先前往集會所，再要求中谷田讓自己同行。

來到十字路口前，就看見村民們走向三頭門的背影，讓他有些著急。比自己預料的還早。

言耶在十字路口的交叉點停下腳步，觀察他們的樣子，似乎也有不少人準備去奧武原。望向蟲經村與馬喰村的村境交界，那裡也有幾個人的身影。

言耶加快了腳步。可以的話，希望能在集會所就攔住警部，如果他已經加入哪個搜索隊並出發了，或許會變得有點難辦。

內心懷揣著這樣的不安，往村子的中心地帶前進，就看到有群人正要前往綱巳山。幾乎都是青年團的人，而且還帶著大包小包的裝備，散發出茲事體大的陣仗。然而聲勢浩大，人數卻不多，這到底是怎麼一回事？話雖如此，帶隊的正是中谷田警部。

「警部！」

言耶的叫喚讓中谷田驀地停下腳步，發現是他後，臉上浮現出「真受不了你」的表情，不過因為還有一段距離，所以言耶也不敢確定。但警部立刻向言耶招手。

中谷田的身後是銀鏡國待和邦作。和生的祖父和父親都在，可見綱巳山肯定有什麼發現。

言耶離開村道，在田間小路上拔腿狂奔，沐浴在村民們瞪著他看的視線下，跑到隊伍的最前面。一路上逢人就道「早安」、「辛苦了」、「有勞各位了」，但是誰也沒理他。國待是唯一的例外，但也只是無言的頷首。

「我還以為你昨晚就會跑來了。」

被再次邁開步伐的中谷田這麼一說，言耶感受到強烈的後悔。

「聽完野田刑警的說明，我覺得應該自律點……」

「這麼乖巧的反應還真不像是老師的風格。」

因為無力還擊，所以言耶提出最關心的問題。

「這座山上有什麼線索嗎？」

「目前還不清楚。」

中谷田不願說得太篤定，大概是因為國待和邦作就在他身後。然而，出現在這裡的刑警不是野田或島田，而是警部本人，肯定有其重大的意義。言耶是這麼認為的，所以並沒有再追問下去。

走到平坦的泥土路盡頭，出現了以橫長的圓木所砌成的階梯。一般階梯是踏板的前緣部分使用圓木，踏板本身則以密實的土構成。眼下圓木之間的間隔還算寬，因此看起來很好走，但是相當於踏板的部分高低不平，所以無法一鼓作氣地爬上去。也因此還沒爬幾階就讓人累得氣喘如牛。真是宛如天險般的階梯。

隨著圓木的間距縮短，因而不必再踩在土面踏板上，走起來輕鬆許多。只要從這根圓木踩到下一根圓木即可，但如果不小心滑倒，還是會有可能受重傷，所以走的時候也不能掉以輕心。

幸好距離不算太遠。因為過去銀鏡家的分家藏就在山上，而且祇作還住在裡面，所以這也是理所當然的。

綱巳山的半山腰有座微微隆起的小丘。面向馬落前的西側是陡峭的斷崖，往下一看，底下有一條宛如傷口般、細細長長的黝黑裂縫。看上去就是這個樣子。如果想去到那個地方，就只能從小丘前方的斜坡下去。

無論是言耶、中谷田、國待所站的小丘，還是底下的裂縫周圍，面積都不大。或許就是因為這樣，派來這裡的搜索隊人數才不多。

「昨晚的搜索行動，在那條裂縫裡有些發現。」

中谷田開始說明，所以言耶也不客氣地問：

「發現了什麼？」

「那裡太暗了，光靠手電筒也看不清。不過，好像是小孩的鞋子。」

言耶不由自主地看了國待一眼，但後者只是一語不發地直盯著底下那條裂縫。至於邦作早已和村子的年輕人一起下到細長的裂縫旁。這支搜索隊之所以幾乎都是青年團成員，想必也是為了調查那個裂縫。

「可是大半夜的實在無計可施。而且大人也很難進入洞裡。」

所以才會等到今天天亮。

「如何，有什麼發現嗎？」

中谷田對下面喊聲，有個年輕人正由同伴抓住雙腿、探向洞裡窺探。只見年輕人以艱難的姿勢抬起頭來回答：

「好像是小孩子的運動鞋。」

「我試試看。」

「進得去嗎？」

正往洞裡窺探的年輕人身形瘦小，所以才會從多半體格壯碩的青年團成員中雀屏中選吧。然而就連他也進不去洞裡。更別說運動鞋是掉在手伸得再長也搆不到的地方。

「這個只有小孩才進得去吧。」

年輕人大聲說道。青年團裡開始有人討論起「誰家的小孩可以派上用場」，但國待並不同意。

「為了救我們家的孩子，卻讓村子裡的小孩遭遇危險，這不是本末倒置嗎。」

「可是——」

邦作心亂如麻的聲音在斷崖下迴盪，但國待仍表情凝重地搖頭。

青年團的代表回到小丘上，與中谷田商議對策。他們先研究起破壞裂縫周圍、讓洞擴大的方法，但是既不能使用炸藥，要把工具搬來又太花時間了，如果只靠人力也同樣難以辦到。最後得出的結論，就是除了派人進入洞裡尋找和生之外，就沒有其他的方法了。

所以國待也不得不讓步了，於是大家又開始討論人選，結果挑上一個名叫朋吉的小孩。他是跟言耶在無常小屋前交談的吉松相差很多歲的弟弟。

或許也因為這樣，言耶不再覺得事不關己。當他下定決心一定要看到最後時，中谷田卻提出意外的建議。

「我們在這裡也幫不上忙，不如請野田來坐鎮，我們回集會所努力破案吧。」

「欸……」

這句話是走到離國待有一段距離的地方才說出口的。

「根據在警方內部流傳的傳聞，老師會不斷地反覆嘗試、碰到錯誤後又再次嘗試，藉此進逼事件的真相。」

「咦，呃，是這樣嗎。」

「不知道是哪位警部說過，最好的方法就是讓老師暢所欲言。」

瞬間在腦海中浮現的人選就是終下市署的鬼無瀨警部。但言耶並未向中谷田求證，而是提出最關鍵的要點。

「您認為破案的線索已經湊齊了嗎？」

「這只有天曉得了。老師呢，你怎麼看？」

「平時我試著對事件做出解釋時，會先以條列式的方法把所有的謎團列出來，不過這次還沒有整理好。」

「也就是說，線索還不夠嗎？」

「……雖然我不這麼認為，但就結論而言就是搞不清楚。」

言耶用困惑的口吻自言自語後，似乎在剎那間想到了什麼。

「警方的調查進行到哪裡了？」

「感覺好像差不多了。」

「願聞其詳。」

「既然如此，還是回集會所再進行推理吧。」

「只有我和警部嗎？」

「不然呢。當然是由名偵探和名警部聯手破案啊。」

雖然言耶還有些遲疑，但萬一和生已然遇害，這個案子就會演變成連續殺人事件。為了避免再出現新的犧牲者，也應該快點讓事件落幕。對此他深有所感。

「我明白了。請多多指教。」

「那好，事不宜遲——」

「在那之前，我想從這裡走到馬落前看看，可以嗎？」

言耶的要求令中谷田有些訝異。

「去做什麼？」

「單純只是我的好奇。」

「老師真是異於常人耶。」

雖然警部面露苦笑，但還是決定陪著他去。

中谷田向國待打了聲招呼，就和言耶一起下到裂痕處的附近，再拜託一個青年團的人去請野田刑警過來坐鎮。

然後兩人走向當年土石流遺跡的北端。想也知道那裡並沒有通道，只是由雨水沖刷出一條剛好可以讓人通過的小路。右手邊是長滿樹木的山壁、左手邊則是凝固的巨大土塊，那裡已形成雜草叢生的狀態。而且地盤並不穩固，萬一持續下起大雨的話，很可能就會陷落。

中谷田說明完地勢狀況後便這麼說道。

「所以聽到在綱巳山的裂縫中找到小孩的鞋子時，其實我鬆了一口氣。」

「因為讓搜索隊進入這片土石流的遺跡其實伴隨著相當大的風險吧。」

「在進行尼耳市糸郎命案的搜查時，把這裡留到最後也是基於這個原因。」

細細的小路九彎十八拐地延伸到馬落前的北端，有些地方幾乎掩沒在山壁與土石流造成的荒地間。

「要從這裡上去，走到三頭門，再從那裡回集會所嗎？」

「那樣會繞一大圈，還是就此回頭吧。」

兩人回到綱巳山，與國待及青年團的人打過招呼後，就順著圓木階梯往下走。走著走著，在靠近山腳的地方與迎面而來的吉松和一個少年擦身而過。

「你就是勇敢的朋吉小弟弟嗎？」

言耶向對方搭話，少年似乎嚇了一跳，但隨即表現出虛張聲勢的模樣。但看在言耶眼中，會覺得他很可靠，認為這孩子肯定沒問題的。

中谷田交代這對年紀相差甚遠的兄弟千萬不能逞強時，野田刑警也趕到了。警部與野田簡單地交換情報後，就跟言耶繼續往下走，另外三個人則拾級而上。

集會所裡沒有其他人，瀰漫著冷清的氣氛。

言耶在中谷田的帶領下走進鋪著榻榻米的房間。然後先喝口警部親手泡的茶，讓心情平靜下來。

「來，開始吧。你想到什麼就說什麼。」

警部劈頭就說，但是突然要他開始推理，一時之間也無從下手。

「等等，在那之前──」

言耶打斷他，先向中谷田報告他應該還不知道的事。

從尼耳家的祕密到件淙的錯亂，再到銀鏡和生不見時、尼耳家所有人的不在場證明。

「這些都得經過進一步的查證，但目前姑且先依老師的判斷為準。」

「非常謝謝您。」

「尼耳家原本是負責舉行祈雨儀式的家族，這固然是很耐人尋味的過往，但是跟這次的事件有關聯嗎？」

「……不，我認為沒有直接的關係，不過以這種鄉下地方的案件來說，檯面下的關係往往盤根錯節、千絲萬縷。」

「這麼說倒也是。」

中谷田先表示理解。

「然後呢──」

接著巧妙地將話題引導到命案的討論上，不得不說真是有一手。

於是言耶開始施展他的獨門絕招，亦即藉由嘗試錯誤來重複推進自己的推理，然後警部再時不時地提出問題。

然而說到一半，言耶的解釋突然無預警地停止了。

「感覺還差一點……只差一點就能看清事情的真相了。」

言耶感到非常困惑。

「聽說老師愈是陷入絕境，就愈能發揮推理能力。」

中谷田說出令人心生不安的話語，讓言耶更加疑惑了。

「……啊？」

可是警部對刀城言耶的反應視而不見，自顧自地替他做出破天荒的決定。

「既然如此，我覺得今天下午就召集所有尼耳家的相關人士，由老師為大家解謎吧。」

「……咦？欸欸！」

言耶拉高嗓子抗議，卻被中谷田四兩撥千金地閃過了。就在這個時候，野田刑警一臉沉痛地走了進來。

「警部，找到銀鏡和生小弟的遺體了。」

和生果然是掉進了綱巳山的那道裂縫裡。而且，他的右眼留有被錐子之類的凶器刺穿的痕跡。

第十五章

事件的真相

事件の真相

在尼耳家的寬敞房間裡，總共聚集了十九個人。其中也有些讓刀城言耶覺得很奇怪、懷疑對方是不是走錯地方的人物，但這些全都是中谷田警部決定的人選，輪不到他說三道四。

這也是為了把我逼入絕境嗎……

腦海中不經意地閃過這種被害妄想。不過，如果這才是中谷田真正的意圖，那他的如意算盤確實打對了。因為相對於只面對尼耳家的人，現在人數這麼多的場合，被逼到絕境的程度可是完全不一樣的。

尼耳家的成員為件淙和瑞子、太市和狛子、三市郎和李千子，還有井津子共七人。

銀鏡家只有國待。雖然也請了他的次子邦作，但國待堅決不讓兒子出席。

除了這兩家的成員以外，還邀請了河皎縫衣子、坂堂醫師、夜禮花神社的瑞穗神主、六道寺的水天住持等四位村民。

至於蟲經村以外的列席者則有馬喰村的權藤醫師、發條香月子及福太三人。

警方的代表是中谷田警部、野田刑警、島田刑警等三位。

最後再加上刀城言耶，總計十九人到場。包含他本人在內，所有人的臉色都非常嚴肅，屋子裡充滿了凝重緊張的氣氛，想必每個人都覺得如坐針氈。

「那麼老師，請開始發表你的高見。」

中谷田說得一副理所當然的樣子，這令言耶焦慮起來。

「等、等一下。把所有人聚集在這裡的人是警部，理當由警部說明這場聚會的主旨——」

「這樣啊。」

中谷田爽快地應允。

「接下來，刀城言耶老師將為我們解決這次的事件，請各位屏息以待。好了，開始吧。」

中谷田說出令人跌破眼鏡的開場白，言耶的冷汗都快要匯流成一條小溪了。

「才、才不是這樣，我是逼不得已——」

「那種事情怎樣都好。」

中谷田不由分說地打斷他，言耶「呼」地一聲嘆了口大氣後，先說明自己和警部在集會所討論的案件梗概。盡可能鉅細靡遺地交代自己是被中谷田逼著上台解謎，所以才有了這次的聚會。

這麼一來，大家都理解了自己為何會被叫來這裡，只是所有人的表情都還是很僵硬。

「雖然晚了一點，請容我先向和生小弟致上哀悼之意。這麼艱難的時候還請您撥冗移駕至此，真的非常過意不去。」

言耶深深地低下頭致意，國待則是點了個頭回禮。

「聽說那孩子最快也要後天才能回來。如果能在他回來之前逮捕犯人，我當然不介意跑這麼一趟。不過請饒了邦作吧。再怎麼說，他也是那孩子的父親。」

瑞子代表尼耳家再次向國待致意。其實國待來的時候就已經打過一次招呼了，大概是認為這個場合必須再有所表示。這本來是件淙該做的事，不過他只是坐在那裡、無精打采的樣子就像是個靈魂出竅的空殼。

「差不多可以開始了吧。」

在中谷田的催促下，言耶無可奈何地開口。

「接下來請容我向各位依照時間順序，說明我跟警部一起討論、對忌名儀式殺人事件的一連串推理。不對，以我的情況來說，與其說是推理，頂多只能當成一種解釋，但藉由不斷地反覆嘗試錯誤後又再嘗試，就能逐漸靠近案情的真相。這是我的做法，還請各位暫時配合一下。」

言耶說到這裡，畢恭畢敬地鞠了一個躬。

「不過在解釋的過程中，可能會先將在座的各位視為嫌犯、說出非常失禮的話，請務必多多包涵。」

他以有苦難言的表情再次深深行了一禮。

「首先，被害人市糸郎是尼耳太市先生與河皎縫衣子女士的兒子。」

開門見山就是赤裸裸的發言，讓現場頓時喧騰起來。然而說這話的人卻一反方才誠惶誠恐的模樣，一臉稀鬆平常地繼續說下去。

「因此他既不在尼耳家、也不在河皎家長大，而是交給別人撫養。快滿七歲的時候才由件淙先生帶回尼耳家，選為尼耳家的繼承人。」

言耶看了三市郎和李千子一眼。

「在那之前，尼耳家的繼承人人選是三男三市郎先生，以及長女李千子小姐的女婿。不過件淙先生看不上三市郎先生、李千子小姐又在忌名儀式的過程中發生過不吉之事，所以雙雙被排除在繼承人名單之外。於是件淙先生的目光在這時又轉移到市糸郎的身上。」

「可是這個繼承人卻在忌名儀式中遇害了。」

中谷田出聲附和，想必是為了聲援言耶吧。

「忌名儀式具有為孩童消災解厄的意義，但是在另一方面，能夠進行這個儀式，也等同於證明自己是尼耳家的繼承人。井津子沒有舉行忌名儀式——不對，是無法舉行忌名儀式的原因就是如此。」

「也就是說？」

「以我的觀點，應該先懷疑殺害市糸郎這個繼承人人選的動機，是不是為了尼耳家的財產。」

「這種情況下的嫌犯是？」

「尼耳家的人。」

還以為這是所有人預料中的結果，然而現場又掀起一陣騷動。

「具體而言是哪位？」

「在說是誰之前，先讓我們排除沒有動機的人。」

「好。」

「首先是件淙先生。他領養市糸郎就是為了讓他繼承尼耳家，還讓他舉行忌名儀式，因此毫無動機。」

「言之成理。」

「再來是李千子小姐。她早就想離開尼耳家了，後來也真的如願前往東京，進入元和玩具工作，還認識了福太先生這個共度一生的伴侶。只要市糸郎順利地繼承尼耳家，件淙先生就不會再提出為她招贅的要求，從這個角度來看，她沒有理由阻止市糸郎繼承家業。」

在場的所有人似乎都對排除這兩位的嫌疑表示認同。

「反過來說，嫌疑最大的就是三男三市郎先生。雖然件淙先生對他的印象相當不好，但只要市糸郎不在了、李千子小姐也嫁給福太先生，繼承人的人選就只剩下他一個了。」

還以為被指為嫌犯，會令三市郎氣得跳腳，沒想到他居然喜笑顏開。言耶覺得很困惑，但隨即理解了箇中原因。

被我當成嫌犯，對他而言無疑是件很有趣的事也說不定呢。

雖然是很病態的反應，但是身為偵探小說的愛好者，倒也不是不可能。至少比表現出敵意還好多了。言耶決定這麼安慰自己。

「命案發生時，三市郎先生人在綱巳山的分家藏遺跡。銀鏡和生說他在同一個地點看到疑似犯人的角目，而三市郎先生則躲在暗處目睹了這一切。乍聽之下似乎是很合理的不在場證明，但這些都是三市郎先生的片面之詞。而且他是在和生目擊到角目一事於村裡廣為流傳後，才說出以上的證詞。因此目睹到一切的說詞很可能只是偽證。換句話說，和生看到的角目或許就是三市郎先生。」

都被說成這樣了，三市郎卻還是一臉樂在其中的表情，專心地聽言耶發表高見。想也知道除了尼耳家的人以外，其他人皆以匪夷所思的眼神看著他。

「我可以說句話嗎？」

福太客氣地緩緩舉起一隻手。或許是被現場劍拔弩張的氣氛壓制住了。

「請說。」

「我沒去過命案現場，但是因為案發三天前有颱風來襲，綱巳山到馬落前不是滿地泥濘嗎？如果三市郎先生走過那條路……」

「沒錯，應該會留下腳印。可是當天四點四十分前到五點過後，這個地方下過一陣滂沱大雨，因此無法確認足跡。」

「這樣啊。不好意思，你請繼續。」

「在我說明的時候，如果有人跟學長一樣有任何問題，隨時都可以打斷我，請不用客氣。」

言耶這麼拜託在場眾人後，又接著說：

「嫌疑第二大的是井津子。」

說完後也看了井津子一眼，她竟然也是一副樂不可支的樣子。雖說總好過怒視言耶或傷心落淚，但這樣的反應還是令言耶摸不著頭腦。

「以她的情況，動機會比三市郎先生複雜。明明一起被尼耳家收養，卻只有哥哥市糸郎成為繼承家業的人選，自己卻被排除在外，也因此無法舉行忌名儀式。兩人明明是雙胞胎，卻過著截然不同的生活。因此兩人之間幾乎沒有培養出兄妹間該有的骨肉親情。相反地，倒不如說因為只有哥哥受到重視，所以就算她對此充滿嫉妒也絕不奇怪。」

「動機只有嫉妒嗎？」

中谷田明知故問地插嘴。

「不，也有覬覦尼耳家財產的因素。要是市糸郎不在了，過去件淙先生想為李千子小姐招贅、讓贅婿繼承尼耳家的想法，這次無疑會落到自己的身上。假如她打的是這個如意算盤呢？」

「這就是你所謂的複雜動機嗎？」

「是的。而且當天她比市糸郎更早經過三頭門，在那裡等他出現，然後跟蹤他。非但沒有不在場證明，她本人還親自證實了這個在場證明。只不過，她說自己跟到馬落前就回頭了，但沒有人能證明她說的是真是假。」

「你是指她比三市郎先生更靠近命案現場嗎？」

「可以這麼說。」

即使成為中谷田與言耶的談論對象，井津子看起來依舊樂在其中。言耶不禁開始為她擔心了。她的情況與三市郎不同，該不會只是因為年紀還小，所以不明白被懷疑的嚴重性吧？

即便如此，現在還是先專心破案再說，於是他繼續往下說明。

「這兩個人的動機主要是尼耳家的財產。其他人幾乎可以說是恩怨問題。」

「第三個嫌犯是？」

「是瑞子女士，聽說她從孫子三市郎先生還小的時候就特別寵愛他。對她而言，或許會認為既然長孫與次孫都戰死沙場了，尼耳家就應該由第三個孫子繼承。」

對於言耶半是說明、半是質問的說法，瑞子沒什麼太大的反應。只是側著頭，靜靜地傾聽他的推理。

「明明應該是這樣的，件淙先生卻領養了太市先生的私生子市糸郎，還打算讓他繼承尼耳家。因此，為了阻止這種事發生……以上就是她的動機。」

「瑞子女士有不在場證明嗎？」

中谷田當然又是明知故問，言耶也配合他一搭一唱起來。

「當天傍晚，河皎家的縫衣子女士一直看著尼耳家通往十字路口的那條路。據她所說，當天經過那條路的人依序是井津子、件淙先生和市糸郎、三市郎先生、狛子女士、太市先生。回程的順序則是狛子女士、井津子、三市郎先生、件淙先生。也就是說，她沒有看到瑞子女士。」

「一直待在尼耳家嗎？」

「她本人是這樣說的。不過也能從尼耳家經過河皎家的後面，再前往十字路口。只要回程也走同一條路，就能在不被縫衣子女士看到的情況下往返兩地。」

「老師說過，還有一點對瑞子女士很不利。」

「為了對付魔物，市糸郎身上帶著李千子小姐給他的玩具槍。」

「那把槍確實有射擊的痕跡。」

「他對忌名儀式充滿畏懼，所以可能是聽到什麼細微的聲音，忍不住開槍了。」

「難道還有別的可能性嗎？」

「也可能是對凶手開槍。當時竹籤偶然擦過犯人的右眼附近。所以案發之後，瑞子女士的右眼就戴上了眼罩……」

所有的人都不由自主地望向瑞子。不，其中只有件淙依舊低著頭，像是三魂不見了兩魂半的樣子。

「聽起來是很合邏輯的推理。」

「第四個嫌犯是狛子女士。對她而言，自己的兒子三市郎先生不受重視，反而是丈夫跟別人生下的市糸郎成為了繼承人，內心想必不可能保持平靜。」

「說的也是。」

中谷田只是隨口附和，但其他人全都一臉尷尬，刻意不要看向太市那邊的念頭，明顯到任誰都感覺得出來。

「所以呢，她有不在場證明嗎？」

「她本人說是去了奧武原，還不小心把手提包遺落在那裡，所以應該是真的。當然也可能是故意把手提包丟在那裡，故布疑陣。」

「這種故布疑陣有意義嗎？」

「沒有。而且奧武原就在淨穢瀑布附近，如果假裝沒有去過還能理解，她卻承認自己去過那裡。除此之外，縫衣子女士表示去程時狛子女士的腳還很乾淨，回來的時候卻髒兮兮的。」

「所以也是有可能往返於奧武原和淨穢瀑布之間嗎？」

「確實可以視為間接證據。」

「至此尼耳家還剩下——」

「只剩下太市先生了。雖然他沒有明確的動機，但件淙先生不認可他是尼耳家的繼承人，還打算把家業交給他在外面生的市糸郎。不知道他本人是怎麼看待這種狀況的。」

「再加上他從小就把兒子丟給外人帶，所以就算是骨肉至親，或許也不能視為正常的親子關係。因此也不能完全排除他的嫌疑。」

「也就是說，他的嫌疑處於灰色地帶。」

「不在場證明呢？」

「他說自己一直待在河皎家，縫衣子女士也幫忙做證，但基於兩人的關係，這番說詞也不能盡信。」

「意思是他們可能是共犯？」

「縫衣子女士過去之所以對尼耳家的忌名儀式充滿興趣，或許也是因為市糸郎有一天也可能舉行忌名儀式。儘管如此，她對市糸郎的死卻沒有太大的反應，同樣的狀況也適用於太市先生。換句話說，兩人共同犯罪的可能性也介於灰色地帶。」

「到這裡，是不是檢討完所有人的嫌疑了？」

彷彿就在等中谷田這句話，國待在這時開口了。

「我想請教一件事——」

「什麼事？」

言耶回應。

「我們家和生的死，也是殺害市糸郎的犯人下手的嗎？」

「是的，我是這麼認為的。」

「為什麼是和生……」

「為了滅口。原本殺死市糸郎後，這件事應該就要結束了。之所以會演變成連續殺人事件，可能是犯人不想讓和生說出什麼對自己不利的事。」

「……原來如此。」

國待有氣無力地回答，接著突然兩眼圓睜，目不轉睛地注視著言耶。

「既然如此，犯人到底是誰？」

「接下來，我會分別探討每個嫌犯行凶的可能性。」

「……我知道了。」

國待的語氣再度失去氣勢，但唯有眼神依舊保有凌厲。

「作為凶器的錐子塗抹了大傘茸的毒液，可以知道犯人是有計畫地要殺害市糸郎。」

「這點應該沒錯。」

得到中谷田的順水推舟，言耶便接著說：

「從這個角度思考，或許不能因為行凶的時候三市郎先生人在綱巳山上，就認為他不是犯人。」

「理由是什麼？」

「因為三市郎先生應該能預料到，從綱巳山走到馬落前一定會留下清晰的腳印。當天傍晚的大雨純屬巧合。雖然廣播的天氣預報有提到可能會下雨，但誰也不敢保證一定會下雨。倘若三市郎先生是計畫殺人，應該不會從綱巳山前往案發現場。」

「假如他說去綱巳山的證詞根本就是一派胡言呢？」

「案發當天傍晚，村子裡確實有人看到他前往綱巳山——警部在集會所時曾告訴過我。」

「我說過嗎？」

不得不讓中谷田扮演裝傻的角色，言耶感到萬分抱歉，但這就是警部的期望，所以也不能怪他。

「其次是瑞子女士，案發當天的四點左右，尼耳家的佣人在走廊上看到她，五點的時候又有佣人看到她出現在廚房裡。尼耳家到淨穢瀑布來回大約要花一個小時左右。也就是說，時間雖然緊迫，但不是沒有犯案的可能——」

「這時間沒什麼餘裕啊。」

「這是指從尼耳家出發，經過河皎家前面，再通過三頭門的往返時間。但是件淙先生守在三頭門前，因此瑞子女士必須改從連結三頭門附近一帶和奧武原的那條羊腸小徑中段區塊穿過灌木與草叢，進入有夜雀出沒的那條路。如此一來，肯定得花上更多的時間。而且如果取道河皎家後面再加上要穿過灌木與草叢，衣服應該會弄得很髒。但她並沒有時間換衣服。」

「也就是幾乎無法犯案嗎。」

「另外，如果市糸郎用玩具槍射傷瑞子女士的右眼周圍，我想地點應該是在淨穢瀑布。」

「那裡不正是命案現場嗎？」

「可是早在碎石坡道的途中，他就已經嚇得要扔掉喜愛的《少年偵探團》。既然如此，他應該不太可能忍著不開槍、一路撐到淨穢瀑布。」

「所以應該判斷他在更早的時候就開槍了。但這麼一來就不可能打中瑞子女士。」

言耶點點頭。

「相較於衣服沒有異樣的瑞子女士，狛子女士去的時候並無異狀，回程時卻弄髒了腳。」

「確實很可疑。」

「我也這麼認為，不過實際走一趟奥武原就明白了。因為通往那片埋葬地的小徑長滿鬱鬱蒼蒼的雜草，光是走在那條路上，就會把腳弄得髒兮兮的。另一方面，倘若狛子女士從奥武原走到淨穢瀑布，不光是腳，也應該會弄髒衣服。」

「所以對瑞子女士的判斷也可以套用在狛子女士身上嗎？」

「是的。再來是太市先生與縫衣子女士，只能說依舊處於灰色地帶。如果他們是共犯，要聯手殺死市糸郎就有充分的可能性。只要取道瑞子女士走的那條路，就能在不被件淙先生發現的情況下前往淨穢瀑布。就算衣服弄髒好了，也能在河皎家換衣服。而且還能為彼此製造不在場證明。」

「說是灰色地帶，根本是嫌疑最大的兩個人嘛。」

「可是，我實在不覺得他們有足夠的動機殺害市糸郎。就算市糸郎繼承尼耳家，對他們也沒有實質上的威脅。雖然這兩位總讓我覺得有一股說不上來的可疑，但也不能因此就認定他們是犯人。」

「沒有動機的話，一切都甭提了。」

「最後的嫌疑人就是井津子。」

在這個時刻，井津子第一次流露出不安的神情。要是抱著好玩的心情繼續陪大家玩死刑遊戲，可能會真的被送上斷頭台……或許她終於領悟到，可能會有不合理地被冠上罪名的危險性。

「可、可是……」

福太語氣倉皇地提出反對意見。

「犯人是利用以前祇作先生丟在村裡的角目面具來犯案吧。可是那個時候的她還是個小女孩，被尼耳家收養後應該也沒機會拿到那個面具。也就是說，她不可能是犯人。」

井津子的表情稍微沒那麼灰敗，凝視福太的雙眼微微泛紅。

「可是學長，井津子的手很靈巧，擁有優異的天分，還接下過去李千子小姐幫三市郎先生修理收藏品的任務。像角目面具這樣的東西，應該不費吹灰之力就能做出來吧。」

「這、這個嘛……」

見福太有口難言地閉上嘴，井津子也流露出泫然欲泣的憂傷。

「不過……」

言耶吶吶地起頭，中谷田就幫他接了下去。

「我和老師在集會所討論的結果就到這裡——如何，還能繼續嗎？」

也不知道言耶有沒有把警部的話給聽進去，只見他一臉怔忡地說：

「就算能先通過三頭門，但是在件淙先生守在三頭門前的情況下，井津子有必要在淨穢瀑布殺害市糸郎嗎……另尋其他機會不是更好嗎……」

「就、就是說啊。」

福太連忙表示贊同，但言耶似乎也沒聽見他的聲援。

「任憑我想破頭，也想不出她有什麼理由必須刻意選在忌名儀式進行時對市糸郎動手……」

在一段自言自語後，言耶就這樣陷入了沉思。

「為了宣洩自己無法參加儀式的不甘心，決定在儀式的過程中動手——這個推理如何？」

中谷田提出自己的看法，言耶這才有了反應。

「……有這個可能嗎？」

「喂，等一下啦。」

福太再次出聲反對。

「話說回來，我認為要在井津子身上尋求殺人動機實在太牽強了。」

而言耶又主動推翻了自己的意見。

「哦，這話怎麼說？」

「因為我在她身上感受不到這麼瘋狂的執念。當然也可能潛藏在她的內心深處，但是如果要坐實她的嫌疑，即使是間接證據也沒關係，必須從客觀的角度說明她已經被逼到那種精神狀態才行。」

「原來如此。」

「還有，既然她的手那麼巧，如果要製作角目面具，應該不會讓角脫落才對。」

「也就是說，她也不是犯人。」

聽見中谷田附和，福太如釋重負地呼出一口氣。井津子自己也貌似略微放下了心中的大石。

「犯人執著於忌名儀式這點應該沒錯。正因為如此，才會在儀式進行的過程中動手殺人。」

「因為犯人對忌名儀式有狂熱的信仰嗎？」

「——我無法不這麼認為。」

言耶逐一審視每個尼耳家成員的表情。

「從這個狂熱信仰的角度來看，原本有嫌疑的人突然全都洗白了。」

「怎麼說？」

「符合這個條件的人，其實也就只有件淙先生一個——」

「但是他完全沒有動機。」

「也就是說——」

言耶輪流打量在場的所有人。

「犯人是尼耳家以外的人，而且是執著於忌名儀式的人物。」

所有人的視線不約而同地集中在銀鏡國待的身上。蟲經村目前只剩下尼耳家和銀鏡家還把忌名儀式當成一件重要大事來操辦。既然前者已經沒有嫌疑了，那麼嫌疑自然而然地就落到了後者的頭上。

「各位的反應實屬人之常情，但國待先生並不是犯人。」

孰料言耶斬釘截鐵地否定了這個可能性。

「因為國待先生跟件淙先生一樣，不存在動機。而且就算要滅口，怎麼想也不可能殺害自己的親孫子。」

「那是當然。」

國待以平靜但滿含怒氣的語調冷冷地回應。

看樣子，所有對他投以懷疑眼光的人都一時忘記了和生遇害的事。聽完言耶的說明，所有人都羞愧地把目光從國待身上移開。

「可是老師，這麼一來不就沒有嫌犯了嗎？」

中谷田難得流露出有些急躁的反應，然而言耶始終老神在在。

「既然如此，只要把有嫌疑的範圍再拉大一點就行了。」

「整個村子嗎？」

「不只，連村外都是。」

「你說什麼？所以你到底想到誰了？」

言耶的視線像是在凝視遠方。

「七七夜村的鍛治本先生。」

現場突然一片死寂。每個人臉上幾乎都浮現出「這傢伙到底在說什麼呀」的困惑。

為了釋疑，言耶先講述了他從阿武隈川烏口中聽來的故事。

「因為忌名儀式失去全家人的鍛治本先生，應該沒有人比他更有可能被儀式附身吧。」

「可是那已經是戰前的事了。」

中谷田好不容易插進這句話。

「難道事到如今，他還會關心其他地方的忌名儀式嗎？」

「假如全家死絕後，鍛治本先生一直在暗中觀察這個地方持續進行的忌名儀式呢？」

「……怎麼可能。」

中谷田的反應或許也是在場所有人的意見。

「為了什麼?」

「大概是為了告慰家人的在天之靈吧。」

「你的推理未免也太天馬行空了。」

「可是鍛治本先生孑然一身後，有人看到他一身朝聖者打扮，在四國八十八箇所靈場或西國三十三所觀音靈場巡禮。說到巡禮時的打扮，正是一身白裝束。」

啊……的輕聲驚呼此起彼落地響起。

「你是說那個白色人影就是鍛治本嗎?」

「從這個角度來思考，一切就說得通了。」

「嗯哼。」

「他走訪各個村子的忌名儀式，原本只是為了告慰家人的在天之靈。但如果對儀式介入太深……如果在多次侵入別人的儀式時，開始產生意料之外的業障……導致他自己的忌名壓過本人、冒出頭來的話……」

「你是指鍛治本存在可怕的精神兩面性嗎?」

或許有些難以接受，現在的中谷田一臉苦相。

「相較於案發後還是有人持續看到角目，另一方面卻再也沒有人目擊到白色人影了。」

「這倒是沒錯。」

「從這個事實或許可以做出前者是村民集體妄想下的產物、後者卻是實際存在的解釋。」

「嗯嗯。」

中谷田沉吟了半晌。

「可是啊，那傢伙究竟是怎麼得知家家戶戶要舉行忌名儀式的內情的？親自前往各地打聽固然是最簡單的方法，如果是那樣的話，應該會掀起流言蜚語才對。蟲經村當然也不例外，可是從來就沒有聽過那方面的傳聞喔。」

「鍛治本先生以前在生名鳴地方的核心地區、也就是下斗米町的公所上班。想必很容易就能掌握各村子世家小孩的年齡。」

「……原來如此。」

姑且先接受這套說詞的中谷田接著說：

「和各村子的忌名儀式相關的動機我是可以理解，但是再怎麼說，也不至於對舉行忌名儀式的人萌生殺意吧……」

「警部也參加了被害人的出殯儀式，所以會感到不解也是理所當然的反應。」

「咦……」

不光是警部一臉驚訝，幾乎所有人都是同樣的反應。

「戴著忌中笠、穿著白裝束的人恐怕就是鍛治本先生。」

「親自出席死於自己手下之人的出殯儀式嗎？」

「從綱巳山或許能看到市糸郎進行儀式，告訴和生這件事的人肯定也是鍛治本先生。」

「為什麼？基於好心嗎？」

「那個是原本的鍛治本先生，但襲擊市糸郎的卻是他的忌名。這一切都是因為他對其他地方的忌名儀式介入太深了……」

「嗯哼。」

中谷田再次陷入沉思。

「不過……」

言耶又再次喃喃自語。

「啊？怎麼了？」

「三市郎先生在綱巳山，目擊到疑似鍛治本先生的白色人影出現在馬落前一帶、那個曾經是鴉谷的地方，之後和生也在同一個地點看到角目。」

「對耶。」

「這個狀況是不是能解釋為鍛治本先生發現有人從三頭門走向馬落前，所以就躲進那個過去是鴉谷的地方。即使心想一定是市糸郎，鍛治本先生依然忍不住探出身子、想看清楚對方是誰。

結果就被三市郎先生給看見了。接著換三市郎先生發現有人正要爬上綱巳山，情急之下躲了起來。和生在這個時候來了，就看到出現在馬落前的角目——可以推測大概是以上的順序。」

「也就是說，鍛治本並不是角目？」

「當然也可以解釋成鍛治本先生確實就是角目，三市郎先生看到的是他在過去的鴉谷一帶的身影。和生看到的則是從谷底爬上來的他。問題是前者看到的人影出現在馬落前相當於淨穢瀑布那一側的角落，後者是在矮桌石和馬落前的北側靠中間的地方目擊到角目。這麼一來，等於和生是在鍛治本先生爬上馬落前又回頭的時候看到他。當時他還沒有殺害市糸郎，所以這個舉動不是很奇怪嗎？更何況塗在凶器錐子上的毒液是蟲經村才有的大傘茸。聽說要從大傘茸萃取毒液的方法非常複雜，對出身七七夜村的鍛治本先生來說應該相當困難吧。還有，要從他的精神兩面性歸咎到他有動機也實在太牽強了……總之經過總體檢視後，鍛治本先生應該不是角目。」

「又繞回原點了……老師，你沒問題吧。」

即使早就知道言耶會這樣顛三倒四地推理，中谷田難免還是開始擔憂了。

「至少這麼一來，就可以解開白色人影與戴著忌中笠、穿白衣的人物之謎。」

「是這樣沒錯啦……」

即使肯定言耶截至目前的推理確實言之成理，警部還是難得表現出不安的反應。

「就連將嫌疑人的範圍擴大到村外也無法鎖定犯人，接下來到底還能怎麼思考……」

相較於中谷田的不安，刀城言耶早已完全進入了沉思的狀態。為了不打擾他，大家都不敢吭聲。導致現場的緊張感拉高到無以復加的地步。

過了好一會兒——

「看樣子，我們忽略了一個非常重要的事實。」

「是什麼？」

言耶也不回答中谷田的問題，逕自低語：

「太市先生的血型是AB型。」

「……沒錯。」

野田掏出記事本看了一眼，出聲附和。

「縫衣子女士則是A型。」

「嗯，沒錯。」

野田回答完，突然大喊一聲。

「原來如此！我怎麼會沒發現呢……」

「喂，怎麼了。」

「警部，我應該更早發現的，真是太沒面子了。」

野田深深地低頭致歉，中谷田見狀，大驚失色地問言耶：

「快點說明啊。」

「市糸郎與井津子都是O型。」

野田「嗯、嗯」地點頭如搗蒜。

「AB型的太市先生與A型的縫衣子女士，不可能生出O型的子女。」

「也就是說……」

「市糸郎和井津子並非太市先生的小孩，與尼耳家也沒有血緣關係。」

「兩位醫師，是這樣嗎？」

中谷田為求慎重起見，便詢問馬喰村的權藤醫師與蟲經村的坂堂醫師。

「嗯，他說的沒錯。」

權藤不假思索地回答。緊跟在他之後，坂堂也無言頷首。

「……這不可能。」

聽到這個事實，最受打擊的還是太市本人。呆若木雞的他只擠出這句話，然後一瞬也不瞬地直盯著縫衣子。但後者只是低著頭，一點反應都沒有。

「眼下就算追究孩子的父親到底是誰也毫無意義，所以我就先跳過這個問題了。」

話雖如此，言耶的腦海裡卻浮現出李千子說她在靈魂出竅時，曾看到國待與縫衣子在尼耳家後院密會的光景。

銀鏡國待才是那兩個孩子的父親嗎……

此時此刻不宜戳破這件事，所以他也盡量控制自己的視線，不要望向國待。

「這麼一來——」

言耶發現中谷田的雙眸頓時變得犀利，趕忙說道：

「沒錯，這麼一來，件淙先生就有動機了。」

除了太市以外，尼耳家的所有人都一齊望向件淙。可是件淙本人還是一副魂不附體的樣子。

「收養市糸郎是為了讓他繼承尼耳家，沒想到彼此之間居然沒有血緣關係，但事到如今也不能再趕他出去。如果以這種理由趕他出去，萬一走漏風聲，無疑會成為村子的笑柄。尼耳家的顏面可是比什麼都重要，因此就想利用市糸郎舉行忌名儀式的時候除掉他。村子裡大概還殘留著在儀式的過程中，就算發生離奇死亡也不足為奇的想法。最理想的方法是讓他看起來像死於意外，例如失足墜落馬落前的鴉谷或淨穢瀑布底下的深潭。可是如果在馬落前下手，可能會有人從綱巳山上看到。話雖如此，又擔心淨穢瀑布底下的深潭淹不死市糸郎這個游泳健將。還有就算把他推落鴉谷，也不能保證一定能致他於死地。於是件淙先生決定親自動手，而且還不是尋常的殺人手法，而是採取刺穿右眼的方法，盡可能讓市糸郎的死看上去像是忌名的業障導致。他倒不是想藉此騙過警察，但也足以讓搜查陷入空前的混亂。件淙先生下定決心後，就在錐子塗上大傘茸的毒液，這當然也是為了萬無一失。」

「之前跟老師討論案情的時候，也討論過分析現場的狀況時，守在三頭門的尼耳件淙先生是最可能犯案的人物。」

「可是當時卡在件淙先生完全沒有動機。」

「他或許也認為這是最好的障眼法。」

「現在也可以理解為什麼會在三頭門附近發現當成凶器的錐子了。件淙先生事前恐怕沒有想好要怎麼處理凶器。可能是犯案後，在返回尼耳家的途中才後知後覺地想到這件事。於是情急之下就藏進眼前的草叢裡。」

「雖然是預謀犯案，卻沒有考慮到滴水不漏的地步。不過現實中的犯罪差不多都是這麼一回事。」

「件淙先生也擔心可能會被人撞見，所以決定利用以前撿到後藏好的角目面具。之所以留著那個面具，大概是對銀鏡家充滿了複雜的情緒。可是隨著歲月流逝，面具的角就脫落了。」

「結果被和生看到了。」

「和生打算告訴我自己又想起跟角目有關的事。這件事只有兩個人知道。」

「其中一個是李千子小姐，她在拜訪完銀鏡家的回程中，看到正要前往綱巳山、疑似小孩的背影。」

「另一個就是件淙先生，他在青雨山下的無常小屋前與李千子小姐分開。在那之前，他只怕已經注意到前往綱巳山的和生了。所以他從收在小屋裡的工具中找出木工用的錐子。吉松先生告訴過我，那裡存放著村民們共用的農機具和木工道具。」

「可是和生去綱巳山做什麼……」

「或許是有什麼事需要在第二天下午和我見面前先確認一下——又或者是件淙先生在銀鏡家的時候曾經找機會偷偷約他出去——」

「不，我想應該沒有。」

李千子的態度誠惶誠恐，但仍義正辭嚴地推翻言耶的假設。

「說的也是。單從李千子小姐的描述聽下來，件淙先生絕對沒辦法趁妳不注意的時候，跟和生說上話。」

「……是的。」

「這麼一來……」

言耶若有所思地喃喃自語時，中谷田便露出嫌棄的表情。

「喂，你又怎麼了。」

言耶沒搭理他，自顧自地轉向太市詢問。

「您對市糸郎和井津子的身世一無所知，對吧？」

太市本人置若罔聞，對言耶說的話一點反應也沒有。

「您還好嗎？太市先生。」

野田刑警出聲叫喚，試圖喚起對方的注意，接著又重複一次言耶的問題。

「……嗯，對。」

太市的口吻雖然有氣無力，但仍清楚明白地回答。

「就連本人也不知道的事實，件淙先生究竟是在何時、又是怎麼知道的？」

這時，件淙仍是心不在焉的樣子，野田只好再問他一次。

「……那種事我怎麼會知道。」

不過件淙只是沒好氣地回嘴。

「像這種情況，光憑本人的片面之詞，實在很難判斷——」

「這是老師本次推理最大的難關嗎？」

「是的。還有，以殺人動機來說，實在有點薄弱。」

「喂。」

中谷田發出無法苟同的吶喊。

「尤其是必須在進行忌名儀式的時候殺害市糸郎——這個動機特別薄弱。」

「等等，這是老師自己推理出來的結果吧。」

「是沒錯，但如果推理有錯誤，就應該老實承認。」

「話是沒錯，可是啊……」

警部整個人都傻住了，同時整張臉上滿是困惑。

「你已經檢討過嫌疑最大的尼耳家一家人，還把範圍擴大到村民，接著就連村外的人都被你當成嫌犯，最後又回到尼耳家——從以上整個推理過程來思考，已經沒有人有機會成為犯人了。」

中谷田發了一頓牢騷，但言耶彷彿一個字也沒有聽進去，全神貫注地思考。

「案發當天傍晚，件淙先生在三頭門前、井津子在三頭門到馬落前之間、三市郎跟和生則是在看得到馬落前的綱巳山上、狛子女士在靠近淨穢瀑布的奧武原，然後七七夜村的鍛治本先生在三頭門到淨穢瀑布間的某個地方。」

「嗯，沒錯。」

中谷田不置可否地附和。

「明明有這麼多人分布在整個動線上，三頭門到淨穢瀑布的這段空間還是發生了命案，簡直可以說是一種巨大的密室。」

「嗯……雖然是漏洞百出的密室……」

「那麼，我換個方式敘述好了。我怎麼也想不明白，在這麼多耳目的情況下，犯人究竟是什麼時候、從哪裡出沒的」

「說的也是。」

「不覺得非常古怪嗎？」

「你想說什麼？」

中谷田反問的語氣滿是狐疑，言耶回答：

「犯人要怎麼在不被任何人看見的情況下進出那個空間？我認為只要能解開這個謎團，案件或許就能水落石出了。」

「這一點你釐清了嗎？」

「是的。」

「那你說說，犯人到底是從哪裡進出的？」

和興奮的警部互為對照，言耶用極為冷靜的態度說道：

「犯人完全沒有進出。」

「你說什麼？」

「因為犯人早在行兇前就已經位在**那個空間**裡，犯案之後也**沒有離開**。」

「……這、這句話是什麼意思？」

「殺害市糸郎的真兇，就是因為案發三天前來襲的颱風造成地面鬆動、從被土石流掩埋的分家藏裡逃出來的角目，也就是銀鏡祇作先生。」

言耶的這句話給在場的所有人都帶來巨大的衝擊，無一例外。就連失魂落魄的件淙跟太市都展露了激烈的反應。

「這、這太誇張了……」

中谷田顯然也對此難以置信，差點就忍不住就要口出惡言。

「話說那個分家藏被埋了多久，老師不知道嗎？」

「八年之久。」

言耶馬上回答。

「這麼匪夷所思的事，再怎麼樣也不可能發生吧。」

雖然警部勃然大怒，但是言耶還是老神在在的樣子。

「主要活躍於天明時代（一七八一～八九年）的狂歌㉙師、同時也是御家人㉚的大田南畝著有一套名為《半日閑話》的隨筆集。其中的第十五卷《信州淺間嶽下奇談》裡記載了這樣的故事。」

言耶雲淡風輕地開始說起該作品中的故事。

「這是他在文化十二年（一八一五）的九月聽到的故事。有戶住在信州淺間嶽的農家打算挖井，但是再怎麼挖，也挖不到迫切需要的水源，反而挖出了兩、三片瓦片。心想地下怎麼會埋了

㉙以五、七、五、七、七的音節構成的短歌。題材以日常生活為主，多用俗語、諷刺、詼諧等表現。大田南畝作為幕臣，亦擁有極高的文學造詣，其中以狂歌最為出名，被譽為「狂歌三大家」之一。

㉚江戶時代直屬於將軍的武士中，俸祿未滿一萬石、無法謁見將軍的武家。

瓦片，就繼續往下挖，居然挖出了整片屋頂。打破屋頂一看，底下好像是房屋的內部，不過裡頭一片漆黑，什麼也看不見。但是，總覺得好像有人在裡面的氣息。用火把照亮內部後就大吃一驚，因為裡面竟然有兩個五、六十歲左右的男人。經詢問，得知兩人有一段令人難以置信的經歷。原來是過去淺間山火山爆發時，有六個人躲進了倉庫裡，後來因為山崩，倉庫慘遭掩埋。其中四人試圖往旁邊挖洞逃生，終究功敗垂成，含恨以終。最後就剩下他們兩個人，靠著倉庫裡的三千袋米和三千桶酒苟延殘喘地活到今天。當時距離兩人口中的淺間山爆發，已經過了三十三年——以上是大田南畝的記述。」

或許是所有人都渾然忘我地聽言耶說故事，所以當他閉上嘴巴後，屋子裡安靜得令人頭皮發麻。

「所以呢——」

福太或許也覺得此時提出這種不合時宜的問題很丟人，以含蓄的聲音問道：

「倉庫裡的那兩個人後來怎樣了？」

「農家的人向代官所報告此事，要兩人離開倉庫，但是因為一直生活在黑暗中，突然出去可能會死掉。只好讓他們慢慢習慣外面的世界。」

房間裡瀰漫著一股如釋重負的安全感，真不可思議。但那也只是須臾之間。

「因為有三十三年的前例，八年不過就是四分之一，所以可能性更大嗎？」

中谷田言歸正傳，言耶不假思索地接著回應。

「據說分家藏裡儲存了大量的儲備糧食和香菇酒，香菇酒是以大傘茸釀造的，所以要萃取出塗在凶器錐子上的毒也是有可能的。」

「嗯嗯。」

「警部說過，把搜索馬落前的土石流遺跡放在最後是因為危險。換句話說，如果沒有在靠近三頭門的草叢裡發現凶器，無論再怎麼危險，應該也會調查土石流遺跡那裡。」

「這就是他把凶器扔在那片草叢裡的原因嗎？」

「倘若搜索曾為鴉谷的那處土石流遺跡，應該就會發現埋在地底的分家藏一部分——我想應該也是屋頂吧——上頭有可以讓人進出的洞。在淨穢瀑布發現被害人的遺體後，警察肯定會對周邊環境進行調查。話雖如此，危險的地方還是會自然而然地留到最後。祇作先生想必認為，只要找到沒留在案發現場的凶器，搜索的行動就會慢下來。」

「屋頂會破洞是因為那場集中型豪雨嗎？」

「可能是祇作先生先發現屋頂破了一個洞，再用木工用具鑿開。聽說分家藏被土石流吞噬前，他都會在裡面做木工。」

「所以角目面具是犯人自己做的真貨……」

「畢竟是八年前的作品，角會脫落也誠屬自然。」

「可、可是啊——」

中谷田急不可待地問：

「好不容易逃離被掩埋的倉庫，有什麼必要殺死市糸郎？他只是剛好出現在那裡吧。動機是什麼？」

「……因為**有人在呼喚他**。」

言耶的回答令所有人一頭霧水，無不以「你在說什麼呀」的表情盯著他看。

「我們必須仔細地回想，祇作先生連同整個分家藏被土石流吞噬，流到鴉谷原本的所在位置後，被迫在地下生活了八年，在這之前究竟發生過什麼事。」

「那個時候，李千子小姐正在進行忌名儀式，對吧？」

言耶點點頭，回應警部的確認。

「正確來說，她剛把神符放流到淨穢瀑布裡，踏上歸途。換言之，儀式已經結束了——」

「分得這麼細啊，然後呢？」

「李千子小姐經過馬落前時，發現綱巳山出現了異狀。同時看到祇作先生在分家藏二樓窗邊的背影，所以李千子小姐出聲示警，通知他快逃跑。聽到她的叫喊聲，祇作先生因此回頭——與此同時，山崩發生了。分家藏被土石流吞噬，流到鴉谷原本的所在地。也就是說，他是因為**聽到有人呼喚而回頭**才遭逢災厄……此情此景，就算讓祇作先生產生這樣的聯想也不奇怪。」

「這也太瘋狂了……」

「祇作先生拿著錐子在村中徘徊時，絕對不能喊他的名字……村民如此奔相走告，因為那樣做會招來危險。」

「或許是吧……」

「祇作先生在分家藏的二樓窗邊，聽到有人呼喚他而回頭時，看到的最後一幕是一身白裝束的李千子小姐。接著在八年後，九死一生地爬出分家藏的祇作先生，眼前又出現了同樣身穿白裝束的市糸郎。市糸郎跟妹妹一樣眉清目秀，就像個精緻又可愛的娃娃。而祇作先生打從把自己關在分家藏裡閉門不出的時候，就已經患上精神方面的問題，並不難想像長達八年的地底生活或許讓他變得更加異常了。於是當他看到白裝束打扮的市糸郎，便因此把對方誤認為八年前的李千子小姐也是很有可能的事。」

「……因為有人呼喚他，所以就殺了對方。」

言耶露出極為凝重的表情。

「我曾經在強羅地方的犢幽村遇上了怪談連續殺人事件。當我察覺藏在命案背後的動機時，只能說是犯罪史上少之又少的瘋狂動機……讓我相當震撼。而這次的事件，或許也是同一種模式。」

「……因為有人呼喚他，所以就殺了對方。」

中谷田持續地重複著同一句話，然後突然如夢初醒。

「和生的事件又怎麼說？待在地底倉庫裡的他是要怎麼叫出銀鏡家的和生？」

「李千子小姐感受到的陰森視線，或許就是利用半夜偷偷溜回銀鏡家的祇作先生。」

「怎麼可能……」

「銀鏡家的人是否留意到這件事、祇作先生是否與和生打過照面、和生是否察覺出角目的真實身分，目前完全都是個謎。但祇作先生認為和生的目擊證詞是一大威脅，而且還偷聽到這個姪子告訴李千子小姐，自稱有關於角目的新發現。於是就把和生帶到綱巳山，然後從山上推下去，所以才會在裂縫裡發現和生的遺體。我猜他的計畫是要讓大家以為下落不明的和生是被神隱了，而不是被殺害的。」

「太愚蠢了。」

至今未置一詞、始終保持沉默的國待面紅耳赤地開口。

「我已經說過好幾次了，分家藏被土石流掩埋之前，祇作就已經不住在那裡了。當時的警察署長也同意我的說法，為何事到如今——」

「銀鏡先生，這件事我們換個地方再聊。」

中谷田打斷他後，便命野田與島田兩位刑警請出青年團協助、前去搜索馬落前的土石流遺跡。另外又向瑞子借了一個房間，帶著國待到那裡去，於是這次的集會就這麼原地解散了。

「你在做什麼啊？」

言耶還想著不知道該去哪一邊，而警部理所當然地要他同行。

另一個小房間裡，中谷田開始向銀鏡國待問案，但後者只是一再重複剛才說過的話，簡直就是雞同鴨講。尤其是「當時的警察署長也同意我的說法」這句話，讓警部也不知該如何是好。

唯有時間頭也不回地流逝，拖到島田都回來了，案情才一口氣有了新的發展。

「找、找到了！在土石流遺跡底下有個大洞，看起來是屋頂的一部分。洞裡面一片漆黑，什麼也看不見。但是據村子裡的人所說，可能是倉庫……」

「這樣啊，還真的找到了。」

相較於喜出望外的中谷田，島田這時卻一臉為難的表情。

「只是裡頭充滿了大量的泥沙，要進去搜索也相當困難。而且根據村民的判斷，屋頂的其他部分也處於隨時都可能再崩塌的狀態，所以實在沒有辦法進到裡面……」

「既然如此，祇作不太可能再回來了。先調查銀鏡家和村子裡，如果還找不到的話，再上山進行地毯式的搜查。」

中谷田火速地做出判斷。

「銀鏡先生，即便如此，您還是不承認嗎？」

「只是找到倉庫而已，又不能代表什麼。」

國待依然矢口否認。

在銀鏡家和村子裡搜尋祇作的行動一直持續到太陽完全隱沒在地平線底下，只可惜不管是哪裡都找不到他。

中谷田在集會所擬訂明天的搜山計畫，同時也決定一併尋找七七夜村的鍛治本的下落。言耶兩邊都想參加，但是被警部不留情面的「到此為止」給打住了。

「非常感謝老師的大力協助，接下來就交給警方。請您跟發條母子和李千子小姐一起回東京吧。」

儘管還耿耿於懷，但警部說的沒錯，言耶就算留下了也幫不上任何忙。

看樣子，件淙對李千子的婚事已經完全失去了興趣。與其說是不再反對，不如說是置之不理，隨便他們愛怎麼樣就怎麼樣。因此尼耳家的繼承人問題依舊懸而未決。

但瑞子卻說：

「妳不用擔心。我們會照顧自己，妳在那邊也要過得幸福。」

說完便送李千子離家。不只是她，狛子和三市郎、井津子想必也懷抱著同樣的心願。至於太市是怎麼想的，就沒有人知道了。

在尼耳家眾人的目送下，發條香月子與福太、李千子、刀城言耶踏上了返回東京的歸途。

在分家藏挖出整體的約十分之一時，因為生名鳴地方下起了集中型豪雨，於是決定中止所有的挖掘作業。警方認為祇作還在裡面——或是遺體還在裡面——的可能性非常低。即使還需要檢查倉庫裡是否有他生存過的痕跡，但是考慮到危險性，還是做出了停止作業的判斷。

井津子告訴他們，銀鏡國待依舊完全否認一切的指控，然而在村子裡也盛傳兩個傳聞。

逃離分家藏的祇作原本是藏匿在銀鏡家，但是因為對和生下毒手的關係，所以被銀鏡家偷偷地處理掉了。

而祇作因此死不瞑目，化為角目妖怪，每到黃昏時分，就在村子裡徘徊、攻擊小孩，所以千萬不能一直在逗留在外頭……以上便是傳聞的內容。

終章

蟲經村的祕密

虫 経 村 の 秘 密

隔年的春天，發條福太與尼耳李千子結為連理。之所以拖到這個時候才結婚，當然是為了等命案的熱度消退。出席婚禮的尼耳家人有瑞子、太市和狛子、三市郎和井津子，沒有看到件淙和其他親戚的身影。

刀城言耶和祖父江偲也獲邀出席。但是祖父江偲由始至終都在重複著同樣幾句話：「好好噢，好美啊，真的好羨慕妳呀。」一旁的刀城言耶都快看不下去了。

銀鏡祇作至今仍下落不明。銀鏡家上自家族成員、下至佣人都被警方給問了個遍，但是對於祇作的去向，所有人都異口同聲地表示「不知道」或是「沒看見」。警方雖然懷疑他們串供，但也無從證明。

結果只剩下國待是否瞞著家人和佣人、獨自藏匿祇作的可能性。至於是否真有可能，就連警方內部的意見也很分歧，最後形成只要有佣人願意幫忙，哪怕是只有一個人，要藏起祇作其實也沒那麼困難的結論。奈何國待從頭否認到尾，始終沒有承認過任何一項指控。

後來大概是不得不屈服於銀鏡家在政治圈的勢力，警方停止了分家藏的挖掘行動，也沒對國待追究到底。

最後聽說是以「嫌犯下落不明」的結論為本案畫下了句點。

這些消息是言耶從野田刑警寫給他的信上得知的。寫信的人雖然是野田，不過應該是中谷田警部交代他的。

心中評估著福太和李千子的新婚生活應該趨於平靜後，刀城言耶拜訪了兩人的新居。講的當然都是一些值得慶賀的話題，但畢竟發生過那樣的事件，所以絕口不提反而顯得不自然。

福太和李千子坐在客廳的長沙發上，言耶則坐在他們倆對面的單人座沙發。就在他們聊到一個段落時。

「那邊後來有什麼進展嗎？」

既然福太提起了，言耶便向他們報告野田來信中的內容。

「李千子小姐舉行十四歲的儀式時，在馬落前看到站在分家藏二樓的祇作先生，可見他過去確實住在倉庫裡沒錯。」

「八年後，他從分家藏裡破土而出，再度化身為角目，殺害了市糸郎……不僅如此，還對和生動手了……」

「問題是在那之後，他有沒有回到倉庫。」

「會不會是國待幫助他逃走了？」

「逃走的話，被警方逮捕應該只是時間上的問題。既然如此，還不如讓他回到倉庫裡──」

「難不成……是把他給活埋了？」

李千子在福太身旁倒抽了一口涼氣。自從開始討論案情後，她始終不發一語。直到剛才的開朗就像是騙人似的，現在正惶惶不安地聽著他們討論。

「學長聽過薛丁格的貓嗎？」

「不知道，沒聽過。」

「奧地利的物理學家埃爾溫・薛丁格發表於一九三五年，與量子力學有關的邏輯實驗——」

「喂，我的物理很爛喔。」

「我只說一個重點，那就是把貓放進箱子裡，從外面無法判斷裡頭的貓是死還是活。」

「不能搖晃箱子，讓貓發出叫聲嗎？」

「不行。只能從箱子的外頭觀察。」

「既然如此，除非貓自己發出叫聲，否則在無法移動箱子的前提之下，確實無法判斷呢。」

「分家藏裡面的狀況，不正是薛丁格的貓嗎？」

「是這樣啊。」

福太思索了半晌。

「以前你告訴過我，你並沒有偵破案件，就算看起來確實是那樣，也總是會留下相當多的謎團。現在我終於明白這句話的意思了。」

「因為我不是偵探嘛。」

「可是……」

福太意有所指地點到為止，直勾勾地凝視著言耶。

「你今天特地前來，應該不只是為了參觀新婚家庭長什麼樣子吧？」

「啊，被你發現啦。」

「經過這次的相處，我猜我應該有更了解你一點。」

福太說到這裡，臉上浮現了苦笑，但隨即正色地說：

「你要說的應該是李千子聽了不會難受的話題吧？」

「……不。因為跟蟲經村的祕密有關，可能會讓李千子小姐覺得很難受吧。」

「既然如此——」

「不要緊的。我想跟你一起面對這件事。」

福太正要反對，但或許是看她心意已決，便轉向言耶、無可奈何地點點頭。

「當我回到東京後回顧了整起事件經過，首先引起我注意的就是銀鏡勇仁先生的事情。」

「你是指銀鏡家的遠房親戚、被國待先生收留的那個青年嗎？」

不光是福太，就連李千子都一臉莫名其妙的表情。

「他明明是在尼耳家的守靈夜前一天才去投靠銀鏡家的，但那個青年吉松先生卻告訴我，他的流言早就已經在村子裡廣為流傳了。」

「那種鄉下地方，如果有什麼新來的人，一定會立刻傳得街知巷聞吧。我記得你以前也跟我說過類似的事。」

「沒錯。但如果是這樣的話，我們的流言為什麼沒有流傳開來？」

「……什麼意思？」

「吉松先生跟和生都不認識我。水天住持和瑞穗神主也對學長與李千子小姐充滿了好奇。這足以證明村子裡幾乎沒有什麼人在討論我們。」

「……確實很奇怪。」

「外人待在鄉間村落，無論再怎麼低調都會顯得格格不入，因此通常都會暴露在好奇的視線之下。但我逐漸意識到了，這在蟲經村似乎不是這麼回事。」

「這話怎麼說？」

言耶沒有回答福太的問題，反倒以一種不經意想起的態度說道：

「現在回想起來，神主竟然不知道尼耳家有個掛滿幽靈畫的房間，這一點也很奇怪。」

「有那種房間嗎？」

福太聞言大驚，於是言耶開始說明跟祈雨有關的種種。

「那個村子裡的人為什麼對我們毫無興趣呢？」

「雖然總好過追根究柢的好奇心……」

「和生不知去向的時候，學長和我都想加入搜索，可是被野田刑警給阻止了對吧。」

「那不是警方的主意，而是警部他們看到村民們的反應後才做出的判斷，不是嗎？」

「沒錯。明明對我們漠不關心，另一方面又拒我們於千里之外。我在市糸郎的守靈夜還有出殯儀式上，也頻繁地感受到村民們的這種古怪態度。」

「你不是說過，尼耳家以前執掌祈雨儀式，所以村民們對尼耳家還殘留有畏懼的情緒。」

「這一點確實沒錯。但事實上，就是在避之唯恐不及的同時、卻又很在意尼耳家。儘管如此，村子裡還是沒有流傳跟尼耳家有關的流言蜚語……」

「這真的很奇怪。」

「現在回想起來，村民們完全沒發現太市先生與縫衣子女士的關係，這一點不也很古怪嗎？」

「啊，這麼說倒也是。」

「同樣的問題在尼耳家的親戚這邊也是一樣的。大家都住在遠方、和尼耳家幾乎不相往來。難得回老家一趟，也不跟村民們交流。至少就我看來是這樣的情況。」

「我也有同感。」

「件淙先生找上銀鏡家，提出要為李千子小姐招贅時，國待先生說得非常不留情面，先是『居然跑來我家，你們有沒有常識啊』、後是『我說你啊，是不是瘋了』，我還以為是因為尼耳家正在辦喪事的關係——但就算是這樣好了，這些話也說得太狠了吧。」

「……有道理。」

「而且瑞穗神主、水天住持，甚至就連瑞子女士都說過類似的話。」

「喂，你到底想說什麼……」

福太露出極為不安的表情，而李千子則是無聲無息地偎向他。看著不約而同地十指緊扣的兩人，言耶以輕描淡寫的語氣說道：

「從銀鏡家的圍牆前俯瞰蟲經村時，和從尼耳家附近的十字路口看出去的景觀，感覺上是截然不同的，這也表現出兩家的差異，但為什麼會有這種感覺呢……我感到百思不得其解，不過當時我或許就已經不經意地領悟到蟲經村的祕密了。」

「什、什麼祕密？」

福太忍不住逼問起言耶。

「我不管聽到什麼都不會驚訝的，所以拜託你快點說清楚。」

言耶依然是一副極為冷靜的態度。

「我們前往蟲經村的時候，在蟲經村前的馬喰村公車站下車，然後邊聊天邊往前走。可是學長的母親要我們別光顧著聊天，為了趕在太陽下山前抵達尼耳家，眼下要先專心趕路。於是我們默默地又走了十分鐘左右，這時位於兩村交界的蟲經村道祖神映入眼簾。接著下坡、走到十字路口、再右轉，繼續往下走就是尼耳家了。」

「嗯，那又怎樣？」

「也就是說，從馬喰村的公車站到尼耳家至少要走上二十四分鐘。因為從十字路口到尼耳家約為四分鐘的路程。但是我從尼耳家走到蟲経村的中心地帶時，只花了十分鐘就從十字路口走到村子裡了，所以加起來總共是十四、十五分鐘左右。」

「你、你想說……」

「李千子小姐說，在馬喰村下車會比直接搭到蟲経村再走去尼耳家還更近，但實際上完全相反。」

「咦……」

「儘管如此，她還是要我們提早一站下車，無非是因為不想經過蟲経村的中心區域——」

「為、為什麼？」

「尼耳家位於蟲経村的西端。所以我的理解是——李千子小姐上的是馬喰村的中學，而她的主治醫師是馬喰村的權藤醫師。」

「……不、不是吧。」

「只有一個解釋能說明我剛才提到的所有不對勁的地方。」

「什麼？」

「那就是，尼耳家在蟲經村是處於被村八分的狀態。」

聽不懂你在說什麼……福太臉上露出這樣的表情。然而，當他注意到坐在自己身旁的李千子的臉上血色唰地褪盡時，頓時手足無措至極。

「喂，妳沒事吧？」

然後轉向言耶，氣急敗壞地質問：

「你到底想表達什麼？」

「也就是說，李千子小姐**存在殺害市糸郎的動機**——」

福太瞬間瞪大了雙眼，而李千子死命地抓著他不放。

「少、少鬼扯了……」

福太怒不可遏地罵道。

「市糸郎遇害的時候，李千子的人就在你住的地方，跟我們在一起喔。」

「我本來以為行凶時，三頭門到淨穢瀑布之間就等同於一個巨大的密室。不過始終無從得知犯人到底是從哪裡進出的，所以我的推理是犯人打從一開始就在密室裡，後來也沒有出去。然而，實際上還可以有另一種解釋。」

「什麼啊？」

「犯人完全**不必進出密室**，就能動手犯案——的解釋。」

「你、你知道自己在說什麼嗎！」

「李千子小姐曾說過，件淙先生大可不必用首蟲的故事嚇唬她，直接告訴她淨穢瀑布的岩壁上雕刻著像是神佛的面孔，讓放流神符的人放心不就行了。所以她也是這麼告訴市糸郎的。為了讓他能夠看清楚神佛的臉，就給了他小型的望遠鏡。但她以巧手改造了那個望遠鏡，好讓為了望遠而伸長鏡頭的時候，塗有大傘茸毒液的錐子能夠從裡面射出來，刺中他的右眼。既然她都能把玩具槍改造成可以發射竹籤的武器，要開發這樣的凶器想必易如反掌。」

「在草叢裡找到的那把錐子凶器是……」

「那是在跟我們一起前往尼耳家前，李千子小姐先返鄉了一趟、在那個時候準備的。特地用油紙包住錐子、上面還用石頭壓住，也是為了避免被野生動物移到別處，讓這東西能順利地被警方發現。」

「可、可是錐子上有市糸郎的血跡……」

「那應該是井津子的血吧。她的手也很靈巧，但還是經常不小心弄傷手指。李千子小姐回鄉省親時，看到同父異母的妹妹碰巧受傷，就主動說要為她包紮，想藉此利用她的血液。這種臨機應變的判斷力真的非常驚人。」

「怎麼可能……」

「市糸郎之所以沒掉進淨穢瀑布，正是因為犯人親手製作的特殊凶器是從瀑布的方向射過來的。」

「那角、角目妖怪又怎麼說？」

福太突然氣勢驚人地追問。

「角目是祇作假扮的吧。既然如此，犯人……」

「我只能說——關於祇作先生的一切，完全就是薛丁格的貓。間接證據確實直指他就是犯人，但目前完全無法證明他真的在倉庫裡生活了八年……」

「可、可是……」

「再說了，和生對祇作先生一無所知。同樣的，祇作先生也對他素不相識。換句話說，祇作先生殺死和生，這件事怎麼想都不可能成立。」

「不不不，這太不合理了。和生不是清清楚楚地看見角目嗎？」

「他看到的是市糸郎。」

「……」

「市糸郎經過馬落前時，發現綱巳山上有人。當時他差點就要拿起望遠鏡來看了，可是李千子小姐應該叮嚀過他，說望遠鏡只能用於欣賞淨穢瀑布的神佛時。因為如果在別的地方拿出來用，就無法處理掉兇器了。如果在淨穢瀑布使用，望遠鏡就會掉進瀑布底下的深潭。李千子小姐用老實、乖巧、順從來形容市糸郎。正因為如此，李千子小姐算準這個弟弟一定會乖乖地聽從自己的交代。」

「既然如此，和生看到的是……」

「大概是正要把望遠鏡舉到右眼前方的市糸郎，當下他想起了李千子小姐的吩咐，所以又把望遠鏡放下。看在視力不好的和生眼中，那個情景就像是角從臉上掉下來的角目。」

「……」

「和生的目擊證詞想必令李千子小姐相當地驚慌失措吧。雖說他的視力不好，但是從他後來又想起角脫落的這件事來判斷，天曉得他會在什麼時候又想起了別的事情。即便如此，她也沒有辦法跟和生接觸。正當她走投無路的時候，件淙先生陷入精神錯亂的狀態，於是她便利用了這個良機。」

「也給和生相同的望遠鏡……」

「恐怕是做來備用的吧。李千子小姐私下把望遠鏡交給和生。跟他約好要見面肯定也是李千子小姐的謊言。她只是煽動和生——只要重複跟當時相同的行為，或許就能再想到什麼。如果有新的目擊證詞，就能向偵探哥哥邀功了。所以不妨利用這個望遠鏡，從綱巳山那邊觀察馬落前……」

「太荒唐了……」

即使都聽到這裡了，福太仍然無法接受言耶的推理。

「可是李千子並沒有拒絕讓你同行。我事先告訴過她、說你是塊偵探的料。如果她真的是犯人，豈不是搬磚頭砸自己的腳嗎？」

「我只能說，站在她的立場，倘若學長跟令堂都希望我同行，她也不好持反對意見。還有，請你仔細回想，你對我的形容是會迷失方向的迷偵探，而非名偵探。原本很擔心我會同行的李千子小姐，聽到我是個很容易陷入迷宮的迷偵探後，這才下定決心讓我也一起去。不過以她小心謹慎的個性，為了安全起見，也邀請祖父江一起去。因為她認為祖父江在身邊的話，我會比較容易自亂陣腳。」

「……」

福太一時被堵得無言以對。

「……等等，等一下。」

但是他隨後總算發現了最關鍵的問題。

「你先拆穿蟲經村的祕密，然後又說李千子有動機，這到底意味著什麼？你完全沒有加以說明不是嗎？」

「學長應該也已經隱隱約約地察覺到了吧。」

「……」

「令堂那麼在意世人的眼光，萬一知道尼耳家被處以村八分的事實，肯定是不會答應二位的婚事吧。」

「可是，為什麼？」

福太整個人都搞糊塗了。

「尼耳家究竟有什麼非得被村八分的理由？」

「自古以來，只有某些特定的人才能舉行祈雨儀式。」

「啊……」

「請恕我跳過細節——」

即使是言耶，也不打算在這種場合還長篇大論。

「以前的人認為祈雨儀式具備咒術的要素，唯有某些特定的人才擁有這種能力。因此報酬絕對不低。但也正因為如此，他們之間也有人能一舉躍上上流階級，有時候還能建立起凌駕大名或旗本[31]的財富。這種人在當時並不罕見。」

「即使受到歧視，也有人能富甲一方……」

「沒錯。而且有人會將這類宗教領域的奇人異士稱為『いち』（ichi）。我認為尼耳家的成

㉛大名依時代不同，在細節上有所差異，但進入武士時代後，主要概念為握有一定程度領地和旗下勢力的有力武士。江戶時代，意指直屬於將軍的武士中，俸祿滿一萬石以上、可謁見將軍的武家。在同時代，旗本主要也是直屬將軍的武士，雖俸祿未滿一萬石，但是可謁見將軍。

員之所以有很多人的名字裡都有個『市』字，還有李千子小姐的『李千』也是，想必就是因為這個緣故。㉜」

「怎麼可能……」

福太不禁為之愕然。

「不，不對，這太奇怪了。」

他突然又激動地說道：

「有很多人都去尼耳家弔唁啊。這足以證明尼耳家沒有被村八分。」

「河皎家過去因為引發火災，遭到村八分的命運。可是第二次失火的時候，村民們都幫忙滅火。因為這是基於蟲經村互助合作的機能。無論再怎麼受到排擠，唯有失火或喪葬等需要相互協助的場合，還是一定會伸出援手。」

「太、太、太荒謬了……」

福太嚇得臉色發白。

「李千子小姐很擔心，如果不採取任何對策的話，當學長的母親前往尼耳家時，香月子女士很可能會發現尼耳家被村八分的事實……令堂在守靈宴和出殯回來的野歸膳等場合積極得令我大吃一驚，但李千子小姐想必早已預料到令堂會與村民們交流了。」

「……」

「萬一被香月子女士發現，就會對她跟學長的婚事帶來極大的不安因子。為了消除這些不確定因素，李千子小姐想到了以下的**流程**。」

言耶刻意停頓一拍，才又接著說：

「尼耳家出現死者↓尼耳家辦喪事↓讓村民發揮互助合作的精神↓人們前往尼耳家弔唁↓讓學長的母親看到弔唁的賓客↓守住村八分的祕密↓就能與學長結婚了。」

福太以迅雷不及掩耳的速度從李千子身邊彈開。李千子反射性地想跟上，然而一溜煙地移動到長沙發另一頭的福太卻伸出了右手、一臉「別過來」的表情、拒她於千里之外。

「想當然耳，死者不會從天上掉下來。為此，李千子小姐擬訂了殺人計畫，但她實在不忍心對從小一起生活的家人下毒手。而且為了不讓自己受到懷疑，必須擁有牢不可破的不在場證明。於是她盯上了即將舉行忌名儀式的市糸郎。李千子小姐和他的關係就跟外人沒什麼兩樣，再加上還是利用儀式進行中的遠距離殺人奸計，真的可以說是一石二鳥的策略。她要求學長等到市糸郎完成儀式後再討論婚事，並且將此行安排在剛舉行完忌名儀式的時間點，這一切都在她的計算之內。」

耳朵聽著言耶的推理，但福太的雙眼始終都直勾勾地盯在李千子的身上。一副只要她稍微越雷池一步、自己就會馬上奪門而出的姿態。

㉜「市」和「李千」的日文讀音都可讀成「いち」（ichi）。

「當我在尼耳家做出錯誤的解釋、指認祇作先生是真兇時，曾提到發生在強羅地方的犢幽村怪談連續殺人事件，還說兩者在動機方面的瘋狂程度不相上下。孰料真正的犯人在動機的異常程度上遠遠超出了我的想像。真的可稱之為犯罪史上前所未見、只有腦袋不知出現什麼異常的人才會萌生的動機。這麼驚世駭俗的動機，就連我都是第一次碰到。」

李千子臉上掛著哀戚的表情、一瞬也不瞬地直視福太。從她的反應完全看不出來，她究竟有沒有聽見言耶的話。

對福太而言，這大概是銳利的瞪視，但是看在李千子的眼中，或許是深情的凝望。就在這樣的場面僵持了好一會兒之後。

「老公……」

「別、別過來！」

下一瞬間，李千子的臉色瞬間轉變，表情從她的臉上消失得無影無蹤。絲毫沒有流露出任何情緒的面容，讓人感受到前所未有的恐懼與厭惡。若是她大發雷霆的話，反而還比較不那麼駭人。

「老師……」

李千子冷不防開口，以過去從未聽聞的音調說道：

「您的推理很完美，只可惜最關鍵的地方錯了。」

開了她與福太的新居。

「……什、什麼?」

言耶提心吊膽地詢問後，李千子留下了令人從頭頂寒涼到腳底的答案，然後就這麼靜靜地離開了她與福太的新居。

刀城言耶立刻向中谷田警部報告這一切。

李千子遭到了通緝，但沒有人知道她的下落。只有好幾個鄰居目擊到她以厲鬼般的神情離開了新居所在的住宅區。但不知為何，問到她往哪個方向走時，每個人的答案都不一樣。至於為何會出現這種莫名其妙的歧異，至今仍是未解之謎。

結果只能以「嫌犯下落不明」為事件畫下了句點，這點就跟先前判定銀鏡祇作是犯人的時候一樣。

在蟲經村引起軒然大波後，尼耳家受到了相當嚴厲的批判。不過，尼耳家本來就是村八分的對象，所以即使說是根本沒什麼改變也不為過。至少，尼耳家的人或許完全沒有感受到任何的變化。

發條家則提出訴請福太婚姻無效的訴訟，獲准離婚。

井津子在高中畢業後來到了東京，進入元和玩具工作。她在迎接二十二歲的生日時與福太結婚了。當時剛好也是法律上宣告李千子死亡的時候。想當然耳，福太與井津子等的就是這一刻。

兩人在福太後來獨居的家裡展開新婚生活。可惜沒過多久就落得必須搬遷的窘境。

某一天的黃昏時分，井津子說她看到李千子的臉就貼在二樓寢室的窗戶玻璃上。井津子立刻報警，警方也在附近展開了搜索，但始終沒發現李千子的蹤影。福太認為這大概是井津子的幻覺，不過因為井津子實在是太害怕了，所以他們決定搬家。

對於井津子所說的話，言耶是相信的。

因為無論是出席兩人的婚禮、拜訪兩人的新婚生活、後來再去到他們的新家時，他的腦海裡始終迴盪著李千子最後所說的**那句話**，久久揮之不去。

『您的推理很完美，只可惜最關鍵的地方錯了。』

『……什、什麼？』

那個時候，李千子露出了無法用言語形容、相當不可思議的微笑，然後這麼說道：

『我不是李千子，是生名子喔……』

刀城言耶所破解的謎團，不僅是奇異的祭儀、異常的動機，更剖開了「日本人」這個民族的真貌。

（本文涉及故事劇情，建議讀畢全書後再行閱讀。）

喬齊安

「日本這個國家，本身就是一個被可怖又愚昧的風俗所禁錮的大型村落……」

——三津田信三《如水魎沉沒之物》（二〇〇九）

發表於二〇二一年的《如忌名獻祭之物》，是三津田信三「刀城言耶」系列第十一作、也是其中第八部長篇作品。自二〇〇六年《如厭魅附身之物》的驚艷問世後，刀城系列已穩健地度過第十五週年，朝著下一個具有指標意義的二十年邁進。大師的熱情與筆力仍未見減退。每一次發表的新作都在日本新人輩出、競爭激烈的各大推理榜單上穩占一席，也已經被杉江松戀等評論家業界公認這是這個時代最優秀的系列偵探小說之一。而作者同步進行的物理波矢多系列、家系列等現代怪談，也持續繳交出讀者不容錯過的水準之作。

針對刀城言耶系列有意識地繼承江戶川亂步、橫溝正史「黃昏文學」的特徵；以及如何將鄉野怪談與本格推理犯罪場域無縫接軌，開發出氣氛絕頂的不可能犯罪，進一步鞏固「國民讀物」的魅力，筆者在先前《如生靈雙身之物》（二〇一一）的 OKAPI 書評、《如魔偶攜來之物》（二〇一九）的作品解說中已有詳盡說明，在此便不贅述。本文將從三津田獨樹一幟的「民俗學」來切入，再一次深度剖析刀城系列無可取代的奇詭風格是奠基於何種文化之上，以及《如忌名獻祭之物》發表後，讀者們終於發覺，三津田不僅重新建構起那個龐大的信仰世界觀，更逐漸清晰描繪出何謂「日本人」的民族圖像。

日本人的宗教信仰，由神道與佛教為主體。尤其從常民生活中孕育的「神道」，是日本特有的民族宗教，具體來說他們將大自然的力量視為神的存在，自然萬物如山岳、岩石、草木、川流認定為神的依附。從「八百萬神」的說法便可得知神道對於自然萬物的崇拜。神道自古至今形塑了日本人的生活方式，國土內無所不在的神社、祠堂，大年初一的新春參拜、兒童成長祝福的七五三節、新人神前結婚儀式等等，都是日本人代代傳承下來的日常習俗。

而「祭典」就是神道信仰的核心活動，在神道從原始的信仰昇華為一種宗教的過程，必須建立起一個足以集結信徒的中心存在，那就是供奉御靈體的神社、以及祭祀神靈的「祭（まつり）」。根據民俗學之父柳田國男在第一本系統性研究祭典的《日本之祭》（一九六二）裡的定義，祭典的目的在於準備供品接待神靈，進而獲得神靈庇佑。而祭典的表現形式可分為「祭」與「祭禮」兩種型態。前者由神社內的神職主持，形式通常神祕且莊嚴，中間有不少禁忌需要注意；

後者就是我們現在所熟悉的京都祉園祭、青森睡魔祭等熱鬧大型活動，強調信徒共同參與，並在沿革中被打造為一種觀光文化財。

如今日本列島號稱一年有三十萬種祭典，便可知道神道信仰有多強大。有光必有影，日本的農耕、漁牧收成來自大自然的恩典，當然也常受旱災、水災之苦。自然界有值得尊崇的神明寄宿其中，也少不了令人畏懼的妖魔鬼怪。因此日本的妖怪傳說也是多不勝數，且大部分的妖怪都出現在深山與水邊，有些未知但具有力量的存在更是神妖難分，與華人的佛、道思維有明顯差異。而這種特有文化，便成為三津田信三創作宇宙裡回溯到昭和三〇年代——那個正從舊傳統走向現代化，日本人失去了明治、大正的自信，在二戰戰敗後對未來感到最混沌不明的時代裡，最神祕、懸疑、恐怖的元素由來：充滿禁忌的古怪「祭」儀式、與那些被祭祀的不明「魔物」到底是什麼？

《如凶鳥忌諱之物》（二〇〇六）裡鵺敷神社讓巫女化身祀神「大鳥尊」後顯靈的「鳥人儀式」；《如無頭作崇之物》（二〇〇七）受到詛咒的祕守一族一守家，為求嫡子平安成長領導家業的「三三夜參禮」；《如水魑沉沒之物》裡分為平息江河氾濫、或是乾旱祈雨兩種儀式的「水魑大人之儀」；《如碆靈祭祀之物》（二〇一八）與一般超渡船難亡靈做法截然相反的「碆靈祭」……這些令讀者印象深刻的奇風異俗，正是因日本人的祭典本來就多得誇張，而提供三津田從中揮灑創意、填補幻想的空間。明治維新後，政府將宗教與政令合一的「國家神道」禁止了過去百花齊放的地方氏神、民間信仰的真實背景，也賦予刀城言耶進行民俗學考察的合理性：一定要去到人煙罕至的封閉鄉村這種法外地帶，才能夠親眼見到少數被傳承下來的特殊祭儀。而這些偏鄉僻壤又最合適延續橫溝正史的小說風景，以及容納怪談生存的領域。缺一不可，整個系列的構成可說是煞費苦心。筆者認為，刀城言耶系列最值得被閱讀與推崇的優點，就是只有在百萬神妖共存的神國日本才能被創造出來，足以代表這個國家漸被淹沒歷史的娛樂文學鉅著。

讀者打開刀城系列，總是能夠享受安定的樂趣：一位參與儀式、倒楣撞上鬼怪或不可解之事的敘事者留下的怪異筆記；與伴隨這一連串怪異之事發生的完全犯罪事件：如密室殺人、人間蒸發，最後由刀城出面用多重推理驗證所有的可能性後，提出最接近真相的理性解答。通常我們以為三津田下筆前會優先取材要使用的民俗傳說，但其實並非如此。他在《如忌名獻祭之物》出版後的《達文西》雜誌訪談中表示，由於小說裡會出現不少死者，所以不方便直接使用明確的地名或儀式，即使他實際上有引用的素材，也會修改一些內容以增強故事趣味性。此外，他也分享自己會先從民俗文獻裡構思犯罪者的「動機」，並在思考如何運用這個動機的過程中，將背景舞台、相關人物架構紮實。出道作《如厭魅附身之物》便是先想像出真兇駭人的動機，附身血統家族、信奉案山子大人的神神櫛村才隨之誕生。但這次的新作狀況倒不太一樣，「忌名儀式」在更早之前的一個朗讀劇企劃〈STORY LIVE〉就已經被發想出來，是在撰稿新書時，三津田認為可以加以運用，而改造為刀城言耶新作的主題。

在玩過那麼多奇異的祭儀後，三津田在忌名儀式中又設計出嶄新的概念。乍看下雖與《如無頭作祟之物》「三三夜參禮」的「成人禮」用途相近，但如阿武隈川烏所言，無論過去是哪一種祭品，至少會用到生物或者人造物，這可是第一次把「不存在的東西」拿來獻祭的儀式。忌名的想法可能來自「真名敬避習俗」，昭和以前的日本人認為直呼本名就是一種冒犯，不是能隨便講出來的禁忌。甚至柳田國男在其研究名作《妖怪談義》（一九五七）中記載了江戶時期軼聞：在九州為害的「呼名之怪」，這個妖物在晚上敲門後講出前來應門者的名字，聞者會立即暴斃。由於神道認為語言存在著言靈（ことだま），人類口中吐出的一字一句皆存在「神靈」與「重量」。因此專門幫主人承受災厄的「忌名」可以說是奠基於濃厚的言靈信仰背景才得以成立的特殊設定。而三津田小說時常提到，「祭」其實是一把雙面刃，尤其是御靈信仰或身分不明的魔物要格外小心，一旦做出失禮的行為便會遭逢災厄。忌名儀式裡憑空創造出另一個身為祭品的自己，危險性本就超乎想像。

　　無論《如水魑沉沒之物》或《如碆靈祭祀之物》，那些看似迷信又意味不明的儀式，背後往往藏著極度野蠻殘酷的祕密，也是刀城系列中的一大看點。本作則在震撼的結局中才揭曉忌名儀式的真貌：原來李千子本尊疑似早在十四歲時死亡，尼耳家費心在喪葬儀式中安排的驅魔失效，出殯期間甦醒過來的已是生名子。筆者認為原本的「生名子」並不是單純避諱用的稱呼，而是一種因言靈而生的「生靈」。一般認知的生靈是長得一模一樣的自己，但有的生靈其實也來自一個人散發出的意念、並無明確形體模樣，所以需要靠「附身」取代宿主肉體。根據考究，看到生靈、或者被生靈附身都絕對不會有好事。生名鳴地方兩大豪族持續舉行召喚生靈的高風險儀式，或許也反映出在糧食缺乏、醫藥技術落後的過去，是多麼需要靠「咒術系統」保護繼承人的生命。

由於三津田通常以虛實混雜方式處理怪談，有的妖怪來自自創、也有的妖怪是真的有名的傳說，在他慣例不進行過多具體解釋的處理下，《如忌名獻祭之物》還是留下許多謎團。

本作裡的兩大妖怪：角目與首蟲妖的本體是什麼呢？前者其實是不幸發狂的銀鏡祇作，死後變成真正的妖怪。人化為「怨靈」比較常見，但在三津田世界觀中倒挺常成為魔物的由來，如以前的「淡首大人」、「鳥女」、「幽女」等等。從歷史來看也有很多人妖難分的知名案例，例如一部分說法認為有些「天狗」來自入魔的高僧所變；東北裡常見的山男、山佬，則被柳田國男研判為類似北海道蝦夷人那樣外貌不同於大和種族的「先住民」，以及被放逐到山中獨居的女子。以祇作在儀式中出了岔子後被村落與家人排擠的情況來看，淪為角目作祟也是合理。傳統裡「獨眼」的妖魔鬼怪也特別多。

與「厭魅」、「山魔」一樣終未顯露真身，被誤傳為首蟲的「首牛」則更為神祕，日本最有名的牛頭妖怪應為牛鬼。根據水木茂新版《妖怪大圖鑑》（二〇一八）中記載，四國與紀伊半島認為它平常住在海裡，卻會不時登陸上岸吃人，性情兇殘。至於名氣更大的件（くだん），則是種人面牛身的怪物，據說會在做出準確的預言後死去，從江戶到昭和初期，於西日本有各種目擊甚至新聞報導流傳下來。兩者的外貌與習性截然不同。三津田可能參考了牛鬼形象，將首牛設定為長年祭祀牛首與其頭蓋骨而生的異物。殺牛是全世界都有的祭神方式，如台灣阿美族的豐年祭、「世界最血腥祭典」尼泊爾加迪邁節。尼耳家以宰牛祈雨乃情理之中，只是首牛的出現與忌名一樣，來自古老儀式中祭品業力的反噬。另外有個名為「牛之首」的都市傳說，據說是某個受飢荒所苦的村落在吃掉畸形牛頭人後迷上人肉滋味開啟的活人獻祭謠傳，在二〇二二年由導演清水崇搬上銀幕改編為電影《牛首村》。

由於刀城系列過往在無頭屍體講義、童謠殺人講義這一類筆者譽為「詭計寶庫」的本格推理表現上太過傑出，反倒忽略了那些隱藏在罪案幕後種種人性黑暗的詭異動機也是那樣精采。《如碆靈祭祀之物》是一個由作者本人強調的明確轉折，刀城將案件評價為「在犯罪史上難得一見的瘋狂動機！」，至於《如忌名獻祭之物》又更為進化，在日本評論家、讀者間都備受好評，被刀城形容是「犯罪史上前所未見，這麼驚世駭俗的動機，就連我都是第一次碰到！」。這套本格迷心目中的王道系列，在燒腦與驚悚並陳的十年之後，再度開發出「動機的異常化」這樣極富魅力的特色。

當然現在的三津田仍未失去他那重度推理迷的素養。過往總能引用當代大師名作與詭計，融入轉換到筆下世界。就像〈如生靈雙身之物〉破案靈感來自橫溝《犬神家一族》（一九七二）與卡爾《歪曲的樞紐》（一九三八）；《如碆靈祭祀之物》其中一個犯罪構想參考濱尾四郎《博士邸的怪事件》（一九三一）；《如忌名獻祭之物》裡的遙控殺人凶器，竟也能與亂步喜愛的鏡片聯繫起來。這也是三津田繼《赫眼》（二〇〇九）中的〈相對鏡地獄〉、《犯罪亂步幻想》（二〇一八）裡〈與魔鏡一同旅行的男子〉後又一次對偶像別具巧思的致敬演出。

而之所以「動機的異常化」如此值得稱許，那就是刀城系列以不做說教批判的方式，大膽披露了影響深遠的陋習與「村落性格」。著名文化學者蔡亦竹著作《圖解日本人論：日本文化的村落性格解析》（二〇一八）提出筆者完全贊同的論點：「真正的日本精神關鍵字就是『村落社會』四個字，從過去以來日本傳統村落中的人際關係體系與生活樣式，並沒有隨著日本這個共同體的擴大、或是都市化現象而消失，反而內化成為日本人的深層價值觀。村落社會的最大特徵，是在共同生活為前提下發展出來的重視協調性和合議制這兩點。」

為何日本發生重大事故時官僚時常應對緩慢，就是為了在「合議制」優先的會議下達成共識而耗時費力。至於現代我們百思不解，發生犯罪事件後，除了兇手本人，鄰居、鄉民會針對加害者家屬一同教訓的日本特有霸凌，也可以從「村落社會」中找到答案——那就是「村八分」惡習的遺毒、甚至可能永久延續下去的民族文化。村八分本為村落發明，以「家」為單位的制裁機制。身處村落社會的共同體，每一個「家」對外團結、對內競爭，這種暗中互相比較、扯後腿的程度，便反映在三津田小說中豪門世家的對立上。

村八分這種行為有多可怕？岡山縣其中一名制裁受害者都井睦雄，便化身為日本史上最兇殘的殺人魔，一夕之間犯下津山三十人屠殺事件。在《如忌名獻祭之物》裡也成為破天荒的殺人動機由來：李千子為了「體面」、為了不讓尼耳家被村八分的現況被夫家發現，阻礙了自己的幸福，冷血殺害無辜稚子，利用村人必須協助葬禮的習俗來偽裝真相。三津田以橫溝之長青出於藍的絕妙設計，更從中浮現「日本人」自古以來的陰濕性格，仍為村落信仰所束縛的真實面貌，令讀者恍然大悟且嘆為觀止。至於故事中解謎後並未提到尼耳家為何遭到村八分，筆者從結構與本作相似的《窺伺之眼》（二〇一二）與《如水魑沉沒之物》來尋求解釋。

《窺伺之眼》中一開始便說明侶磊村裡第二大家族鞘落家是被村八分的情況，起因是某一代突然變得闊綽，村民穿鑿附會是殺害旅客盜來的錢財，便先招人眼紅。後來再傳出怨靈附身引發的慘劇，順其自然被認定是罪有應得、連帶排擠；《如水魑沉沒之物》則提到神職人員平常備受尊敬，倘若祈雨、遏制水災失敗，便更容易引起失望的村民反彈懲罰。尼耳家長年舉行的忌名儀式業力可能引發作祟，身兼蟲經村的祈雨神職，或許也曾幾次沒能達成任務、引發災害，而導致村八分的命運。筆者認為以民俗學追求真相的方式來解讀三津田宇宙的深厚內涵，相信也是解說刀城言耶系列最好的方式。

作者簡介／喬齊安（Heero）

台灣犯罪作家聯會成員／百萬部落客，已出版六本足球書籍專刊。在本業編輯製作多本本土文學小說獲獎並賣出IP版權，改編為電視劇、電影、遊戲等多項領域。平日為類型小說／實用書籍撰寫推薦與導讀、OKAPI書評相關文章，並長年經營「新聞人Heero的推理、小說、運動、影劇評論部落格」。

主要参考文献

◆桜井徳太郎『民間信仰』塙書房／１９６６
◇井之口章次『日本の葬式』筑摩書房／１９７７
◆斎藤たま『生とものの け』新宿書房／１９８５
◇斎藤たま『死とものの け』新宿書房／１９８６
◆浜田義一郎 編集『大田南畝全集 第十一巻 随筆II』岩波書店／１９８８
◇飯島吉晴『子供の民俗学 子供はどこから来たのか』新曜社／１９９１
◆須藤功『葬式 あの世への民俗』青弓社／１９９６
◇宮田登『ケガレの民俗誌 差別の文化的要因』人文書院／１９９６
◆前田速夫『白の民俗学へ 白山信仰の謎を追って』河出書房新社／２００６
◇礫川全次 編『タブーに挑む民俗学 中山太郎土俗学エッセイ集成』河出書房新社／２００７
◆新谷尚紀『お葬式 死と慰霊の日本史』吉川弘文館／２００９
◇筒井功『日本の地名 60の謎の地名を追って』河出書房新社／２０１１
◆柳田国男『葬送習俗事典 葬儀の民俗学手帳』河出書房新社／２０１４
◇千葉幹夫 編『全国妖怪事典』講談社学術文庫／２０１４
◆筒井功『殺牛・殺馬の民俗学 いけにえと被差別』河出書房新社／２０１５

◇フランツ・ハルトマン『生者の埋葬』黒死館附属幻稚園／2016
◆筒井功『賤民と差別の起源　イチからエタへ』河出書房新社／2018
◇筒井功『村の奇譚　里の遺風』河出書房新社／2018
◆小山聡子・松本健太郎 編『幽霊の歴史文化学』思文閣出版／2019
◇神崎宣武『神主と村の民俗誌』講談社学術文庫／2019
◆常光徹『魔除けの民俗学　家・道具・災害の俗信』角川選書／2019
◇堤邦彦『日本幽霊画紀行　死者図像の物語と民俗』三弥井書店／2020
◆高橋繁行『お葬式の言葉と風習　柳田國男『葬送習俗語彙』の絵解き事典』創元社／2020

TITLE

如忌名獻祭之物

STAFF

出版　瑞昇文化事業股份有限公司
作者　三津田信三
譯者　緋華璃
封面繪師　Cola Chen

總編輯　郭湘齡
特約編輯　徐承義
文字編輯　張聿雯
美術編輯　許菩真
排版　許菩真
製版　明宏彩色照相製版有限公司
印刷　桂林彩色印刷股份有限公司
　　　紘億彩色印刷有限公司
法律顧問　立勤國際法律事務所　黃沛聲律師

戶名　瑞昇文化事業股份有限公司
劃撥帳號　19598343
地址　新北市中和區景平路464巷2弄1-4號
電話　(02)2945-3191
傳真　(02)2945-3190
網址　www.rising-books.com.tw
Mail　deepblue@rising-books.com.tw

初版日期　2022年8月
定價　520元

國家圖書館出版品預行編目資料

如忌名獻祭之物/三津田信三作；緋華璃譯. -- 初版. -- 新北市：瑞昇文化事業股份有限公司, 2022.08
528面；14.8 x 21公分
譯自：忌名の如き贄るもの
ISBN 978-986-401-573-3(平裝)

861.57　　111011546